KB129945

언젠가 떠나고 없을 이 자리에

우향수필집

언젠가 떠나고 없을
이 자리에

안정숙 지음

도서
출판 **행복에너지**

하늘로 돌아가신
어머니 아버지께

A collection of Woohyang's essays

AT THIS PLACE WHERE I MAY NO LONGER BE SOMEDAY

by An Jeong Sook

Happy Book

| 차례 |

1부
보리밭 밟기

2부
가을은 천지의 선물

3부
마고할미와 새벽별

4부
빗소리와 빛소리

5부
다시 북경에서

첫 수필집을 내며

소녀시절 독서를 하면서 아름다운 표현에 감동하거나 멋있는 대목이 나오면 소감과 함께 독서노트에 적어 두었던 기억이 난다. 그때마다 언젠가 나도 글을 써 보고 싶다는 생각이 문득문득 나기도 했다. 특히 중학생 때 시골 학교 운동장 커다란 나무 그늘 아래 앉아서 먼 하늘을 쳐다보며 나의 꿈을 반복해서 키워 가던 시간들이 새삼 떠오른다. 나의 꿈은 정리되어 차곡차곡 쌓여 가는 것 같았다.

나의 소박한 꿈은 대략 세 가지였다. 비록 취미일지라도 그림공부를 하는 것과 대학에 가서 문학을 공부하는 것, 그리고 언젠가 글을 써서 책을 내는 것이었다. 이 꿈은 마음속 깊숙이 숨겨 둔 채 일기에 적어 두고 으레 새해가 되면 재확인하듯 스스로

약속을 하곤 했다. 다행히 나는 결혼한 언니들 따라 서울로 올
라오게 되었다. 나의 푸른 꿈에 맞추어 대학에서도 불문과를 졸
업했다. 뒤늦게 미술을 취미로 익혀 전시에 출품하기도 했다.

그리고 이제 마지막 남은 세 번째 꿈도 이룰 수 있게 되었다.
고희기념으로 수필집을 내기로 하고 준비에 착수했다. 흩어졌
던 습작 노트들을 정리하고 미완의 원고들을 찾아 교정을 해
나갔다. 그리고 최근 신변의 일상들을 써 보태기도 했다. 퇴직
후 봉사를 떠난 남편이 집에 올 때면 이따금 함께 읽고 좋은 의
견을 내 주었다. 또한 가까이 사는 딸이 최종 교정을 해 주어
그저 고맙기만 하다. 가족의 힘이 크다는 것을 실감한다.

모든 예술이 다르지 않듯 글은 내 마음의 느낌과 생각들을 언
어를 통해 타인에게 자연스럽게 전달한다. 시간의 나이테가 쌓
여서 나무가 자라듯 칠십 평생을 살아오면서 예술의 운치에 귀
기울이려 했지만 일상의 삶은 녹록지 않았다. 글쓰기를 위해

빛과 소리에 더 집중하는 일도 쉽진 않았다. 나만의 생각일 때도 더러 있지만 써 놓고 다시 읽어보면 아쉽기는 마찬가지이다. 하지만 더러는 독자들로부터 공감의 파동을 확인하고 기쁠 때도 없지 않았다.

처음 내는 책이라 시행착오도 있었고 예상보다 늦어지긴 했지만 70회 생일 이전에 내 작은 꿈들을 이룰 수 있어서 모두에게 감사할 따름이다. 평범한 주부로 여기까지 살아 온 것에 대한 부모님과 스승의 은혜에 감사드리며, 무엇보다 함께해 온 가족들에게 고마움을 표현하고 싶다. 끝으로 부족한 글들을 멋진 장정과 편집으로 세상에 선보일 수 있게 해 주신 행복에너지 출판사 권선복 사장님께 감사를 드린다.

2018. 10. 24. 압구정에서

안정숙

허기진 운동장

갈석재 북쪽 창문에
조용히 기대서면
나른한 봄날의
허기진 운동장이
빌딩숲 속 졸고 있다.

그 많은 아이들은
다 어디 갔을까
보릿고개 못 넘어서
도시락도 없이
운동장을 찾던 동무들

하나 둘 도시로
직장으로 공장으로
커서 시집가서
모두들 잘 살고 있을까
아들 딸, 손자까지

흐린 밤하늘
별 볼일도 없이
청춘도 사랑도 간 데 없는
저 운동장처럼 적막하게
홀로 늙어 가고 있을까.

시 / 그림(모과)
우향 안정숙 작

1부
보리밭 밟기

잊혀지지 않는 한 아름다운 여인

오래전의 일이다. 내 유년의 삶이 고스란히 녹아 있는 고향 시골마을에 있었던 이야기이다. 내가 살던 곳은 그래도 명색이 읍에 속하는 곳으로 지금은 없어졌지만 옛날에는 한 고을의 현감이 있었던 경남 함양군 안의이다. 현감을 지낸 분이 지었다는 광풍루光風樓는 수백 년 세월이 흐른 지금도 냇가에 당당히 서 있다. 그곳에 고을님이 거주하는 관청이 있었던 것은 진주, 남원, 거창 세 개 지방으로 나뉘는 길목에 위치해 교통이 편리했던 탓이다.

읍내 한 귀퉁이 작은 공간에는 5일마다 장이 섰는데, 그때마다 이 골짝 저 골짝 할 것 없이 사람들이 농사를 지은 것을 이고 지고 혹은 소달구지를 끌며 시장으로 모여들었다. 계절마다 팔기 위한 물품이 조금씩 다르기는 했지만 곡식류는 변함없이 사고 팔았던 것 같다. 그 시절에는 모두들 가난해서 먹고사는 문제가 힘들었다. 사람들은 장작이나 곡물들을 장마당에 팔아서 옷가지와 온갖 가재도구며 생활 일용품을 사 가지고 밝은 마음으로 돌아가곤 했다.

점심때가 되면 장터국밥 한 그릇을 사 먹기도 하고, 주머니 사정이 여의치 않으면 잔치국수라도 요기를 해야 했다. 그래야 만날 사람을 기다리든지 어슬렁어슬렁 장마당 물건 구경을 하든지 시간을 보낼 수 있었기 때문이다. 남자들은 모처럼 친족이나 지인을 만나 막걸리 대포라도 한잔 걸쳐야 자리를 뜬다. 장날은 시골사람들의 잔칫날과 다름없이 시끌벅적하다. 약장수가 오는 날이면 더욱 요란했다. 소박한 사람들의 표정에 인정이 넘쳐나는 즐거운 장터의 하루였다.

그 시장 옆엔 작고 예쁜 도랑이 하나 있었다. 평상시 맑은 물이 졸졸 흐르다가 비라도 오면 흙탕물이 넘쳐흐른다. 도랑 옆에는 시장을 의지하여 작은 가게들이 옹기종기 길게 줄지어 모여 있었다. 사시사철 잡화와 음식을 팔고 술도 팔면서 오순도순 정답게 이웃해서 살아간다. 우리 집은 그곳과 그다지 멀리 떨어져 있지 않은 읍 한가운데 있었다. 심부름 때문에, 혹은 단순히 구경삼아 장터로 갈 때는 이모님 집 앞을 지나간다. 그때 나는 아직 중학생이었다.

그날따라 장날이라 많은 사람들이 여기저기서 모여들고 있었다. 그런데 발길이 시장 입구에 닿았을 때 문득 군중 속을 헤치고 지나가는 어떤 중년 여인이 보였다. 비록 입은 옷은 남루해도 늘씬한 키와 갸름한 얼굴로 시골에서는 보기 드문 아름다운 여인이었다. 나도 모르게 가던 길을 멈추고 그 여인이 반대쪽 골목길로 사라질 때까지 그녀의 뒷모습을 물끄러미 바라보고 서 있었다.

'도시에서 온 낯선 여인인가 보다.' 하고 발걸음을 옮겼으나 학교에서도, 집에 와서도 그 모습이 영 지워지지 않았다. 심지어 며칠이 지나서도 이국적인 용모의 그녀가 자꾸만 떠올랐다. 그러다 얼마 후 그 여인을 도랑가에서 다시 보게 되었다. 여러 사람들이 몰려와 여기저기 수군거리며 그녀의 행동을 주시하고 있었다. 나도 구경거리라도 생긴 양 길 건너 평상에 쪼그리고 앉아 한참 동안 그쪽을 바라보았다.

햇볕이 따갑게 내리쬐는 초가을이었다. 그날은 먼저보다 옷이 더 남루해 보였다. 때 묻은 손에는 칫솔이 하나 쥐어져 있었는데, 치약이라도 찾고 있는 모습을 하고 군중들을 향해 두리번 거리며 서 있었다. 그리고 몸을 이리저리 뒤틀며 하얀 이빨을 드러내고 히죽히죽 웃기 시작했다. 비로소 나는 이상한 예감이 들었다. '저렇게 아름다운 여인이 정상은 아니구나! 왜 저렇게 되었을까' 어린 마음에 호기심마저 들었다.

나는 가만히 지켜보고만 있을 수 없어 사람들이 모인 그쪽으로 다가갔다. 한 아주머니는 "참 아까운 사람이야, 어쩌다 저렇게 되었지…." 중얼거리며 앞산을 쳐다보고 섰고, 또 어떤 할머니 는 누군가 묻는 말에 지나가는 말로 "미쳤데. 어느 유부남에게 속아 실연당했지 뭐야." 이렇게 말하는 걸 듣는 순간 나는 그게 정말일까 싶어 내 귀를 의심했다. 너무도 뜻밖의 이야기였다.

갑자기 슬픈 마음이 내 가슴에 솟구치는 것 같았다. 나는 더 이 상 지켜볼 수 없어 집으로 돌아왔다. 그 후로도 그녀는 장날 이 되면 시장어귀에 가끔 나타났다. 늘 한 손엔 칫솔을 든 채로 하얗게 가지런히 생긴 이빨을 닦고 또 닦는다. 하루에 수도 없 이…. 나는 그녀가 칫솔을 들고 작은 도랑으로 와서 칫솔을 물에 적셔가며 이빨을 닦는 모습을 종종 보았다. 누가 보든 말든 시간과 장소를 가리지 않고 무슨 상념에 잠기듯 가만히 움직이지 않고 있다가도 틈만 나면 이빨을 닦기 시작한다.

왜 그렇게 이빨을 열심히 닦는지 누구에게 물어볼 수도 없었다. 그러던 어느 날 이야기를 들을 기회가 생겼다. 윗동네 같은 마을에 살았던 할아버지가 장터에 나와 한 말을 그의 단골집 주모가 들었다는 것이다. 이유인즉슨 그녀가 사랑하는 사람에게 잘 보이기 위해서란다. 전에는 거울도 갖고 다녔으나 산발한 자기 모습이 거울에 비친 것을 보고 스스로 못생겼다며 거울을 내팽개치고 나서 다시는 거울을 보지 않고 이빨만 계속 닦는단다. 그 얘기를 듣고 나는 더욱 안타까운 마음이 들었다.

그 뒤로 그녀의 슬픈 이야기는 한층 더 구체적으로 내 귀에 전해졌다. 그녀는 유복한 가정에 태어나 좋은 환경에서 자랐으며, 당시 여성으로서는 누구도 꿈꾸기 힘들었던 일본 유학까지 가게 되었다. 거기서 만난 청년과 사귀게 되었고, 학업을 마치고 사랑하는 사람과 나란히 귀국하였다. 그러나 상대의 부모님을 만나러 남자의 집을 찾아갔을 때, 뜻밖에도 그 남자에게는 이미 결혼한 처와 다른 자식이 있었다.

무슨 영문인지 사전 한 마디 얘기도 없이 갑자기 벌어진 상황에서 그녀는 크게 충격을 받고 그만 정신 줄을 놓게 되었단다. 눈앞에 닥친 돌이킬 수 없는 비참한 현실에 얼마나 놀랐으면 실성까지 하게 되었을까. 황당한 이야기를 듣는 사람도 놀랄 일인데, 그 당사자는 오죽했을까. 가슴이 찢어지듯 그녀 부모의 고통은 또 얼마나 컸을까. 무슨 신파극을 보고 듣는 것 같았다.

시장 통의 사람들은 그녀를 연민으로 동정했다. 그녀는 자기가 살던 마을에서도 쫓겨나 한동안 우리 읍내에서 살다시피 했는데, 불쌍하게 생각한 시장 아주머니들이 십시일반 그녀를 돌봐주었다. 그러나 증상이 점점 심해지는 건 어찌할 도리가 없었다. 옷을 자꾸 벗어던지고 찢고 하여 어쩔 수 없이 도랑 옆 작은 빈집에 가두기도 했으나 그것도 잠시뿐, 이내 밖으로 나와 마음대로 시장 바닥을 누비고 다니는 것을 지켜봐야 했다.

그렇게 한 계절이 지나고 추운 겨울 그녀는 어디론가 사라졌다. 우리 읍내에서는 영영 다시 볼 수 없었다. 시장에 갈 때면 가끔 그녀의 해맑은 인상과 그 웃음이 떠오르곤 했다. 그리고 뒷날 알게 된 일이지만, 내게 더욱 충격적인 사건은 그녀의 일생을 망친 남자에 대한 것이었다. 어처구니없게도 내가 다녔던 중학교의 이사장이 바로 그 남자였다. 그 사실은 내 여린 마음을 더욱 실망시켰다.

그는 일찍이 교육자를 그만두고 국회의원에 여러 번이나 출마했다고 한다. 그러나 번번이 낙선하여 가산을 모두 탕진한 채 형제들마저 힘들게 하고 저세상에 갔다고 한다. 오랜 세월이 흐른 뒤 풍문으로 들은 이야기였다. '민심이 천심'이라는 말처럼 세상엔 아무리 감추려고 해도 감추어지지 않는 과보의 결은 어딘가에 남아 있게 마련이다. 시골 마을의 순박한 민심인들 불미스런 사례를 익히 알고도 그를 지지하거나 용납하기는 끝내 어려웠을 것이다.

이 이야기는 '죄와 덕은 내가 짓고 내가 받는다.'는 인과율을 생각나게 한다. 우리가 명심하고 살아야 할 자연의 법칙이 아닐 수 없다. 어느 겨울날, 석양의 광풍루 기둥에 기댄 채 빛바랜 검은 무명 통치마에 산발한 긴 머리카락을 바람에 나부끼며 천진하게 웃고 섰던 맨발의 그 여인은 어디 갔을까. 그것이 나의 시선에서 마지막이었다. 내 어린 마음에 혼란스럽게 다가왔던 애잔하고 슬픈 기억은 50년이 지난 지금도 선명하게 남아 있다.

보고 싶은 어머니

노란 은행잎이 낙엽이 되어 아파트 정원에 수북이 내려 쌓이고 있습니다. 차가운 강바람에 이리저리 몰려다니는 활엽수 잎들도 발에 밟힙니다. 도시의 하늘은 희뿌연 먼지로 창문을 가립니다. 가을빛으로 물들었던 단풍잎은 벌써 말라 떨어지고 빈 가지에 남은 몇 개의 잎사귀만 사각사각 소리를 내며 달려 있는 모습이 내 마음처럼 외롭게 보이기도 합니다. 내 인생도 어느덧 가을이 깊게 물들어 가는 길목입니다.

11월의 아파트 풍경은 왠지 삭막해 보입니다. 저마다 성처럼 벽을 쌓고 적당히 낯선 거리를 유지하며 살아갑니다. 오늘따라 어머니가 보고 싶습니다. 어머니가 자주 다니시던 오솔길에 이르면 어머니 생각에 발길이 절로 멈춰지기도 합니다. 계절처럼 인생도 봄여름을 지나 어느새 깊어가는 가을입니다. 큰언니가 살던 아파트 울타리 옆으로 난 좁다란 장미꽃 길을 지날 때면 보고 싶은 어머니 생각이 더욱 간절해질 때가 있습니다. 철망 위에 장미넝쿨로 얽힌 그 지름길은 내 젊은 날의 한때처럼 지금도 변함없이 그대로 남아 있습니다.

시골에서 어머니가 상경하시면 언니 집에 며칠간 계시다 가셨는데, 그다지 멀지 않은 곳의 작은 아파트에 나는 여동생과 함께 살았습니다. 퇴근 후 어머니를 뵈러 달려올 때면 베란다에서 창밖을 내려다보고 계십니다. 얼마나 기다리고 서 계셨는지도 모른 채 나는 반가움에 마음이 급합니다. 3층 계단을 뛰어 올라가면 어머니는 그때마다 현관문을 열어 놓고 환하게 웃으시며 나를 맞으셨습니다. 넉넉한 어머니 품에 안길 때마다 나는 아기처럼 천진해질 수밖에 없었습니다.

방금이라도 그 계단을 올라가면 어머니께서 "어서 오너라! 배고프지?" 하시면서 문을 열어 주실 것만 같습니다. 얼마 전 아파트 앞을 지나다가 나도 모르게 그 계단을 올라가 봤습니다. 누가 살고 있는지 초인종을 눌렀으나 그날따라 아무런 기척도 없었습니다. 어머니가 걸어내려 오시던 그 계단을 한 발 한 발

천천히 내려오면서 30여 년 전 어머니 생각에 발걸음이 절로 멈춰졌습니다. 어제 같은 그날들이 정말 꿈만 같습니다.

결혼해서 신혼 때 언니와 같은 동네에 잠시 산 적도 있었지만, 먼 남쪽 바닷가로, 북경으로, 다시 서울로 20년을 돌아오니 어머니는 많이도 늙으셨습니다. 귀국 후 10년은 더 사셨지만 시골에 내려가 계셔서 자주 찾아뵙지 못했습니다. 무슨 인연인지 다시 10년이 지난 뒤 바로 그 옆 아파트 동으로 이사 오고 보니, 언니마저 다른 곳으로 이사하고 오랜 정원의 수목들은 건물만큼 높다랗게 자라 있었습니다. 어느새 내 나이도 그때 어머니만큼 된 듯합니다.

하지만 어머니를 생각하면 나는 철부지 아이 같습니다. 그리움에 어머니 얼굴을 떠올릴 때면 나도 모르게 옛날로 돌아가 있는 자신을 확인할 수가 있습니다. 또다시 그 시절로 돌아갈 수는 없지만, 어머니 모습은 내 마음속에 그대로 선명하게 남아 있습니다. 더는 늙으실 수 없는 어머니 모습을 가끔 꿈속에서 뵐 때면, 나는 지금의 내가 아닌 것을 생생히 느낄 수 있습니다. 깨고 나면 먼 강물소리처럼 슬픔이 가슴에 벅차오를 때도 있습니다.

그 좁다란 장미꽃 길로 바람이 지나갑니다. 앞서 가시던 어머니가 뒤돌아보시며 내 이름을 부르는 것 같습니다. 바람소리에 섞인 어머니 음성이 아파트 창에 부딪혀 메아리로 들려올 때도 있습니다. 큰언니의 기침 소리를 들으면 어머니의 기침 소리를 듣는 것 같습니다. 많이도 닮았습니다. 그때마다 어머니가 몹시 보고 싶지만, 그 어디에서도 어머니의 인자하신 음성은 다시 들을 수 없습니다. 그러나 언제부턴가 나는 마음뿐만 아니라 내 몸 속에서도 어머니를 느낄 때가 있습니다. 영원한 인자함 그 음성과 함께.

신나는 서커스 구경

나팔소리가 작은 읍내에 울려 퍼지면 시골 아이들은 물론 아낙네들과 처녀들의 마음이 설렌다. 가을걷이가 끝난 마을 어귀 논들 위에 며칠 전부터 장대를 높이 세워 낯선 천막집을 짓기 시작하더니, 그 입구에 울긋불긋하고 커다란 그림을 내걸었다. 모처럼 우리 시골에도 서커스공연단이 들어온 것이다. 드디어 공연이 시작된 날, 어른과 아이들 할 것 없이 다리 건너 그 이상하게 지어진 천막집 쪽으로 몰려간다. 그리고 매일 저녁때가 되면 트럼펫소리가 요란하게 온 마을에 울려 퍼진다. 서커스 구경 오라는 호객의 신호인 것이다.

TV도 인터넷도 없던 시절 벽촌에는 구경거리라 할 게 별로 없었다. 고작 구경거리라고는 장날 약장수 장끼놀이나 차력과 마술구경 정도였다. 어쩌다 마을 공회당을 이용해서 낡은 필름의 흑백영화(그때는 '활동사진'이라 불렀다)를 틀어주거나 몇 해 만에 찾아오는 서커스 구경이 전부였다. 대부분 국민계몽을 위한 홍보용으로 상영하는 무료영화와는 달리 사설무대인 서커스공연은 입장료가 만만한 것이 아니었다. 시골에서도 좀 잘사는 집은 가족동반해서 함께 구경할 수 있었지만 가난해서 돈이 없는 사람들은 감히 엄두도 못 내었다. 그야말로 그림의 떡이다.

이 골짝 저 골짝 산골에도 읍내 서커스가 들어왔다는 입소문이 퍼지면 호기심 많은 아이들은 집에서 고추나 쌀을 몰래 훔쳐다 장에 팔아서 구경을 했다. 그러다 공연장에서 아는 어른들이라도 마주치면 "어느 동네 아무 집 아들 혹은 딸이 서커스 보러 왔던데…." 하는 소리를 들으면 안절부절 어찌할 바를 모른다. 부모님께 알리기라도 하면 큰일이니까…. 어떤 아이들은 어른으로 변장을 하거나 모자를 푹 눌러 쓰고 관람석 후미진 귀퉁이에 숨어서 보기도 한다. 들키는 날에는 학교도 못 가고 심한 매를 얻어맞거나 집에서 쫓겨나기 때문이다.

이미 구경한 아이들은 교실에서도 집에서도 만나는 친구들에게 침이 마르도록 자랑을 했다. 이야기를 전해들은 나도 이번엔 꼭 구경을 하고 싶어졌다. 어머니께 말씀을 드려봤지만 가시나들이 공부는 안 하고 그런 것을 보는 게 아니라며 단호히 거절하셨다. 서커스는 어른들이 보는 것이지 어린 것들이 보아서는 안 된다는 것이었다. 그럴 줄 예상하지 않은 것은 아니지만 내게는 거금의 입장료를 마련할 방법이 없었다. 밤낮을 이렇게도 생각해보고 저렇게도 궁리해보았지만 아무런 묘책도 나오지 않았다.

하는 수 없이 현장을 답사하기로 했다. 어린 마음에도 왠지 어딘가에 들어가는 방법이 있을 것만 같았다. 희망을 갖고 주위를 몇 바퀴 둘러보았으나 내가 들어갈 만한 허술한 곳, 소위 '개구멍'은 그 어디에도 찾을 수 없었다. 그러던 어느 날 다시 찾은 공연장에서 바로 옆에 준비실 같은 작은 공간이 딸려 있는 것을 발견하고 다짜고짜 문을 열고 들어갔다. 문을 열자마자 어떤 여자 분이 어리둥절해서 무슨 일로 왔느냐 내게 물었다. 나는 태연하게 "제가 도와드릴 일은 없어요?" 하고 묻자 그녀는 마침 잘되었다는 웃는 표정을 지으며, "무대 옷을 다려야 하는데 학생이 좀 잡아 줄 수 있겠니?" 하는 것이었다.

나는 마음속으로 "드디어 서커스를 볼 수 있겠구나!" 하고 기쁨을 감출 수 없었다. 신나는 마음으로 옷을 잡아주는 일을 마치고 나자 그녀는 내가 물어보기도 전에 "거기 학생, 수고했으니 구경하고 가거라."고 말했다. 내심 기대는 했으나 갑작스러운 제안에 나는 어리둥절했다. 떨리는 마음으로 공연장으로 들어서자 그 큰 천막 안에 이미 구경꾼들이 꽉 들어차 있었다. 온 읍내 마을사람들이 다 모인 것 같았다. 내 친구도 먼저 와 앉아 있는 나를 발견하고 손을 흔들며 반가워했다. 앞쪽엔 작은 무대가 있고 둥근 천장을 올려다보니 높다란 나무에 여기저기 밧줄과 그네가 매여 있었다. 처음 보는 공연장 내부는 동화 속에 나오는 장면처럼 모든 것이 신기하기만 했다.

마침내 북이 울리고 공연이 시작되었다. 난쟁이의 꼬마자전거 타기, 장대 들고 외줄 타기, 여러 명이 어깨 위에 층층이 높이 올라서기 등 어른과 아이가 함께 재능을 보일 때마다 관람자들의 환호소리와 함께 큰 박수가 터져 나왔다. 특히 예쁜 아가씨들이 높은 곳에 올라가 그네타기를 하는 공중묘기 장면에서는 그 굉장하면서도 위험한 모습에 가슴이 두근거리고 조마조마하여 제대로 쳐다볼 수조차 없었다. 서커스를 보고 나오면서 나도 커서 무슨 일을 하든지 남들로부터 박수 받는 사람이 되어야겠다고 다짐했던 기억이 난다.

지금 생각해보면 나는 그렇게 살아오지 못해 부끄럽다. 박수 치는 사람보다는 박수 받는 사람이 되지 못한 것을 후회하는 건 아니다. 이제까지 내가 해 온 일이 즐겁고 보람되어 스스로 자랑스러울 수 있었는지를 반성하게 된다. 내가 어릴 때 본 서커스 단원들의 인상은 남녀노소를 막론하고 신기하리만치 뛰어난 재주를 가졌을 뿐만 아니라 진지하고 열성이 넘치는 모습이었다. 커서도 도회지에 나와 서커스를 본 적이 있는데, 옛 추억 속에 본 인상과 그다지 다르지 않았다.

어떤 일에 프로가 된다는 것은 스스로 자부심을 갖게 하는 삶의 성취와 보람을 준다. 직업에 귀천이 없듯 타인을 즐겁게 해 주는 일은 어렵고 힘들지만 가치 있는 일이라는 것을 서커스를 통해 알게 되었다.

바둑껌 이야기

시골 우리 집은 읍내에서 가장 중심 위치에 있었다. 중앙의 사거리에 자리 잡고 있기 때문이다. 십자거리 코너에 위치한 집으로 서쪽으로는 담장이 둘러 있고 남쪽으로는 세놓은 가게들이 나란히 붙어 있었다. 그리고 방이 딸린 가게 뒤로 넓은 마당이 있고 서쪽으로 꺾어진 기역자 기와집이 본채이다. 부엌 앞 마당에는 우물이 있었고 서쪽 담장 아래에는 긴 화단이 있었으며 꽃밭이 끝나는 지점의 장독대 앞뒤로는 두 그루 큰 감나무가 서 있었다. 위채에 방이 세 개, 가게 쪽에 큰 방이 하나, 동쪽으로 난 대문 곁에 또 하나의 작은 방과 창고가 있었다. 그 방은 수리하여 한때 나와 여동생이 함께 쓰기도 했다.

임대한 세 가게 중 동쪽의 제일 끝이 식품과 과자 등 잡화종류를 파는 곳이다. 자그마한 할머니가 가게를 운영하고 있었는데 뒤에 딸린 골방에서 혼자 살아가고 있었다. 명절이나 생일 때도 자녀나 손자가 다녀가거나 친척 하나 찾아오지 않는 것 같았다. 누구도 기억해 주는 사람이 없었으니, 생일날인들 따로 있을 것 같지도 않았다. 지금 생각해봐도 그 할머니는 가게 문을 닫고 어디 외출을 하거나 여행을 다녀오는 것을 한 번도 본 적이 없다. 할머니는 365일 하루같이 지루하게 가게만 지키고 앉았다. 추운 겨울이면 방에 앉아 미닫이문에 붙은 손바닥 크기의 유리를 통해 밖을 내다보며 손님의 기척이 있을 때만 문을 열었다.

나는 가게 앞을 지날 때마다 거기 진열되어 있는 과자들이 먹고 싶었지만 그때마다 참고 지나갔다. 어쩌다 용돈이 생기거나 명절 때만 가게에 들어갔을 뿐이다.

일곱 살이었던 때로 기억된다. 그날따라 나는 처음 나온 '바둑껌'을 씹고 싶어졌다. 바둑돌처럼 생겨서 바둑껌이라고 불렀던 것 같다. 어머니에게 사 달라고 몇 번이고 졸라 봐도 사 주지 않았다. 어느 날 나는, 오늘은 기필코 그 바둑껌을 씹어봐야지 하고 용기를 냈다. 어떻게 하면 그 껌을 내 손에 넣을 수 있을까 생각하다가 나도 모르게 가게 옆에서 할머니의 동태를 엿보게 되었다. 겨울이어서 가게 문을 열어두고 할머니는 방에 계시는 듯했다. 내다보지 않는 틈을 타서 가게 안으로 살금살금 기어들어가 미리 보아둔 바둑껌을 하나 손에 쥐고 조심조심 다시 나왔다.

하지만 목적 달성의 기쁨보다는 왠지 가슴이 심하게 뛰고 두려운 마음이 들었다. 누가 봤으면 어쩔까, 어머니가 알게 되면 어떻게 될까 걱정이 앞서기 시작했다. 아직 양심이 무엇인지는 몰랐어도 교회에서 배운 "거짓말하지 말라! 도둑질하지 말라!"는 목사님 말씀이 자꾸 떠올랐다. 마음속으론 남의 것을 돈도 주지 않고 몰래 훔친 것은 크게 잘못된 것이라고 후회가 되었다. 하루 종일 고민하느라 껌은 씹어 보지도 못하고 손에 쥐어져 있었다. 처음에는 정사각의 가운데가 볼록하게 생긴 하얀 껌의 촉각이 참 좋았는데, 땀이 나고 겁도 나고 해서 손 안의 껌이 녹아 떡이 되었다. 나는 어쩔 줄을 모르고 안절부절못했다.

어머니께 말씀 드리면 안 될 것 같아 큰언니에게 자초지종을 털어놓기로 했다. 언니는 이해해 주고 야단만 조금 칠 것 같았다. 그럼에도 처음 가게로 숨어들어갈 때보다 더 큰 용기가 필요했다. 마침내 껌이 녹아 붙은 손바닥을 언니 앞에 펼쳐 보였다. 어리둥절해하며 언니는 "그건 뭐니?" 하고 물었다. 나는 "껌이야" 하고 조심스럽게 답했다. 언니는 다짜고짜 "이 껌 어디서 났어?"라며 나를 다그쳤다. 나는 울면서 "바둑껌이 너무 씹고 싶어서 할머니 가게에서 몰래 가져왔어. 언니, 잘못했어." 입으로 말은 했으나 손에 껌이 붙어 있어 꿇어앉아 두 손으로 용서를 빌지도 못했다. 말이 채 끝나기도 전에 "도적질한 사람은 매를 맞아야 한다."며 나는 머리를 쥐어 박히고 회초리로 손바닥을 여러 대 맞았다.

매를 맞고 정신을 차린 뒤 어머니께만은 말하지 말아 딜라며 언니에게 매달렸다. 다행히 언니는 처음 있는 일이니 용서해 준다며 어머니께 이르지 않았다. 안도의 숨을 내쉬며 나는 교회로 달려갔다. 하나님께 내 잘못을 용서해 달라고 빌며 기도했다. 그리고 나니 마음이 다소 편안해지는 것 같았다. 지금은 옛 기와집들을 헐어내고 3층 시멘트 건물이 들어섰지만, 고향 집에 갈 때마다 가게가 있던 자리와 호호백발의 할머니가 또렷이 생각난다. 그런 일이 있고 나서 지금까지 나는 양심에 어긋나게 남의 물건을 몰래 취하는 일은 결코 없었다.

인형과 베개

시골 우리 집 앞 사거리엔 가끔 중·고등학생들이 읍내를 행진하듯 무리지어 지나가곤 했다. 몇몇 친한 급우들과 함께 깔깔대며 지나가다가 우리가 세놓은 가게에 들려 군것질을 하는 모습들을 자주 볼 수 있었다. 우리 집은 사거리에서도 코너에 위치한 집이었기에 길거리를 지나가는 사람들의 목소리가 다 들린다. 동쪽 대문을 열고 골목길을 나서면 사방으로 연결된 길을 한눈에 볼 수 있다.

내가 국민학교 1학년쯤이었던 것 같다. 한번은 인형을 업고 집 앞에 나가 놀고 있었는데 갑자기 중학생 또래의 학생들이 내 주위를 뺑 둘러싸기 시작했다. 내가 업고 있는 인형이 신기했던 모양이다. 예쁘다며 인형의 볼을 만져 보기도 하고 머릿결을 손으로 빗겨 보기도 했다. 어떤 학생은 인형이 나와 닮았다며 '큰 인형이 작은 인형을 업고 있는 것 같다'고 말하기도 했다.

나는 어릴 때 곱슬머리로 유난히 티가 났다. 인형의 노란 머리가 곱슬머리어서 인형이 나를 닮은 것이 아니라 거꾸로 내가 서양 인형을 닮았다는 것이다. 어떤 친구는 '둘 다 양년'이라며 나를 놀리기도 하였다. 눕혀놓으면 눈을 감고 세우면 눈을 뜨는 그 인형은 예쁜 색깔의 옷도 여러 벌 딸려 있었다. 당시로서는 가게에서도 살 수 없는 귀한 것이었다.

그 인형은 이모가 미국으로 유학가면서 내게 선물한 것이다. 그 당시는 전쟁 후의 50년대로, 모두들 가난한 때였다. 여성으로서 대학을 나오고 미국유학을 간다는 것은 쉬운 일이 아니었을 뿐만 아니라 찾아보기 힘든 일이었을 것이다. 막내이모는 나를 무척 예뻐해 주었는데 내게는 항상 부러운 존재였다. 키가 크고 시원스런 성격에 영어도 잘하는 멋진 여성이었던 기억이 난다.

그런데 내가 열심히 가지고 놀던 그 인형은 어떻게 된 일인지 어느 날 갑자기 사라지고 없었다. 찾아달라고 언니들에게 날마다 졸랐지만 이미 소용이 없었다. 누가 가져간 것이 분명했다. 그날 이후 나는 밖에 나갈 때나 집에서 혼자 놀 때 너무 심심했다. 잘 때는 더욱 허전했다. 잠재울 대상이 없어졌기 때문이다. 나는 어린 마음에 매우 서운했지만 이사 간 정든 동무를 잊어야 하듯 그만 포기할 수밖에 없었다.

그때부터 나는 인형 대신 베개를 업고 다녔다. 내가 베고 자는 베개를 끈으로 묶어 업고 다녔다. 잃어버릴까 걱정이 되었던지 더욱 단단히 허리에 묶고 다녔다. 그 베개는 밤낮으로 언제나 나와 붙어 다녔다. 인형처럼 껴안고 잘 수는 없지만 내가 베고 자니까 그래도 안심이 되었던 것 같다. 때가 묻으면 내 손으로 베갯잇을 깨끗이 빨아서 가지고 다녔다.

어느 여름날이었다. 나는 빨래를 위해 냇가로 내려갔다. 그날도 베개를 업은 채 대야에 걸레를 담아 머리에 이고 종종걸음으로 혼자서 빨래터로 갔다. 몸을 구부리고 앉아 걸레를 빨자니 허리에 묶은 베개가 불편하였다. 풀어서 시멘트 난간 위에 올려놓고 걸레를 한참 치대고 있는데 갑자기 바람이 불어와 베개가 그만 물에 둥둥 떠내려가기 시작했다.

나는 어찌할 바를 모르고 발을 동동 구르고 서 있을 수밖에 없었다. 웅덩이가 깊고 소용돌이치는 물살이 세어 겁이 나서 들어갈 수도 없었다. 베개는 떠내려가는데 다급한 맘에 울면서 주위를 둘러봐도 대낮이라 다리 위에 행인도 없고 내 주위에 도와줄 사람이라곤 없었다. 그날따라 바람이 야속하기만 했다. 가물가물 베개가 보이지 않을 때까지 나는 울고만 서 있었다.

시간이 흘러 계절이 바뀌었다. 이따금 노랑머리 인형과 핑크색 작은 베개가 생각났지만 어느새 잊고 지내다 보니 가을이 왔다. 교회에서는 밤숲으로 가을소풍을 간다고 했다. 그 소식을 듣는 순간 '밤숲에서 혹시 잃어버린 내 베개를 찾으면 얼마나 좋을까' 하는 생각이 문득 지나갔다. 막연한 생각이었지만 왠지 찾을 수 있을 것만 같은 기대감이 강하게 들었다.

밤숲은 농월정弄月亭과 함께 우리 고장의 명소이자 주민들이 자주 찾는 휴식공간으로 자연이 베풀어준 쉼터 같은 곳이다. 시냇가 너도밤나무가 우거진 한쪽에는 잘생긴 아름드리 홍송들이 멋진 숲을 이루고 있어 봄·가을철 학교나 교회의 소풍지로 제격인 유원지이다. 나무들을 올려다보면 하늘이 보이지 않고 높은 가지들만 얼기설기 구름 지붕을 이루고 있다.

따가운 햇살에 맑은 바람이 불어오는 시냇가 자갈밭을 지나 섬처럼 생긴 밤숲에 도착했을 때 모두들 즐거운 표정이었다. 부모님 따라온 우리 교회 어린이반 친구들도 밝고 기쁜 얼굴에 환한 웃음으로 가득했다. 점심을 먹고 교회 선생님은 보물찾기를 한다고 말씀하셨다. 그러나 나는 보물찾기에 별 관심이 없었다. 잃어버린 베개를 찾는 것이 내 보물 찾는 것이나 다름없었기 때문이다.

드디어 보물찾기 시간이 되었다. 혹시나 하고 나는 모래사장 이곳저곳을 누비고 다녔다. 물길이 나 있는 웅덩이를 피해 모래와 자갈이 덮여 있는 곳을 따라 한참 내려가고 있는데 언뜻 분홍색 천 같은 것이 눈에 띄었다. 달려가 보니 과연 내가 업고 다니던 베개였다. 마른 나뭇가지에 걸려 떠내려가지 못하고 반쯤 모래에 묻혀 있었다. 내게 소중했던 베개는 빛이 바래고 아래쪽은 썩어서 곰팡이 냄새가 났다.

나는 너무 반갑고 기쁜 나머지 한참 동안 그 자리를 떠나지 못하고 옆에 앉아서 지난 일들을 곰곰이 생각하였다. 내 친구 인형과 베개를 잃어버리고 슬펐던 기억이 새롭게 떠올랐다. 그런데 그날은 어린 마음에도 왠지 평화로워지는 것을 느꼈다. 내가 가장 가까이했던 물건인데, 이제 잊어야 한다는 것을 깨닫기라도 한 것처럼 나는 홀가분한 마음으로 집에 돌아올 수 있었다. 지금 생각해봐도 신기한 느낌이 든다.

정겨운 크리스마스

내가 어릴 때는 시골생활이 매우 단조롭고 한가했다. TV도 없었고 음악을 들을 수 있는 CD플레이어는 물론 요즘처럼 스마트폰 같은 다목적의 통신기구도 없었다. 겨우 라디오를 통해 뉴스나 신청곡을 들을 수밖에 없었다. 산과 들 그리고 시냇가로 나가는 일 외에는 어디 갈 곳도 그다지 없었다. 학생에겐 그저 집과 학교를 오가는 일뿐이었다. 학교에 가면 공부하는 일이 전부였고 방과 후면 친구들과 어울리는 생활의 반복이 지속되었을 뿐이다.

문화생활이라는 것도 달리 찾아볼 수 없었고 자연 속에 묻혀사는 그저 평범한 농촌생활이 전부였다. 그래도 산골마을의 친구들에게는 읍내에 산다는 것이 부러움이 되었던 것 같다. 교통이 편리하다는 것과 장터가 있다는 점 등이다. 그리고 또 다른 점이 하나 더 있었다. 무엇보다 읍내에는 교회가 있고 매년 12월이면 즐거운 크리스마스가 있다는 점이다.

해마다 12월이면 어린 나는 마음이 설레기 시작했다. 손꼽아 기다려지는 크리스마스가 있어 좋았다. 크리스마스이브부터 마음이 들뜨기 시작했다. 예쁜 크리스마스트리와 함께 붉은 복장의 산타할아버지가 어김없이 우리들을 찾아오시기 때문이다. 산타할아버지는 내가 잠든 사이에 나에게 선물을 주고 가시곤 했다. 매년 내가 꼭 필요한 물건으로 주셔서 신기했다.

교회는 크리스마스이브에 문전성시가 된다. 이웃마을에서도 온 가족이 손잡고 오니 그들 중에는 친한 친구도 있기 마련이다. 교회에서는 독창과 합창도 하고 연극과 장기자랑대회도 열린다. 1년 만에 색다른 문화생활을 갖는 셈이다. 다양한 공연과 푸짐한 상품이 준비되어 우리들을 기다리고 있으니 어린 마음에 설레지 않을 수 없었다.

교회의 성탄절은 어린이들에게만 즐거운 것이 아니다. 연세 높으신 할아버지 할머니들께도 즐거운 날이었다. 교회에선 성탄

절마다 그분들을 초대하여 맛있는 음식과 평소 못 먹어 보던 다과 및 과일로 대접했기 때문이다. 경로당도 없던 경제적으로 어려운 시절, 소외되기 쉬운 노인들에게도 그날 하루만은 온 읍내의 큰 잔칫날이다. 비록 유교문화가 많이 남아 있는 고을이었지만 그날만은 고을의 많은 분들이 서로 격의 없이 어울렸던 것 같다.

또한 6·25전쟁 이후에는 미국의 구호물품이 교회를 통해 전해지는 경우가 많았다. 옷가지며 우유와 옥수수가루 등을 배급받아다가 어려운 살림을 보태었던 기억이 새롭다. 교회는 그 역할에 있어 마치 지역사회의 유일한 문화공간이자 새로운 교역 중심처럼 여겨지기도 했다. 따라서 많은 이야기가 만들어지고 나에겐 잊을 수 없는 추억의 공간으로 남아 있다.

참 정겹고 아름다운 풍경이 펼쳐지는 때는 눈 오는 이브의 밤이다. 젊은 처녀 총각들이 밤을 새워 개울을 건너고 고개를 넘어 눈길을 걸어서 크리스마스 새벽까지 이 마을 저 마을을 돌며 징글벨 캐럴을 부르고 선물을 나눠주는 행사가 무척 멋있고 보람되게 느껴졌다. 나도 조금만 더 크게 되면 참여하리라고 다짐했다. 교회 언니 오빠들은 저마다 호주머니를 털어 작은 선물을 준비하고 해마다 그 일을 계속했다.

추운 날씨도 아랑곳하지 않고 하얀 입김을 불며 싸리문 앞에서 '고요한 밤 거룩한 밤'을 노래하는 청년들의 모습은 상상만 해도 성화 속에 나오는 아름다운 천사들 같았다. 그렇게 순수한 마음에서 우러나오는 축복과 찬송은 다 어디 갔을까. 지금은 그 어디에도 들리지 않는다. 소녀들과 청년들은 다 도시로 떠나고 12월의 교회는 덩그렇게 쓸쓸히 늙어 가는 느낌이 든다.

교회마당에 우물이 하나 있고 그 옆엔 커다란 고목의 버드나무가 한 그루 서 있었는데 12월이 되면 종이별을 만들어 늘어진 가지에 매달고 그 속에 전구를 넣어 불을 켰다. 눈 내리는 밤 화이트 크리스마스에는 색색의 빛나는 종이별이 그렇게 아름다울 수가 없었다. 언젠가 생각이 나 다시 가 보니 그 버드나무는 베어지고 우물도 메워졌는지 보이지 않는다. 지금도 눈 감으면 들릴 것만 같은 청년들의 캐럴송과 내 유년의 종소리는 여전히 그대로인데….

특별활동시간

벌써 반세기가 흘렀다. 내가 어릴 때는 과외라는 말도 없었고 시골이라 학원도 없었다. 중학교 3학년 때 나는 노래를 좋아하여 음악반에 가입하기로 하고 신청했다. 첫 모임에 갔는데 어찌된 일인지 내가 음악서클의 반장으로 선출되었다. 1·2·3학년 학생들이 함께하는 그룹에서 뜻밖에도 추천과 투표를 통해 내가 뽑힌 것이다.

처음에는 무척 당황스러웠다. "나는 학급반장조차 한 번도 한 적이 없는데, 내가 잘할 수 있을까?" 나의 리더십이 걱정되었다. 그러나 매주 모임을 거듭할수록 나의 열정적인 활동을 인정해 주었던지 친구들과 후배들이 나를 좋아하고 잘 따라 주었다. 우리는 새로운 악보를 구해서 음악실에 모여 정답게 연습도 하고, 나무숲에 둘러앉아 노래 부르며 즐거운 시간을 보내기도 하였다.

동창생들의 말에 의하면 그땐 내가 좀 인기가 있었던 것 같다. 단정한 모범생으로 기억하는 친구들도 있지만 나 스스로는 알 수 없는 일이다. 나뿐만이 아닌 모든 학생들이 단정한 교복차림의 학창시절이었기 때문이다. 우리는 단발머리에 넓은 깃의 하얀 상의와 짙은 블루칼라의 교복을 입었다. 지금에 비교한다면 시대 유행만 다른 것이 아니라 세기마저 바뀌었다.

지금은 머리스타일이 다양하고 교복도 패션화하여 개성을 한껏 드러내며 멋 부리지만 우리 때는 교복은 곧 군대식 제복이었다. 책가방도 동일한 형태와 기능을 가진 것으로 통일되어 있었다. 머리를 물들이고 화장을 하는 일은 상상도 할 수 없었다. 전쟁 후 궁핍했던 시절에 그저 수수한 차림이지만 교복을 입을 수 있고 진학해서 학교에 다닐 수 있는 것만으로도 행복하고 감사했다.

3학년 우리 반 교실은 학교 뒤편에 자리 잡은 조용한 곳이었다. 돌계단을 올라가면 낮은 키의 나무울타리가 있고, 목재로 된 천장이 옥탑방을 닮아 다른 교실과는 차별성이 느껴지는 운치 있는 곳이었다. 특별히 꾸며진 것은 아니지만 오랜 세월이 연출한 개성 있는 공간이었다. 그리고 우리를 지도하신 음악 선생님은 서울의 명문대 출신으로 인기 많은 여선생이었다.

날씬한 몸매에 올린머리를 한 귀엽고 착한 분이었다. 특히 출석부를 옆에 끼고 교실에 들어서며 살짝 미소 짓던 모습은 50년이 지난 지금도 눈에 선하게 떠오른다. 그 선생님은 유독 나를 예뻐해 주셨다. 음악시간에 가끔 선생님께서 "우리 정숙이 노래 한번 듣고 공부할까?" 하시면 아이들이 "좋아요. 선생님!" 하고 소리를 지르며 박수를 쳤다. 나는 또 기쁘게 가곡을 불렀고 그렇게 즐거운 수업은 시작되었다.

우리 3학년 학생들은 내가 부르는 가곡 듣기를 좋아했다. 그래서 나는 어쩔 수 없이 일어서서 내가 좋아하는 곡을 불러야 할 때도 있었다. 더러는 친구들의 노래 요청과 신청곡 주문이 들어오기도 했다. 돌이켜 보면 참으로 즐겁고 아름다운 시절이었다. 소박했던 사제지간의 믿음에서 비롯된 교감이었고 참으로 구김살 없이 활짝 핀 평화로운 수업이었던 것 같다.

그러나 아이들을 키우면서 세상인심과 같이 사제지간은 물론 교실 풍경도 크게 달라진 것을 실감할 수 있었다. 전쟁을 방불케 하는 경쟁의 교육 세태가 내 여린 마음을 질리게 했다. 그때마다 나는 빛바랜 앨범을 보듯 반세기 전의 음악수업과 음악 동아리활동의 모습들이 귀에서 눈으로 떠오른다. 고운 음들이 들리고 예쁜 선생님과 단정한 친구들이 보인다.

어느 날 선생님은 "정숙이는 음색이 맑고 아름다우니 열심히 공부해서 성악을 전공했으면 한다."고 조언을 해 주셨다. 그땐 그렇게 하겠다고 마음속 다짐을 하고 또 선생님께 굳은 맹서를 드리기도 했다. 결국 나는 그 약속을 지키지 못하고 말았다. 하지만 음악을 좋아하게 된 인연과 선생님의 사랑만큼은 잊을 수 없는 빛나는 추억으로 오래도록 남아 있다.

어느 빨치산 아저씨의 최후

시골 우리 집 대문을 나서면 동쪽 아래채 담벼락이 있는데, 그 곳은 아침부터 오후까지 따뜻한 햇볕이 드는 곳이다. 밤나무 숲으로 가는 길이지만 평소에는 사람들이 잘 다니지 않는 편이다. 아침에 학교 가려고 집을 나서면 그곳에 언제나 키가 크고 잘생긴 아저씨가 쭈그리고 앉아 있었다. 어둠이 내려 쌓이면 어디론가 가 버리고 없다. 더러는 우두커니 앉아 있는 모습에 무섭고 놀라기도 하였다.

무슨 일인지는 모르지만 계속 중얼중얼 거리며 하루 종일 땅바닥에 영어를 쓰고 있었다. 언니에게 물으니 그가 중얼거리는 말도 영어라고 했다. 어린 마음에 여러 가지 생각이 들었다. 아저씨는 영어도 잘하고 멋지게 생겼는데 왜 저러고 있을까? 머리가 돈 걸까? 오갈 데가 없어서일까? 잠은 어디서 자고 여기로 오는 걸까? 내게는 모든 것이 의심스럽기만 했다.

나는 학교 갔다 돌아와서도 늘 그 아저씨를 볼 수 있었다. 어머니가 때가 되면 그 아저씨에게 간단히 먹을 것을 챙겨주니까 다른 곳으로 가지 않고 늘 거기에 있는 것 같았다. 봄, 여름, 가을은 그런대로 견딜 수 있겠지만 겨울이 왔는데도 얇은 옷차림 그대로였다. 나는 덜덜 떨고 있는 그 아저씨가 불쌍하기 그지없었다. 가족도 돌아갈 집도 없는 것 같았다.

부모님이 보다 못해 겨울옷과 입던 코트를 챙겨주시는 것도 보았다. 그런데 어느 여름날부터는 바지도 벗어 던져 버리고 그 자리에 앉아 있었다. 어머니는 아이들 교육상 어쩔 수 없이 바지를 만들어 주었고 그러면 그 아저씬 고맙다고 정중히 인사를 하며 입었다. 그런데 일주일도 못 되어 아저씬 또 바지를 벗어 버리고 그 자리에 앉아 있었다. 그는 습관적으로 행동을 반복하며 몇 년 동안 그 자리를 지키고 있었다.

내 보기에도 참 딱한 아저씨였다. 아저씨도 아저씨지만 사시사철 우리 부모님이 못 할 노릇이었다. 하지만 조금도 불편해하시는 기색 없이 한결같이 아저씨를 챙겨 주셨다. 우리 형제들도 부모님은 교회에 다니시니 이웃을 사랑하는 것이라 믿었다. 하나님 말씀을 실천하시는 것이니 당연하다고 여겼다. 하지만 여러 해 지속되자 많은 사람들은 그가 간첩이 아닐까 하고 의심하기 시작했다.

이후 아저씨는 우리 집 골목길에서 갑자기 사라졌다. 아니나 다를까 미친 것이 아니었다. 그 잘생긴 아저씨는 할 일을 마친 듯 사라진 후 얼마 지나지 않아 멋진 양복을 차려 입고 이웃 읍 거창에 나타났다. 이웃 동네나 다름없는 거창은 그 유명한 거창양민학살사건이 일어난 신원면과 가까운 곳이었다. 그리고 우리 동네 사람이 우연히 아저씨를 거창읍에서 보고 경찰서에 신고하였다. 어이없는 일이 아닐 수 없었다. 하루 이틀도 아니고 몇 년간 우리 가족은 감쪽같이 속은 것이다.

무슨 일이 일어난 것일까? 우리 고장은 지리산을 가까이하고 있어 이와 비슷한 일이 많았던 것 같다. 지리산 하면 빨치산 토벌작전이 생각난다. 뒷날 그 토벌에 직접 참여하신 시아버지로부터 들은 얘기지만 전쟁 중 공비들의 잔당이 산청과 진주 그리고 함양 등지로 흩어져 지리산을 타고 활동한 것이라고 하셨다. 그 사람 역시 빨갱이 공비로 미친 척하고 밥을 얻어먹으며 밤에만 활동한 간첩이었다. 몇 년간 우리 가족을 속였으니 연기치고는 수준급이었다.

빨치산 중에는 북에서 새로 내려온 것이 아니라 여순반란사건의 잔당과 낙동강 전투 후 내려온 북한군의 패잔병, 그리고 북한군 점령지역에서 세뇌당한 자들도 있었다. 그들은 귀향이 날로 어렵게 되자 신분을 감추고 변장하여 마을에 스며든 것이다. 경찰에 의해 곧 붙잡힌 그는 간첩죄로 즉시 총살형에 처해졌다. 나에게는 참으로 이해할 수 없는 일들이었다.

그 소식은 내 어린 마음에 하나의 충격이었다. 사상이 뭐기에 남을 철저히 속여가면서 자기 몸을 그토록 혹사시키고 결국 한 줌 바람처럼 허무하게 사라져야 하는 것일까? 자기를 희생하여 이상을 실현하겠다는 사명이라면 어쩔 도리가 없겠지만, 이데올로기가 뭔지 너무나 맹목적이고 무모한 일 같았다. 세월이 많이 흐른 지금도 나는 도저히 이해되지 않는다.

보리밭 밟기

보리밭 사이 길로 걸어가면
뉘 부르는 소리 있어 나를 멈춘다.

옛 생각이 외로워 휘파람 불면
고운 노래 귓가에 들려온다.

돌아보면 아무도 뵈지 않고
저녁놀 빈 하늘만 눈에 차누나.

한국인이 가장 좋아하는 가곡 중 하나인 '보리밭'을 나도 무척
좋아한다. 젊었을 때는 미남 테너 엄정행의 '보리밭'이 좋았으
나 요즘은 세계적 소프라노 조수미의 '보리밭'이 더 좋다. 내가

이 노래를 무척 좋아하는 것은 시적 정경이 한눈에 펼쳐지는 노래 자체의 정겨운 매력 때문이기도 하지만 더 중요한 이유는 따로 있다.

그것은 아버지와의 추억 때문이다. 이 노래를 듣거나 나 혼자 흥얼거릴 때면 여지없이 어릴 때 아버지와 보리밟기가 정겹게 내 눈 앞에 펼쳐진다. 보리밭이라고 하지만 사실은 밭이 아니고 논이다. 시골 읍내에서 시내 위에 놓인 커다란 다리를 건너가면 신작로 가까이 여러 마지기 우리 논이 반듯하게 누워 있었다.

모내기를 하기 전의 보리농사는 소위 '보릿고개'를 해결하기 위한 수단이기도 했다. 밭농사를 대신해 비워둔 논에 이모작하듯 겨울농사를 짓는 셈이다. 가을에 벼를 거두고 돌아서서 곧 보리 씨앗을 뿌려 싹이 트면 한 뼘밖에 자라지도 않고 추운 겨울 내내 얼어서 지낸다. 서리가 내리고 날씨가 추워져 땅이 부풀어 오르면 보리가 얼어 죽기 십상이니, 그때는 보리를 꼭꼭 밟아 줘야 한다.

푸른 하늘에 흰 구름이 떠다니고 싸늘한 공기가 허허한 들판에 하늘처럼 짙푸른 보리는 특별한 겨울 풍경이다. 움츠렸던 내 모습도 어느새 생기가 도는 듯 한겨울 보리밭을 보고 있으면 왠지 기분이 좋아진다. 전봇대 위 전선이 윙윙거리는 차가운 바람소리를 들으면서도 보리밭에 서면 어느새 봄이 온 것 같은 착각을 하게 된다.

겨울 한가한 날이면 아버지는 나를 데리고 논들로 보리밟기를 가셨다. 아버지께서 혼자 보리밭 고랑을 왔다 갔다 하기가 심심하여 나를 데리고 가시는가 보다 했다. 아버지 뒤를 종종 따라가는 나에게 옛날이야기도 해 주시고 처음에는 재미있었다. 사실 나도 아버지와 나란히 걸으며 보리를 밟아보고 싶었다.

그런데 슬슬 꽤가 나기 시작했다. 보리고랑은 왜 그렇게 길고 긴지 끝이 나지 않을 것 같았다. 아버지 혼자 두고 갈 수도 없고 불평이 나기 시작했다. 오빠도 있고 한데 매번 우리 네 자매 중에 하필이면 셋째인 나에게만 가자고 하시는지 궁금했다. 아버지 마음을 알 수 없었다. 중간에 그만 집에 가고 싶어졌다.

하기 싫으니 발은 더욱 시리고 진도는 잘 나가지 않았다. 마침내 밭이랑이 끝나는 지점에서 좀 쉬었다 한다는 핑계로 논두렁

마른 잔디에 드러누웠다. 파란 하늘에 떠가는 흰 구름을 보고 있자니 자유롭게 날아가는 새들이 부럽기도 했다. 미국으로 유학 간 이모를 생각하며 먼 나라와 바깥세상이 궁금해져 도시생활을 동경하기도 했다.

나는 언제 이 시골을 벗어나 저 넓은 세상으로 나갈 수 있을까, 생각이 거기에 미치자 갑자기 가슴이 갑갑해지는 것 같았다. 그때 아버지가 불렀다. 한 고랑 밟는 데 10원 줄 터이니 어서 일어나라고 하셨다. 나는 마음속으로 너무 작은 돈이다 싶어 듣는 둥 만 둥 했다. 얼마나 시간이 지나갔을까. 아버지는 오늘은 그만 가자고 하셨다. 나는 반가운 나머지 벌떡 일어나 아버지께로 달려갔다.

지금 생각하면 아버지께 다정하게 대해 드리지 못한 것이 무척 후회된다. 배 속부터 유별나게 어머니를 힘들게 하고 태어나서도 몸이 약했던 내게 자식 사랑 중에도 유독 각별하셨던 아버지의 마음을 전혀 몰랐기 때문이다. 지금은 길옆으로 건물이 들어서고 좁아진 들녘, 그 논들 옆을 지나갈 때면 내 유년의 푸른 보리밭 사잇길로 내 이름을 부르고 서 계신 단아하신 아버지의 모습이 겹쳐 떠오른다.

처음 본 주검과 나의 기도

어릴 때 동내에 누가 죽어 상여가 나갈 때면 나는 매우 무서웠던 기억이 있다. 마을 뒤편에 상여를 보관하는 곳집을 봐도 무섭기는 마찬가지였다. 울긋불긋한 모양의 얼굴을 커다랗게 새긴 나무 조각도 그렇지만 사방으로 화려한 장식에서 귀신이 나올 것만 같았기 때문이다. 저승을 향해 가는 사자와 남은 자들을 위로하는 상여꾼들의 소리도 구슬프고 뒤따라가는 상주의 거친 삼베 옷차림도 오랜 풍습이지만 내게는 낯설고 이상해 보였다.

내가 초등학교 2학년 때였다. 우리 집 문간방에 세 들어 사는 아주머니는 쌀장사를 하며 혼자 두 어린 딸을 키우고 있었다. 아주머니는 키가 크고 건강한데다 생활력이 강해 보였다. 성격도 활달하고 친절하기로 소문이 났다. 여자 몸으로 쌀가마도 번쩍 들어 올리고 주문이 들어오면 쌀부대를 머리에 이거나 둘러메고 배달도 곧잘 하였다. 동네 사람들이 되도록이면 아주머니 가게의 쌀이나 곡식을 팔아 주었던 것도 그녀의 긍정적인 삶의 태도에 있었던 같다.

어린 자식을 위하는 마음도 소문이 날 만큼 자애로웠다. 난 가끔 그 집 딸들을 보았지만 말수가 적고 무척 착하게 생겨 귀여웠다. 함께 놀아준 기억은 별로 없으나 이따금 볼 때마다 머리를 쓰다듬어 주곤 하였다. 아주머니가 어린 딸들을 고생시키지 않으려고 저토록 열심히 사는구나 싶었다. 작은 부엌에서 음식을 만들어 세 식구가 오순도순 밥을 먹는 모습은 엄마 새가 먹을 것을 준비해 새끼들 입에 넣어주는 장면과 같았다.

그런 아름다운 모습도 그리 오래지 않았다. 우리 집으로 이사 온 지 1년 남짓 되어 아주머니는 그만 아파 누웠다. 나는 왠지 걱정이 되었다. 이제 겨우 6살과 4살이었던 아이들이 자꾸 눈에 밟혔다. 옆에 앉아 울면서 엄마를 걱정하던 모습이 지금도 눈에 선하게 떠오른다. 빨리 나아지기만을 바라며 지내는 동안 어머니는 그녀를 돌봐 주며 병원에 가 보라고 권유했지만 그녀는 곧 괜찮을 거라며 스스로 병을 이겨 보려고 하였다. 경제적인 이유도 있었을 것이다.

어느 날 학교 갔다 집에 오니 안마당에 두 아이가 나와 서 있었다. 방에 들어가지 않고 밖에 서 있는 모습이 내가 보기에도 왠지 불안하고 처연해 보였다. 무슨 일이 있는 걸까? 아이들 가까이로 다가서는 순간 어떤 아저씨 두 사람이 긴 들것을 들고 와서 곧장 방으로 들어갔다. 들것에는 아주머니가 누운 채 흰 천이 덮여 있었다. 누워 있는 아주머니 발이 천 밖으로 나와 있었는데, 유심히 보니 버선발이 빳빳하게 서 있었다. 아주머니가 많이 아프구나 생각했다.

나는 처음엔 병원에 갔다 오는 줄만 알았다. 그런데 예감이 이상해서 어머니께 물어보았다. 듣고 보니 아주머니는 그때 이미 숨진 채 들려 온 것이었다. 문틈으로 방 안을 살펴보니 두 아이는 누워 있는 엄마 곁에 울지도 못하고 겁에 질려 있었다. 무슨 병인 줄도 모르고 갑자기 아프기 시작해서 약도 치료도 못 받아보고 그만 세상을 떠나 버리다니 너무 허망했다. 졸지에 엄마를 잃은 두 아이는 어떻게 해야 할지, 주검이 무섭기보다 슬픔이 앞섰다. 1년이 넘도록 한집에 살면서 정이 들었는지 무엇보다 아이들이 몹시 걱정되었다.

이윽고 방 안에서 아이들이 섧게 우는 소리가 들려왔다. "엄마, 왜 이래, 눈 떠 봐." 아이들은 누워 있는 엄마 가슴에 얼굴을 파묻고 너무나 슬프게 울었다. 나도 한참 따라 울었다. 차마 그 자리에 계속 있을 수 없어 나도 모르게 교회로 달려갔다. 이미 해가 지고 어둑한 골목길을 지나 교회마당에 들어서니 첨탑의 십자가 위에 가늘게 빛나는 초승달이 걸려 있었다. 나는 실내로 들어가지 않고 우물 앞 화단에 꿇어앉아 기도를 하기 시작했다. "하나님! 불쌍한 두 아이를 보살펴 주세요. 엄마를 잃고 고아가 되었습니다. 하나님께서는 꼭 보살펴 주실 줄 믿습니다. 아멘!"

내가 그들에게 해 줄 수 있는 것은 보고 배운 대로 기도밖에 없었다. 그 아이들은 며칠 뒤 고아원에 보내졌다. 갑자기 당한 일이라 죽음의 의미도 제대로 모른 채 슬퍼할 시간조차 없이 이 세상 단 하나뿐인 어머니를 저세상으로 보내고 말았다. 병원도 제대로 없고 의술이 발달하지도 않았던 그 시절 처음 목도한 주검은 어린 나에게도 두렵고 슬픈 일이었다. 누구나 때가 되면 죽는다. 산 자가 이 불변의 진리를 깨닫는다면 삶을 보다 진실하고 성실하게 살 수 있으리라. 그리고 보다 아름다운 일에 집중할 수 있으리라 믿는다.

맹자 모친의 삼천지교

어릴 때 나의 별명은 '하구재비'였다. 하구재비란 경상도 지방 사투리로, '하다'의 동사 어간에 접미사 '잡이(잽이)'가 결합하여 무엇인가를 심하게 하고 싶어 하는 사람을 가리킬 때 쓰는 말이다. 더러는 '하고재비'라고도 쓴다. 그때 나는 호기심이 발동하거나 하고 싶은 일이 생기면 가만히 참고 기다리는 성격이 못 되어 곧 실천에 옮겨야 직성이 풀리는 성미였다.

더러는 어머니와 언니들 몰래 하다가 들키거나 알게 되어 야단을 맞고 매를 맞은 적이 한두 번이 아니었다. 아주 어릴 적 일이다. 어느 날 어머니가 시장에서 작고 예쁜 알루미늄 솥을 하나 사 오셨다. 아끼고 계셨는지 한 번도 쓰지 않은 것인데, 나는 솥을 꺼내 구경하다가 밥은 할 줄도 모르고 무엇을 할까 궁리하다가 다시 찬장에 넣어 두었다.

하루는 혼자 놀기가 심심했던지 어머니 몰래 살짝 솥을 꺼내 걸레를 담아 냇가로 나왔다. 걸레를 빨아서 삶아야겠다고 생각했던 것 같다. 흐르는 물에 고사리손으로 걸레를 열심히 빨아서 담고 솥을 머리에 이고 오는 길에 돌부리에 걸려 그만 넘어지고 말았다. 무릎에 피가 나는데 아픈 것도 모르고 솥이 깨진 것은 아닐까 걱정이 되어 요리조리 살펴보았다.

처음에는 멀쩡하다 싶어 다행이다 생각했는데 다시 보니 솥 날개 한쪽이 금이 가고 조금 깨어진 것이었다. 순간 큰일 났다 싶었다. 어린 마음에 가슴이 막 뛰었다. 어머니가 아끼는 것인데 알게 되면 얼마나 꾸중하실까? 매를 맞을 준비를 하고 있었다. 그렇다고 모른 척 몰래 그냥 찬장에 갖다 둘 수도 없었다. 거짓말은 절대 하면 안 되는 줄 알았기 때문이다.

틈을 봐서 어머니께 빨래하러 냇가에 갔다가 새 솥을 깨어 먹었다고 침착하게 말씀드렸다. 그런데 웬일이신지 그날은 아무 말씀이 없으셨다. 겁먹고 있는 내 모습이 안쓰러우셨을까? 아니면 정직하게 자초지종 말씀드린 것이 기특해 보였던 것일까?

솥과 나를 번갈아 보기만 하시더니 "괜찮다. 안 다쳐 다행이다"
하셨다. 나는 미안한 마음에 무릎의 상처를 말할 수 없었다.

빨래와 관련해서 생각나는 것이 또 있다. 일곱 살 때로 기억된
다. 아주머니들이 냇가에 모여앉아 빨래하는 것이 보기 좋았던
지 하루는 나도 노란 양재기에 내 옷가지를 챙겨 넣고 비누와
방망이를 같이 담아 냇가로 갔다. 한참 빨래를 하다 보니 양재
기가 보이지 않았다. 주위를 둘러봐도 없었다. 당황한 나머지
빨래터 시멘트바닥에 무릎을 꿇고 앉아 기도를 올렸다.

"하나님! 저의 양재기가 물에 떠내려갔습니다. 제발 찾게 해 주
십시오. 간절히 부탁드립니다. 아멘!" 눈을 감고 이렇게 열심히
기도하고 나니 왠지 찾을 수 있을 것 같은 희망이 생겼다. 혹시
나 하고 냇가 둑길을 따라 내려가자 정말 양재기가 나타났다.
큰 바위틈에 걸려 혼자 소용돌이치고 있었다. 기쁜 나머지 나
도 모르게 감사한 마음이 들었다. "하나님! 찾아주셔서 감사합
니다. 정말 감사합니다."

지금 와서 생각해 보니, 이 이야기들은 내 유년의 아름다운 추
억이기도 하지만, 교육에는 주위의 환경이 얼마나 중요한지를

생각하게 한다. 유치원도 놀이터도 없었던 시골 읍내 장터 근처에 살았던 나는 집과 교회를 오가며 혼자 아니면 동무들과 어울려 노는 것이 전부였다. 빨래터의 빨래하는 아주머니 흉내를 내며 놀았던 것이다. 맹모삼천지교孟母三遷之教, 맹자의 어머니가 아들을 위해 세 번 이사했다는 고사가 새삼스럽게 생각난다.

나의 아버지
- 어버이날에

나의 아버지는 '장로'라는 직책을 천직으로 삼고 평생 교회와 이웃을 위해 봉사하며 사셨다. 내가 어렸을 때, 우리 아빠는 왜 집에만 계시는지 무척 궁금했다. 왜 다른 친구 아빠처럼 직장을 다니며 돈을 벌거나 농사를 짓지 않으시고 늘 집과 교회만 오가며 사실까 의아했다. 생각해보면 무직인 아버지가 내 마음에 불편하기도 했던 것 같다.

아버지는 유복한 집안에서 태어나 일본 유학을 하고 돌아와 결혼하신 후 다시 일본으로 가서 사업을 하셨다고 한다. 공장을 세워 전구를 생산하는 공업이었다. 사업이 크게 번창하여 돈을 많이 벌었다고 들었다. 오빠와 큰언니는 일본에서 태어났다. 그런데 오빠가 초등학교에 갈 때쯤 무슨 일이 있었는지 아버지는 갑자기 잘되는 사업을 정리하고 귀국하셨다고 한다.

아직 해방되기 전이었다. 아버지는 고향으로 돌아오지 않고 이북 쪽으로 가시려 했다. 친구의 말을 듣고 그쪽 어디엔가 자리를 잡을 수 있다고 믿으셨던 것 같다. 어머니는 고향으로 가고 싶다고 강력히 반대했고, 외할머니가 아버지를 설득시켜 결국 경남 안의로 돌아오셨다. 만약 북쪽으로 가서 분단된 공산주의 치하에 살게 되었다면 우리들은 어떻게 되었을까? 전쟁 중에 살아남을 수나 있었을까? 생각만 해도 소름 돋는 일이다.

고향으로 돌아온 아버지는 사업도 취직도 하지 않으셨다. 권유에 못 이겨 잠시 면사무소에 근무한 적이 있었지만 적성에 맞지 않는다며 이내 그만두셨다. 신앙심이 깊으셨던 아버지가 성경에 말씀한 대로 '범사에 감사'하며 하나님의 종으로 살기로 작정하셨을까? 아니면 배우신 것이 많아 '억지로는 아무 것도 하지 않는다.'는 노자의 무위자연 사상을 실천하기 위해 결심이라도 하신 걸까? 우리 형제들은 도무지 이해가 되지 않았다.

그랬던 탓에 아버지는 부잣집에서 호강하며 자라 세상물정을 모른다며 남들이 하는 말을 들었을 때 고개가 저절로 끄덕여졌다. 할아버지(안덕보)는 거창 일대에서는 개신교인이라면 모르는 분이 없었다. 일제 순사들이 신사참배를 거부한다고 교인들을 잡아다가 가두고 고문하는 건 물론 믿음을 굽히지 않는다고 구속시키고 총살까지 시키던 때 할아버지는 보고만 있을 수 없어 돈을 아끼지 않고 일본 순사들에게 부탁해서 교인들을 빼내주는 일을 도맡아 하셨다고 한다.

마침내 해방이 되자 할아버지는 가산을 처분해서 거창교회를 설립하셨다. 이렇게 독립운동가들 및 당대 유명한 목사들과 교분이 많으셨던 할아버지가 아직 살아 계셨을 땐 아버지가 무직이셔도 아무런 불편 없이 잘 살 수 있었다. 하지만 할아버지가 돌아가시고 가산이 기울었을 때부터 가계의 책임을 어머니가 질 수밖에 없었다. 무척 힘든 나날이셨을 것이다. 남들이 보면서 무능한 남편을 둔 탓이라고 동정하기도 했다고 들었다.

거기다가 설상가상으로 아버지는 자선사업가가 되셨다. 교회를 도맡아 운영하는 장로인 아버지는 새로운 직업이 하나 더 생긴 셈이다. 할아버지 따라 보고 배운 대로 배고프고 어려운 처지의 사람을 보고 가만히 있질 못하셨다. 6·25전쟁으로 인해 피폐해진 살림 속에 아버지는 가사는 돌보지 않으셨지만 남돕는 일은 더욱 게을리하지 않으셨다.

아버지께서는 전쟁 통에 부모를 잃고 고아가 된 아이들, 종종 가난한 사람들이 대문 앞에 놓고 가는 아기들을 돌보고 진주, 부산, 마산에 있는 고아원을 찾아 입양을 보내셨다. 양식이 없는 이웃이나 교인들에게 쌀을 나눠 주고 헐벗은 사람에게는 입은 옷도 벗어 주셨다. 장날이면 산골에서 쌀을 팔러 온 사람들이 우리 집에서 점심을 먹고 갔다. 쌀을 팔았으면 식당에서 사 먹으면 되지 왜 우리 집에 와서 밥을 먹을까 어린 나에게는 이상스러웠다.

우리 5남매는 늘 낯선 사람들과 함께 밥을 먹었다. 장날이면 잔칫집 같았다. 가족끼리만 밥 먹는 때는 매우 드물었다. 그러나 우리 형제들은 불평할 수 없었다. 어머니 때문이다. 어머니는 조금도 불평하지 않고 아버지의 뜻을 이해하고 적극 받들었다. 예수님께서 '이웃을 사랑하라' 하셨는데, 그 말씀을 실천하는 것뿐이라고 여기셨다. 배부르게 먹이고 정성스럽게 돌보셨다. 부엌에서 반찬을 많이 준비하시는 어머니는 오히려 즐거워 보였다.

우리 형제들은 그런 일을 일상처럼 보고 자랐다. 하지만 철모르던 어릴 적엔 사람들이 왜 우리 집에서 밥을 먹는지 궁금할 때도 있었다. 좀 더 자라서는 우리 집은 사람들에게 밥을 주는 곳이구나 하고 당연한 것으로 생각했다. 때로는 그들이 편안하게 밥을 먹고 갈 수 있도록 어머니를 돕기도 했던 기억이 난다. 우리가 착해서가 아니라 부모님께서 즐겁게 하시는 일인데 거역할 수 없었고 못 본 체는 더더욱 할 수 없었기 때문이다.

부창부수라는 말처럼 어머니께서는 아버지 못지않게 교회와 이웃을 돌보시는 것을 자랑스러워하시고 감사해하셨다. 내가 직장에 다닐 때 봉급을 타서 어머니께 금반지를 사 드린 적이 있다. 그런데 오래지 않아 반지가 보이지 않아 여쭈었다. 한참 말씀이 없으시던 어머니는 "미안하다. 딱한 사람이 있어 팔았어." 하셨다. 좀 섭섭했지만 어머니의 삶을 익히 아는 터이라 '또 사드리면 되지' 하고 마음을 돌려먹었다.

그리고 아버지께서 평생을 일관되게 하신 일이 또 한 가지 있다. 어려운 사람들의 머리를 깎아 주는 일이다. 당신의 머리는 손수 깎으시면서 그 일만큼은 70세가 되도록, 아니 돌아가실 때까지 손에서 놓지 않고 계속하셨다. 지금도 길거리에서 은발의 노인을 뵐 때면 아버지 생각이 문득 난다. 평생 시골 이발사이셨던 아버지가 존경스럽다. 5월 어버이날을 맞을 때마다 남을 위해 봉사하며 사셨던 아버님의 삶을 생각하게 된다.

부모님은 평생 그렇게 베풀면서 사셨다. 신앙심과 수양심이 부족한 나로서는 부끄럽기 짝이 없다. 철이 들어서는 나도 아버지의 뜻을 받들어 어려운 사람들을 도와야지 자신과 약속했던 뜻도 잠시뿐 흘러가는 구름처럼 흩어지고 사라졌다. 말은 쉬우나 실천은 쉽지 않은 탓이다. 아버지의 베풂을 본받고 싶다. 돌이켜 생각해 보면 내가 이만큼 가정을 이루고 화목하게 살게 된 것도 부모님의 남다른 공덕이 아닐 수 없다.

아버님께서 돌아가신 후에는 고향에 가도 그 빈자리는 너무 컸다. 어머님께서 위독하시다는 연락을 받고 거창병원으로 달려갔을 때의 일이다. 마침 일요일이라 시간을 내어 할아버지가 세우신 교회에 가 봤다. 붓글씨로 쓴 '시편'의 커다란 액자(라석서)가 강단 양쪽 벽에 높이 걸려 있었다. 그 시(23편) 속에 할아버지와 아버지의 고귀한 뜻이 고스란히 담겨 있는 듯했다. '선하심과 인자하심'을 실천해 보이신 아버지가 오늘따라 그립다.

태산 같은 부모은혜

이미 70년이 다 되어 가는 세월이 흘렀으니 내게는 아득한 이야기이다. 내가 초등학교 때 어머니로부터 처음 듣고 어른이 되어 다시 여쭈어 본 것이기도 하지만 내게는 기억하기조차 쉽지 않은 이야기가 아닐 수 없다. 내가 이 세상에 오기까지 어머니를 너무 고생시켜 드린 것 같아 늘 죄송하고, 돌이켜 생각해 보면 성장하면서도 불효를 많이 저지른 것 같아 가슴이 아플 때가 많다.

어머니께선 나를 임신하고 입덧이 심해서 병자같이 아무 것도 먹을 수 없어 날마다 굶다시피 지내셨다고 한다. 흰죽조차 먹어도 소화가 안 될 만큼 크게 고생을 하셨다니 그 고통이 오죽하셨을까 싶다. 무슨 영문인지 배는 유난히 불러와 고통스런 위험

속에 나날이 울며 지내셨다고 한다. 걱정이 된 외할머니께서 인삼을 구해 달여 먹였는데, 가슴에 불이 나듯 밤새 목이 마르고 견디기 어려워 마을 가운데 샘물을 길으러 가고 싶어도 갈 수 없었다고 했다.

아버지는 어머니가 돌아가실까봐 하루하루 눈물로 보내셨다. 가사를 도맡아 하면서 어머니를 보살폈다. 이웃 사람들이 찾아와 도와주고 교회 목사님이 찾아와 좋은 분이 돌아가셔서는 안 된다며 기도로 걱정해 주셨단다. 앞날을 내다보는 지혜를 가진 한 원로 장로님은 찾아오셔서 이런 말씀을 남겨 주셨다고 한다. "두 사람이 살면 다행이나 이 특별한 아이가 태어나면 집안에 좋은 일이 있을 것이니, 힘들어도 잘 키우라"고. 모두 무슨 뜻인지는 알 수도 없었지만 우선 속히 낫기만을 바랐다.

그 와중에 어느 날 윗동네에 아버지를 아시는 할아버지 한 분이 찾아오셔서 용한 민간요법을 가르쳐주고 가셨다. 비 온 뒤 갠 날 지렁이가 땅에서 나오면 사금파리로 때려잡아 그것을 모아 달여 먹으면 나아질 거라고 했단다. 아버지는 그 말을 듣고 지렁이를 찾아 나섰다. 지극정성으로 달여서 그 물을 먹고 마침내 어머니는 신기하게도 말끔히 나았다고 한다.

이렇게 내가 어머니 배 속에 있을 때 어머니께서 생사를 오고 갈 만큼 유난히 아프셨다고 하니, 왜 나만 다른 형제들과 달리 어머니를 고통스럽게 해 드렸을까 의문과 함께 늘 죄송스러운 마음이 들었다. 크면서도 생일 때가 되면 그 생각부터 났던 기억이 남아 있다. 내 스스로 어머니를 괴롭혀 드리려 한 것은 아니지만 나도 모르게 내 자신이 태어날 때부터 불효를 했구나 싶었다.

평소에 어머니 말씀을 잘 듣고 자란 딸이 아니기 때문에 더욱 그런 자책감이 든 것이기도 하다. 그때는 자신을 반성하는 법을 몰랐던 탓도 있다. 생전에 어머니께서 "너를 가졌을 때 하도 못 먹어 네가 작은 체구로 태어났구나."는 말씀을 들었을 때 원망하는 마음보다는 도리어 어머니께 미안하고 죄송했다. 병약했던 나를 이렇게 건강하게 키워주신 것만으로도 매우 감사했기 때문이다.

그리고 내가 자식을 가져서 낳아보니 어머니의 남다른 고통을 비로소 조금은 이해할 수 있었다. 이후 부모님께서 모두 돌아가신 후에는 나는 내 출생의 의미를 한동안 까마득히 잊고 지냈다. 한데 내 딸이 시집가서 임신을 하고 입덧을 하며 못 먹고 울고 괴로워하는 모습을 지켜보며 다시 어머니 생각이 났다. 내가 이 세상에 온 의미를 다시금 곰곰이 생각하는 계기가 되었다. 무엇보다 부모님께 못 다한 감사한 마음이 앞섰다. 태산 같이 높은 부모님의 은혜에 감사하고, 하해와도 같이 깊은 그 은혜를 깨닫게 해 주신 스승의 은덕에 감사하게 된 것이다. 그리고 나에게 건강한 외손자를 안겨준 딸이 고맙기도 하다.

작은 기차역

조용히 뻗어간 선로가
하나의 소실점이 되어
터널 속으로 사라진다.

아무도 없는 플랫폼은
죽은 듯 고요하다.
기다려도 열차는 오지 않고

산모퉁이 날은 저물고
차가운 공기에 입김으로
그리운 이름을 쓴다.

사방을 돌아봐도 어둠뿐
경적소리 들리지 않고
보고 싶은 얼굴만 떠올라.

시 / 그림(붉은 꽃)
우향 안정숙 작

2부
가을은 천지의 선물

나의 김치사랑

김치! 김치를 생각하면 먼저 겨울 고향집과 어머니가 생각난다. 내가 어릴 때는 대가족 시대여서 겨울나기를 위한 김장준비는 매우 중요한 일 년 농사 중의 하나였다. 추위가 오는 늦가을이면 김치 담그는 날엔 온 가족이 매달려 각자 일손을 보태던 일이 생각난다. 친척이 와서 돕기도 하고 이웃과 품앗이를 하는 경우도 종종 있다. 그만큼 김치가 겨울밥상에선 일용할 양식에 버금가는 중요한 위치를 차지했던 것이 사실이다.

김장하는 날 수백 포기 배추가 마당에 산더미같이 쌓이고 싱싱하고 커다란 무들이 커다란 그릇에 수북이 담긴 것을 보면 입이 딱 벌어질 때도 있었다. 저렇게 많은 것을 언제 다 끝낼지, 저 많은 것을 누가 다 먹을지 어린 마음으로는 상상만 할 뿐 잘 헤아려지지 않았다. 배추를 다듬고 씻어서 소금물에 절이고 갖가지 양념을 생선이나 젓갈에 버무려 속을 채우는 정성스런 과정을 지켜보노라면 하나의 장관이 아닐 수 없었다.

배추의 줄기는 백옥같이 희고 잎은 비취처럼 푸르러 싱싱하기만 한데, 그 여린 속은 또 샛노랗게 아기자기한 속살로 채워져 있어 더없이 아름답게 느껴지던 기억이 새롭다. 한편 소금물에 한풀 꺾인 모습이지만 매운맛의 붉은 고춧가루 양념이 속으로 보태어진 조화는 그 어디에도 비교할 수 없는 멋진 빛깔의 식품이 아닐 수 없다. 지금 생각해 봐도 한 장의 강렬한 색채화를 보는 듯 잊을 수 없는 아름다운 그림으로 떠오른다.

여성들의 손에 의해 김치가 다 만들어지면 그 다음은 남성들의 할 일이 생긴다. 땅에 구덩이를 파고 김칫독을 묻는 작업이다. 그리고 한 포기 한 포기 옹기독 안으로 옮겨 담는다. 뚜껑을 덮고 짚으로 만든 고깔을 씌우면 겨울나기 김장준비의 전 과정은 끝난다. 김장한 저녁은 온 식구들이 둘러앉아 돼지고기 수육과 함께 새 김치를 맛보고 수고했다고 어른들로부터 덕담을 듣던 일도 기억난다. 그때는 김장이 일종의 겨울나기를 위한 하나의 월동준비이기도 했다.

드디어 한겨울이 닥치니 눈은 장독 위에 내리고 김칫독 위에도 하얗게 내려 쌓인다. 지리산과 덕유산 사이에 있는 내 고향은 겨울이면 유독 춥고 눈도 많이 내렸다. 눈이 많이 오는 때는 이웃도 오고갈 수 없을 만큼 온 산천이 설국이 된다. 긴 겨울밤 형제들이나 친구들이 모여 놀다 출출해지면 감자나 고구마를 삶아 방금 땅속에서 꺼내와 살얼음이 낀 시원한 김치와 함께 먹는 맛이란 별미였다. 거기다 무가 사각사각 씹히는 시원한 동김치를 곁들이면 더욱 일품이었다.

겨울뿐만 아니라 1년 내내 우리 밥상에는 김치가 없어서는 안 된다. 재료에 따라 김치의 종류와 이름도 다양하여 무려 1,000여 가지나 된다고 하니 그저 놀라울 뿐이다. 손맛에 따라 집집마다 김치 맛이 다르고 지방마다 재료에 따라 그 맛의 깊이가 다른 것은 바로 숙성의 음식이기 때문이다. 게다가 김치를 사용한 음식 또한 나날이 발전하고 있다. 지금은 동서양을 막론하고 새로운 김치요리 메뉴가 개발되고 있어 우리 전통 식문화의 맛과 멋이 매우 자랑스럽다.

한국인의 김치문화는 된장과 고추장과 함께 효소음식으로 세계적인 독창성을 인정받고 있다. 외국에 나가 보면 많은 나라 시민들이 한국 김치를 무척 좋아한다. 요즘은 항공 기내식에도 비빔밥이 나오고 김치와 고추장이 나온다. 옛날에는 냄새난다고 꺼리던 외국인들이 오히려 더 좋아한다. 왜 그럴까? 드라마와 영화 등 한류 영향도 있겠지만 무엇보다 독특한 맛을 자랑하는 건강 음식이라는 것을 알게 되었기 때문일 것이다. 마침내 우리 조상의 솜씨와 전통이 빛나게 된 것이다.

김장철이 되면 어머니가 머리에 수건을 쓴 채 팔을 걷어붙이고 온 식구들과 함께 수백 포기의 김치를 담던 진풍경이 있었다. 지금은 그 시절처럼 김치를 대규모로 담는 모습을 보기 어렵다. 하지만 김치문화는 한식의 중요 음식이 되어 우리나라를 넘어 세계로 뻗어 가고 있기에 마음 뿌듯하다. 나 또한 어머니로부터 배운 솜씨로 사시사철 김치를 담아 나눠 먹는다. 땅속 김칫독 대신 아파트의 김치 냉장고를 쓰는 시대이나 그 전통은 이어가고 있다. 우리 조상들의 지혜를 생각하면 한국 사람으로 태어난 것이 무한히 감사하고 기쁘다.

추억의 파마머리

흔히 여자들은 마음이 변했을 때나 환경이 바뀌었을 때 머리 스타일을 바꾼다고 한다. 다 그런 것은 아니겠지만 내 마음에 비춰 볼 때도 그런 경향이 없지 않은 것 같다. 친구들 가운데도 변덕이 심한 경우에는 자주 헤어스타일이 바뀌는 것을 볼 수 있다. 여자의 머리카락은 외모에 많은 변화를 준다. 기분에 따라 조금씩 바꾸기도 하는 것은 일상적이다.

오래전 어느 산사에서 한 여성이 스님이 되기 위해 삭발하는 장면을 본 적이 있는데, 작두같이 생긴 무쇠 칼이 보는 사람들을 무섭게 했다. 비구니로 새로운 삶을 출발하는 의식 절차였지만 한편 바람에 나부끼는 풍경소리처럼 애잔해 보였다. 시작은 엄숙하였지만 이승의 애욕과 결별이라도 하듯, 그녀는 끝내 눈물을 감추지 못하였다. 그래서 푸른 머리가 더욱 슬퍼보였다.

나도 딸의 권유에 따라 머리모양을 가끔 바꾸기도 한다. 자주
는 아니지만 파마를 했다가 마음에 들지 않으면 펴서 처녀 때
처럼 기르기도 하고 단발머리 소녀시절로 돌아간 듯 단정하게
커트를 하기도 한다. 나는 어머니를 닮았는지 머리카락을 기르
면 약간 곱슬머리 형태가 나타난다. 데이트 시절 남편이 연필
로 그려준 내 옆모습에도 그렇게 표현되어 있다.

파마머리라면 내 어릴 때 추억이 잊히지 않는다. 여섯 살 때로
기억된다. 당시 며칠 전부터 나는 파마머리를 하고 싶다고 엄
마에게 졸랐다. 다른 친구가 한 것이 예쁘게 보였던 것이다. 그
러나 엄마는 바쁘다며 내 소원을 들어 주시지 않았다. 그러던
어느 날 웬일인지 엄마는 파마를 시켜 주겠다며 내 손을 잡고
시장 입구에 있는 자그마한 미장원으로 갔다.

나는 기쁘기도 했지만 막상 파마하기가 무서웠다. 옛날에는 지
금처럼 약품으로 하는 것이 아니라 불로 한다고 해서 불파마라
고 했다. 숯불이나 연탄불에 놋쇠 가위를 달구고 물에 적셔 약
간 식힌 다음 그 가위같이 생긴 도구로 머리카락을 직접 집어

서 돌돌 말아 한참 있다가 뺀다. 그러면 곱슬머리 파마가 되는데, 피부가 여간 뜨거운 게 아니다. 머리에도 얼굴에도 땀이 삘삘 난다.

"엄마! 너무 뜨거워"라고 말하면 엄마는 "참아라. 그래야 파마가 예쁘게 나온다."며 달랬다. 뜨겁고 더워도 나는 어쩔 수 없이 참아야만 했다. 내가 하고 싶어 한 일이니 참을 수밖에 없었다. 이윽고 미장원 언니는 나의 머리를 빗질하면서 "아이구, 이쁘다! 인형 같구나!" 하고 칭찬해 줬다. 거리로 나가자 동네 아주머니들은 "정숙이 쟤 영판 양년 같다"며 놀리기도 했다.

내가 보기에도 거울 속에 비친 약간 노랗게 된 내 머리의 모습은 만화에 나올 법한 모습이었다. 낯선 나라에서 온 작은 소녀 같았다. 내 마음에 흡족하였는지 파마가 풀리기만 하면 다시 엄마를 졸라 미장원으로 달려갔던 생각이 난다. 엄마도 내가 파마한 모습이 귀여워 보였던 것 같다. 그 다음부터는 미장원 가자고 해도 바쁘다는 핑계를 대거나 싫어하지 않으셨던 듯싶다.

그로부터 40년이 지나 남편 따라 잠시 북경에 가 살게 되었다.

하루는 머리를 자르고 파마를 하려고 혼자 미장원에 갔다. 의자에 앉아 옆자리를 보니 약품으로 하지 않고 재래식의 불파마를 하고 있지 않는가! 나는 깜짝 놀라 일어서고 말았다. 미용사들도 무슨 일인가 싶어 의아해했다. 나는 어릴 때가 불현듯 떠올라 "그 뜨거운 것으로 어떻게 머리를 해요?" 하고 반문했다.

막 나가려고 할 때 원장으로 보이는 점잖은 아주머니가 "생각보다 그리 뜨겁지 않아요. 걱정 말고 하고 가세요." 했다. 원장 아주머니가 다소 믿음이 갔거니와 어릴 때 해봤던 불파마를 우리나라 어디에서 또 해 볼 수 있을까 싶고 중국에서 다시 해 보는 것도 재미있겠다 생각되어 자리에 되앉았다. 조금은 불기운이 뜨겁고 머리카락이 타는 냄새가 역겹기도 해 불쾌했으나 참았다.

하지만 머리를 감고 거울을 보니 내가 생각한 파마가 아니라 폭탄 맞은 것 같았다. 머리가 부풀어 올라 뭐라고 표현할 수도 없었다. 후회스러웠지만 이미 때는 늦었다. 다시 바꿀 수도 없고. 그렇게 흑인 곱슬머리를 하고 돌아와 거울을 보니 머리카락이 타서 라면처럼 되어 있었다. 기분이 언짢았으나 어쩔 수 없는 노릇이었다. 귀국해서도 그때 손상된 머리를 관리하느라

1년이 넘어 걸렸다.

지금 돌이켜 보면 그 또한 웃음이 나오는 재미난 추억이 아닐 수 없다. 여섯 살 때의 추억이 불혹의 나이에 다시 퍼포먼스처럼 재연된 것 같아 혼자서도 웃음을 자아내게 한다. 부산시절 어머니와의 추억을 생각하며 다섯 살의 딸을 데리고 파마를 시키러 갔을 때의 기억도 겹쳐진다. 가끔 파마를 할 때면 어머니 생각이 나지만 이젠 나의 파마머리를 봐주시지 않는다. 먼 추억만 그림처럼 남아 있다.

비 오는 날에 만난 할머니

그날따라 소낙비가 쏟아지는 날이었다. 전철에서 내려 역 출구로 나오는데 하늘엔 먹구름이 몰려와 주위가 갑자기 까맣게 어두워졌다. 결국엔 몇 걸음 옮기지도 않았는데 장대비가 쏟아지기 시작했다. 내가 사는 아파트까지는 한 정거장은 더 가야 했다. 우산도 준비하지 않았기에 어쩔 수 없이 노변 가게의 처마 밑으로 달려가 비를 피하게 되었다.

옷의 빗물을 털고 머리카락을 닦고 있는데, 옆에 자그마한 키의 곱상한 할머니가 한 분 서 계셨다. 나는 미처 몰라보고 경사진 빗줄기를 피하기 위해 자리를 조금 옮겼을 때야 비로소 거기 할머니가 계신 걸 알게 되었다. 허름한 옷차림이었지만 깡마른 체격에 눈이 크고 피부가 희어 젊었을 땐 예쁘다는 말을 들었겠다며 혼자 생각했다.

이윽고 비가 그쳤다. 내가 먼저 말을 걸었다. "할머니, 비가 그쳤으니 집에 가시지요?" 하고. 그러나 돌아온 대답은 의외였다. "갈 곳이 없어요." 나처럼 잠시 비를 피하고 있는 줄 알았는데 할머니는 갈 곳이 없다고 하시니 너무 뜻밖이었다. 행색을 보니 노숙자도 아닌데 혹시 치매 환자이신가 싶어 말을 시켜 보았으나 표현하는 언어나 정신이 멀쩡했다.

나는 다시 할머니께 여쭈었다. "갈 곳이 없으시다는 말씀이 무슨 뜻이에요? 집이 없으신지…, 혹 자식이 없으신가요?" 할머니께서는 한참 망설이듯 말씀이 없으시다가 손가락으로 남쪽 방향을 가리키며 가녀린 목소리로 한마디 하셨다. "저기 아파트에 사는데 며느리가 무서워서 집에 못 들어가요." 그 말을 듣는 순간 나는 당황스러웠다.

나도 한 가문의 며느리라는 생각이 머리를 스쳐갔기 때문이다. 그리고 갑자기 할머니가 안쓰러워졌다. 가족이 무서워 집에 못 간다니 안타까운 마음이었다. 누구의 잘못인지는 쌍방의 입장을 헤아리기 전에는 알 길 없으나 할머니가 돌아갈 집을 기피하게 되셨다면 일단 자식의 도리에 문제가 있다는 생각이 들었다. 자식이 부모를 모셔야 할 입장이기 때문이다.

나는 "며느리도 자식인데…, 할머니께서 너그러이 품으시고 집에 가시지요."라는 한 마디 남기고 그 자리를 떠날 수밖에 없었다. 더 이상 할머니께 드릴 말씀이 없었다. 한참 걸어오다가 뒤돌아봐도 그 자리 그대로 서 있으셨다. 나의 발길도 점점 무거워지는 것을 느낄 수 있었다. 우연히 부딪힌 일인데 남의 일 같지 않게 연민의 정을 떠나 나를 자꾸 뒤돌아보게 했다.

내가 어렸을 때만 해도 아파트도 없었고 생활환경도 지금과는 크게 달랐다. 윤리 의식이 변하면서 모든 일을 자기중심으로 생각하고, 심지어 자식 중심으로 살고 있는 것을 듣고 보게 된다. 그 할머니도 이러한 시대환경의 피해자인지도 모를 일이다. 소낙비가 오는 날이면 이따금 돌아갈 길 잃어 비 맞은 새처럼 처마 밑에 움츠리고 섰던 그 할머니 생각이 난다.

한강을 바라보며

다시 처녀 때 살던 아파트촌으로 이사를 오게 되었다. 사람과 땅 사이에도 인연이 있다는 말을 들은 적이 있지만, 지연地緣이란 과연 있는 것일까? 20년 뒤에, 또다시 10년 뒤에 같은 길, 같은 동네로 이사 오게 되다니 예사 인연은 아닌 듯싶다. 의도한 것도 아닌데, 이 넓은 서울 장안에 같은 구역 같은 이름의 동네에 세 번째 이사를 온 것이다. 국토의 남단에 살다 와서도, 외국에 살다 와서도 낯익은 그 아파트촌으로 다시 온 것이다. 건물은 낡고 가로수와 정원수 나무들은 아름드리로 커서 5층 아파트 키보다 더 자란 것들도 있다.

내가 이 동네에 처음 살던 때만 해도 서울엔 아파트가 그리 많지 않았다. 시골 사람들뿐만 아니라 서울에 사는 사람들도 부러워할 만큼 인기가 높았던 동네였으니까. 그리고 강남은 아파트촌이 들어서기는커녕 전봇대가 비스듬히 서 있는 농가가 있고 갈대밭과 늪지대가 있는 허허벌판이었다. 여기저기 택지개발이 한창 진행되고 있었던 기억이 난다. 흔히 말하는 '한강의 기적'은 겨우 준비단계에 들어가던 시절이었다. 마포 와우아파트가 부실로 무너지고 해외로부터 빚(AID차관)을 얻어 서울, 부산, 인천에 시범아파트를 짓기 시작하던 무렵이었으니, 이 동네는 제법 잘나간다는 사람들이 모여들었던 것은 자명하다.

나는 그 시절 한강이 내려다보이는 곳에 살아 보는 것이 꿈이었다. 남편과 데이트할 때도 여의도의 아파트촌을 지나며, 결혼해서 돈 벌면 우리 여기 집 사서 한강을 보며 살자고 이야기했었다. 부산 시절에는 바다가 내려다보이는 곳에 살아봤으니, 한강이 보이는 곳에 살아보는 내 꿈도 마침내 이루어진 셈이다. 동네 가게의 상호와 간판은 많이 바뀌었으나 학교와 공원은 그 자리 그대로이다. 내가 다니던 미용실이 있던 2층 상가도 그대로이다. 길 건너 재개발된 곳엔 고층 아파트가 즐비하게 숲을 이루고 있다. 나의 신혼 시절을 보냈던 공무원아파트 단지도 흔적 없이 사라지고 지금은 새 아파트들이 높이 들어섰다.

한강은 이름만큼이나 참 아름다운 강이다. 밤하늘의 은하수漢같이 도시의 중심부를 흐르는 크고 멋진 강이다. 많은 나라를 여행한 것은 아니지만, 세계 어디를 가 봐도 수도 한가운데를 흐르는 이만한 크기의 아름답고 역사적인 강은 찾아볼 수가 없었다. 그리고 실제로도 그것이 정설인 듯하다. 서울에 살고 있는 시민은 한강에 대해 고마워해야 한다는 사실을 90년대 초 북경 생활에서 여실히 깨달은 바가 있다. 겨울이면 그 큰 도시의 넓은 도로에 찬바람은 태풍처럼 씽씽 소리를 내며 불고 쓰레기들이 몰려다니던 거리는 황량하기 그지없었다. 무연탄을 사용하는데다 각종 대기오염으로 자욱한 먼지 속의 공기는 숨 쉬기조차 어려웠다. 건조한 여름 한낮엔 졸음이 사정없이 쏟아진다. 습기와 시원한 바람을 제공하는 강물이 없기 때문이었다.

우리 집 아파트 3층에서 가깝게 내려다보이는 한강은 사계절 각기 다른 모습을 하고 흐른다. 아침과 저녁 그리고 밤낮으로도 다른 빛깔을 뽐낸다. 밤이면 강 양쪽 옆을 따라 또 하나의 강물이 흐르는 것처럼 도로를 주행하는 불빛의 물결이 한강을 더욱 생동하는 아름다움으로 만들어 준다. 늦은 밤 강 건너 풍경을 바라보고 있으면 별세계에 와있는 것 같아진다. 88올림픽도로 쪽으로 비추는 가로등 불빛은 한밤중에도 한강을 지키며 줄 서 있다. 가을이면 멀리 강변 아파트 창문마다 작은 불빛이 맑은 공기 속으로 새어나와 김환기의 무수한 푸른 점의 그림처럼 무엇인가 그립고 아득한 마음에 젖어 들게 한다.

안개 자욱한 봄날, 노란 개나리 울타리에 이어서 장미꽃이 무더기로 피어나면 회색 도시에도 생기가 다시 살아난다. 얼음이 풀린 강변의 노들은 시민들의 산책길로 변한다. 여름이면 먼 곳으로부터 온 천둥소리와 먹구름, 소나기의 장마 소식에 불어난 강물이 황토색으로 흐르기도 한다. 그때는 마치 내 침실 머리맡에까지 강물소리가 들리는 듯하다. 창문을 열면 시원한 바람이 불어 에어컨 없이도 지낼 수 있다. 가을엔 청명한 밤하늘의 별을 보기가 쉽지 않지만, 새벽 달빛은 여기가 천만 인구의 서울임을 잊게 한다. 그리고 눈 내린 강변의 가로수와 아파트 정원수는 한 폭의 멋진 그림같이 아름답고 정겹다. 한강의 사계절은 비록 아파트생활이지만 나에게 서울에서 사는 맛과 멋을 일깨워 준다.

인도 공주가 가야국에 온 까닭

먼 신비의 나라 인도 아유타국의 아름다운 공주가 꿈에서 본 사랑하는 사람과 혼인하기를 작심하고 붕정만리 거센 풍랑을 헤치며 해 돋는 한반도 남쪽 땅 미지의 작은 나라로 올 수 있었다니, 상상만 해도 아름답던 때가 있었다. 고대신화 같은 멋진 이야기가 아닐 수 없다. 상상만 했던 그 신화의 공간에 어느 날 나도 들어가 엿볼 수 있게 되어 여간 기쁘지 않았던 순간이 있었다. 흥미로운 것은 역사의 기록과 신화의 전설이 혼돈된 채 가야 땅에 함께 존재하고 있었다는 점이다. 인도와 태국을 거쳐 중국 남방 보주 땅을 지나 황해를 건넜을 그 가능성은 물론 허황옥이 열정적으로 달려온 그 루트도 흥미롭기는 마찬가지다.

부산에 이사와 10여 년을 살면서 남편 덕에 뜻밖의 고대 역사

공부를 하게 되었다. 그는 휴일과 평일을 가리지 않고 틈만 나면 옛 가야 땅으로 현장답사를 떠났다. 김해 김씨도 허씨도 아닌데 이상한 일이라고 사람들이 수군거렸다. 나는 어쩌다 소풍 삼아 함께 가게 되면 그 현장에 가서도 이것저것 관심 가는 분야만 보고 또 묻는다. 정말 허 황후가 인도 아유타국 공주였을까? 그 먼 길을 어떻게 올 수 있었을까? 장유암과 칠불암에 얽힌 이야기가 사실일까? 가야국 묘견妙見공주는 일본 구주로 건너가 오빠와 함께 야마타이국을 세우고 히미코卑彌呼라는 일본 최초 여왕이 되었을까? 나의 의문은 끝이 없었다.

남편은 가야사를 찾아 일본 답사까지 여러 번 다녀왔다. 가야가 신라에 자진 복속되면서 스스로의 역사는 많이 인멸되고 왜곡되었다고 그는 말한다. 다행히 최근 고고학적 발굴 성과에 힘입어 가야사가 새로 복원되고 있다니 다행이다. 어떤 역사학자는 삼국시대가 아닌 가야를 포함한 사국시대의 『사국사四國史』라는 책을 쓰기도 했다. 남편은 부산을 떠난 지 7년 뒤 70~80년대 부산시절의 가야사 탐방을 통해 느낀 것을 묶어 『가야기행 – 허황옥이 가락국에 온 까닭』이라는 제목의 시집을 발간했다. 어깨너머로 배운 그때의 가야사가 지금은 나에게 많은 것을 생각하게 한다.

나는 칠불암 아자방을 가보고 허황옥과 함께 우리나라에 들어 왔다는 불교에 관심을 두었다. 불교가 우리나라에 처음 들어온 때는 중국 전진前秦시대 순도 화상이 고구려에 불상과 경문을 가지고 들어온 소수림왕 2년(372)이라고 교과서에서 배웠다. 그것이 통설이자 정사正史인 줄로만 알았는데, 가야사를 보면 전혀 그렇지 않다는 것을 알 수 있다. 불교의 고구려 최초 수입初傳설에 반기를 든 불교 남방 전래설의 주장이 따로 있었다. 고구려보다 324년이나 앞선 가야국 시조 김수로왕 7년(AD 48)에 허황옥 공주가 오빠 장유 스님과 함께 인도 아유타국에서 불경과 파사석탑을 배에 싣고 김해 가야의 땅으로 들어왔다는 주장이다.

물론 나도 남방전래설을 정설로 생각한다. 그 증거로 내세울 만한 근거가 여럿 있다. 실제 김해 허황후릉 앞에는 오늘날까지 붉은 빛이 도는 당시 파사석탑이 남아 있고, 그 돌은 우리나라의 돌이 아니라 인도에서 생산되는 특유의 돌임이 판명되었다. 김수로왕릉의 쌍어문이나 가야 유물에 새겨진 코브라 문양 등도 인도 아유타국 아요디아 지역에서 흔히 발견되는 문장인 것으로 고증된 바 있다. 우리나라에서 고대로부터 전해온 한 쌍의 물고기 문양은 김해 이외에서는 찾아보기 어렵다. 그것은 다시 일본에 전해졌다. 김해김씨 후손인 김병모 교수(한양대학

^{교 박물관장)}는 쌍어문양이 전파된 루트를 답사하여 한 권의 책을 내기도 했다.

뿐만 아니라 장유사, 장유암, 불모산, 신어산, 칠불암 등 장유 화상과 관련된 오랜 지명을 감안하면 이 땅에 인도불교의 남방 전래는 역사적 사실임을 알게 해준다. 탑과 불경과 승려가 이 미 가야 땅에 존재했다면 정설이 되지 않을 수 없는 것이다. 그 리고 김수로와 허황옥의 국제결혼뿐만 아니라 연기법에 의한 양국 간 고대불교의 문화교류 또한 정신사적으로 매우 중요하 며, 그 후예들에게는 특별한 의미일 수 있다.

아유타국 공주가 가야국으로 시집 온 까닭이 분명 있을 것이 다. 일연의 『삼국유사』 '가락국기'에 따르면 가야의 질지왕 때 _(452년) 김수로왕이 허황옥과 첫날밤을 보낸 그 자리에 황후사皇 后寺를 세웠다는 기록이 있다. 지금은 그 자리를 짐작만 할 뿐 정확하지 않지만 그것은 역사적 기록임에 틀림없다. 결코 신화 나 전설이 아닌 것이다.

사랑에 대하여

사랑은 위대한 힘을 갖고 있다. 그 어떤 힘보다도 사랑의 힘은 위대하다고 할 수 있다. 사랑할 수 있다면 어떤 어려움이 생겨도 이겨나갈 수 있다. 심지어 죽음에서도 생명을 구할 수 있는 힘이 생겨난다. 인내와 용기와 믿음을 가져다주는 그 불가사의한 힘은 도대체 어디서 오는가 하고 생각할 때가 있다. 첫째도 둘째도 셋째도 사랑이란 성경의 말씀이 실감나던 때도 있었다.

어머니가 자식을 사랑하는 힘은 참으로 위대하다. 어떤 사람이 이 세상에서 가장 위대한 것을 한 가지만 예를 들라고 했을 때 '어머니의 손'이라고 답했다고 하듯 거룩한 손뿐만 아니라 어머니의 모든 것, 어머니의 희생적인 사랑은 실로 위대하다. 마찬가지로 역사에서는 자식이 목숨 걸고 부모님을 진정으로 사랑한 모습도 나온다. 그 효자의 사랑도 알고 보면 부모의 사랑으로부터 비롯된 것이라 생각한다.

그리고 인류의 스승인 성인과 성자의 사랑도 위대하다. 자신을 돌보지 않고 고통 속에 헐벗고 병들어 소외된 중생을 위해 지혜와 용기로써 진리를 베푸는 사랑은 한없이 거룩하다. 누구나 믿음과 정성을 바쳐 본받고 싶은 진리의 스승이 있다는 것은 지극한 행복이다. 낳아서 길러주신 부모의 사랑도 더없이 크지만 광명한 진리의 세계로 나를 인도해 주는 거룩한 스승의 사랑이야말로 끝없이 둥근 원자圓慈의 사랑이다.

또 하나 잊고 살기 쉬운 위대하고 거룩한 사랑이 있다. 만상만물의 생명을 말없이 부여해 주고 길러주는 천지 대자연의 사랑이다. 천지는 말이 없어도 만물을 낳고 길러내기 위해 햇볕, 바람, 물, 토양 등 모든 것을 대가 없이 제공하지만 자신이 길러낸 존재들을 소유하지 않는다. 천지의 덕은 소유하지 않기 때문에 가장 크고 깊으며 더없이 풍부하다. 그것이 무량의 자족이자 대자연의 품이다. 무소유의 대자연보다 더 위대한 사랑은 없다.

이러한 사랑들에 비하면 남녀의 사랑은 작은 사랑이다. 부족하기 짝이 없는 인간적 사랑이기 때문이다. 지극히 아름다운 사랑도 없지 않지만 이기심의 사랑은 진정한 사랑이 아니다. 그렇기에 그 여자가 혹은 그 남자가 나를 사랑하지 않는다고 해서 괴로워할 필요는 없을 것이다. 그건 사랑이 아니기 때문이다. 받으려고만 하는 사랑은 이미 사랑이 아니다. 진정한 사랑은 조건 없이 주는 것이요, 받기 전에 아낌없이 주는 것이다.

부부의 사랑도 마찬가지다. 화목을 이룬 해로의 사랑을 볼 때 참 넉넉해 보인다. 하지만 주기보다는 받으려고만 하는 사랑은 이기적이고 인색해 보인다. 전에는 날 사랑했는데 지금은 왜 그렇지 못하느냐고 따지듯 말하기도 한다. 반성해 보면 한심한 사랑이다. 사랑이 아니라 불평이다. 불평이 지나쳐 욕망으로 변한 가짜 사랑도 있다. 풍파가 일고 거울이 깨어지고 결국 각자의 길을 가는 사례가 날로 늘어나고 있다. 이혼율이 높아지는 우리나라가 부끄럽다.

몇 해 전 세모에 노부부의 이별 준비에 관한 한 편의 영화가 개봉되어 사회적으로 잔잔한 감동을 주었다. 76년을 동고동락해온 98세 할아버지와 89세 할머니의 사소한 일상이 부부란 어

떤 관계이고 어떻게 살아야 하는지 스스로에게 되묻게 하는 다
큐였다. '님아, 그 강을 건너지 마오' 제목이 말해주듯 한 분이
먼저 잡은 손을 놓고 죽음의 강을 건너는 장면에서 '워낭소리'
와 겹쳐진다. 조용한 눈빛으로 소리 없이 나누는 묵묵한 사랑
은 더욱 감동적이다.

가을은 천지의 선물

가을은 결실의 계절이다. 오곡과 백과가 무르익어 풍성하게 거두어들이는 수확의 계절이 돌아오면 농촌 사람들의 마음은 풍요롭기만 하다. 그렇다고 내 마음도 풍요로운 것은 아니다. 시골에 살 때는 철이 없어 그때를 모르고 살았다. 성장해서 회색빛 도시에서의 삶은 계절을 잊고 살기가 일쑤였다.

시월의 끝자락이 되면 고향 길 미루나무 가로수와 정든 학교 운동장에 둘러선 활엽수들은 어김없이 가을로 아름답게 물든다. 계절이 다하는 산촌엔 겨울도 성급히 찾아온다. 낙엽이 여기저기 쌓이고 풀들이 서릿발에 하루가 다르게 시들기 시작하면 산마루를 넘어오는 바람은 숨이 찬 늙은이처럼 쇳소리를 낸다.

가을걷이가 끝나면 초목과 곤충들도 오는 봄을 준비하기 위해 동면의 긴 겨울을 맞이하게 되듯, 만물의 영장인 우리 사람도 지난 한 해의 삶을 되돌아보고 새로운 각오를 하기 마련이다. 가을을 맞아 철부지 나 자신에 대해 성실하지 못했던 점을 반성하게 되고 반복적으로 새로울 것도 없는 다짐을 또 한다.

그러나 한 해가 저물어 가는 계절의 길목에서 가을과 스스로를 함께 반추해 보는 것은 의미 있는 일이다. 누구나 습관을 되풀이하는 자신에 대해서 늘 불만스럽기 마련이다. 한 해의 가을뿐만 아니라 인생의 황혼기에 접어들면서 더욱 그런 생각을 자주 하게 되는 것도 피할 수 없는 인지상정인 듯하다.

누구나 말은 하지 않아도 각자의 마음속에선 젊은 날의 회한이 사무치듯 그리울 수도 있으리라. 새삼스럽게 '지금 여기'의 삶에 대한 절실함과 삶 그 자체의 본질과 의미를 생각하게 된다. 나는 왜 이렇게 어리석은 삶을 반복하고 있을까? 아쉬움 속에 자신을 바라보는 성찰의 시간이 점점 많아지고 깊어지는 것도 계절 탓만은 아닌 듯싶다.

가을이 천지간에 계절로 물들면 우리 인간도 하루의 황혼처럼 아름답게 물들어가기 마련이다. 하늘과 땅은 늘 말이 없이 거기 있다. 그러나 천지는 햇빛과 물과 공기를 나에게 제공해 준다. 무상으로 끝없는 혜택을 베풀어 준다. 크나큰 은덕이 아닐 수 없다. 부모님 은혜와 다를 바 없으니 그저 감사할 따름이다.

천지가 있고 그 사이에 사람도 있으니 천·지·인이 동격이 된다. 사람이 없으면 천지도 없을 것이기 때문이다. 천지를 천지로 불러줄 자가 없는데 천지인들 존재할 수 있겠는가? 물론 감사할 일은 하늘땅만이 아니다. 빛과 물과 공기도 있다. 한 가지도 없어서는 살 수 없다. 햇빛이 없으면 생명이 존재할 수 없는 암흑천지로 변할 것이다. 공기가 없으면 잠시도 숨 쉴 수 없다.

숨결은 물결과도 같다. 공기 속에도 물이 있다. 물 없이는 생명은 태어날 수도 살 수도 없게 된다. 얼마 전『숨결이 바람 될 때』라는 책을 읽었다. 요절한 저자 폴 칼라니티가 그랬듯이 살아 있음의 소중함과 위대함을 절실히 알게 해준다. 숨결은 단순히 바람이 아니라 영혼이 깃든 살아 있는 에너지라는 사실도 깨닫게 되었다.

인류의 최초 철학자로 공인되고 있는 탈레스는 '만물의 근원은 물이라'고 했다. 물이 없으면 생명의 숨결인 바람이라는 것도 존재하지 못한다. 바람이 불어오는 곳이 어디인지 다시 생각해보게 된다. 사람의 몸은 땅과 물과 불과 바람(지·수·화·풍, 四大)으로 이루어져 있다. 오늘도 나의 사대육신이 멀쩡하게 살아있는 것은 천은지혜天恩地惠이다.

인생의 초가을을 맞아 겨우 알게 되었다. 깨닫기 전까지 은혜를 모르고 삶을 살았을 것을 생각하면 끔찍하다. 스승의 은덕으로 늦게나마 깨닫고 보니, 감사한 마음과 더불어 새삼 보은하는 삶을 살아야 하겠다는 다짐이 든다. 가을은 나에게 결실의 아름다움뿐만 아니라 삶의 근원을 알려준다. 천지 자연이 베풀어준 풍요의 계절을 헛되이 보내서는 아니 되겠다. 가을은 천지의 선물이다.

어느 감옥의 감동적인 순간

옛 형무소 터나 교도소 건물 앞을 지나갈 때면 어떤 사람이 이곳에서 생활하고 있을까, 무슨 큰 죄를 지었기에 이다지 높은 담벼락 속에 갇혀 지낼까 그런 생각을 하곤 했다. 살인, 절도, 강간, 횡령, 사기 등 어렵고 무거운 죄 이름만 들어도 무섭게 느껴지던 소녀시절이 생각난다. 반대로 나라를 위해 크고 정의로운 일을 해서 옥고를 치른 애국지사들의 역사를 배울 때는 감옥소도 죄 없는 사람들과 애국자들이 갇힌 의로운 장소로 여겨지기도 했다.

철이 들어서는 나라 잃은 때와는 달리 주권국가로서 다 같이 더불어 평등하게 살기 위해서 싸운 민주투사들이 그곳에 가두어지기도 했던 시절이 있었다. 내가 아는 시인도 그 큰 집, 작은 방에서 10년 가까이 살고 나온 분이 있다. 나와 우리를 부끄럽게 만드는 참 존경스러운 분이다. 감옥 안의 삶과 특수한 풍경들을 알지 못하는 나는 영화나 드라마에서 본 모습들로만 짐작할 뿐이어서 감옥은 내게 언제나 다양한 이미지의 상상공간이었다.

그런데 30대였던 나에게 그 안쪽을 들여다볼 수 있는 단 한 번의 기회가 주어졌다. 평소 존경해 온 어느 선생님께서 수십 년에 걸쳐 전국 교도소 도의강연 봉사를 해오고 계셨다. 70년대 말 부산에 살 때였다. 그날따라 선생님을 수행할 예정이었던 남편이 갈 수 없게 되자 영광스럽게도 내가 대신 따라갈 수 있었다. 남자 수인들이 있는 곳이 아닌 여죄수들만 있는 여사女舍 쪽에 가시는 날이라 뜻밖에도 남편 대신 내가 수행할 수 있게 된 것이다.

교도소는 도시 변두리의 주례라는 곳으로 산기슭의 약간 높은 지대에 자리하고 있었다. 낙동강이 비스듬히 내려다보이는 곳에 위치한 낡은 회색 담장 너머로 들어서자 낡은 벽돌 건물들이 줄지어 들어서 있는 것으로 보아 역사가 꽤 오래된 듯싶었다. 좁은 출입구로 선생님을 뒤따라 들어간 독립된 건물은 교도관들의 사무실 같았다. 선생님께서 정기적으로 오셔서인지 그곳 책임자가 직접 나와 친절하게 인사를 하고 차 대접도 하였다. 하지만 나에게는 그들의 복장부터 낯설었다.

잠시 후 여성 교도관의 안내로 긴 통로를 지나 커다란 단층 강당에 들어서자 많은 여성들이 미리 자리를 하고 있었다. 숫자 명찰이 가슴에 달린 수인복을 입은 수백 명의 여성들이 침묵한 채 마룻바닥에 줄지어 앉아 있었다. 예상 밖의 분위기에 나는 왠지 위축되는 느낌이었다. 선생님은 단상으로 나가시고 나는 그 교도관과 나란히 앞쪽 측면 의자에 앉았다. 초봄의 날씨에 실내 기온도 아직은 쌀쌀했으나 분위기는 이내 따뜻한 온기로 바뀌었다.

선생님의 강의가 시작되자 모두 숙연해진 것 같았다. 선생님은 먼저 인과응보의 원리에 대해 말씀하셨다. 그리고 주머니에서 손수건을 꺼내시더니 탁자 위의 물컵을 손수 싸서 청중들에게 보이시고 나서 그 손수건을 펴서 다시 몇 차례 묶어 매듭을 지어 보여 주셨다. 그리고 말씀하셨다. "여러분! 매듭을 지은 이 손수건으로는 여기 이 컵을 쌀 수 없습니다. 그러나 절망하거나 포기할 필요는 없습니다. 이렇게 풀어서 펼치면 다시 컵을 쌀 수 있기 때문입니다."

"마음에 맺은 결도 마찬가지입니다. 가슴에 맺힌 원결을 뉘우치고 풀어서 상대방을 감싸 안을 수 있는 넉넉한 마음의 준비가 필요합니다. 이것이 여러분들이 여기서 할 일입니다. 죄와 덕은 각자 스스로 짓고 스스로 받는 이치가 있으니, 모든 것이 자업자득이자 인과응보입니다." 말씀을 채 마치시기도 전에 뒤쪽 어디선가 울음소리가 들려왔다. 하나둘 어느새 실내는 울음바다로 변해가고 있었다. 목 놓아 통곡하는 분도 있었다. 앞자리에 있던 교도관도 나도 흐르는 눈물을 주체할 수 없었다. 선생님도 말씀을 잇지 못하고 잠시 눈을 감고 서 계셨다.

200여 명의 청중들이 일시에 감동하였다. 선생님의 설교 말씀이 그들의 가슴에 맺힌 서러운 한과 뜨거운 눈물샘을 자극한 것이리라. 선생님은 특별한 능력을 가지신 것이라고 믿어졌다. 평범한 말씀 같았으나 그때 그 자리에서 공명하는 기운이 특별했기 때문이다. 나는 태어나서 그날 거기서의 강의만큼 감명 깊고 감동적인 설교는 보고 듣지 못했다. 지금도 눈 감으면 그날의 감동스런 장면이 어둠 속에 빛나는 눈동자와 함께 주마등처럼 지나간다. 마음을 활짝 열고 남을 포용할 수 있는 사람이 되어야겠다.

슬픈 전설이 된 대가족사회

도시와 시골을 막론하고 현대의 가족은 해체의 위기에 놓여 있다. 삶의 방식과 환경이 크게 달라진 것이다. 물리적 생활공간의 거리뿐만 아니라 혈연의 내왕과 가족의 소통방법에 있어도 완전히 다르다. 내가 어릴 적의 환경과는 비교도 할 수 없을 만큼 큰 차이가 있다. 교통과 통신의 발달로 천 리가 지척이 되었다. 그때는 자녀들 수도 많았거니와 대부분의 농촌 생활에서는 대가족을 이루고 살았다. 더러는 사세동당四世同堂도 흔히 볼 수 있었다. 멀고 가까운 친척들이 집성촌을 이루고 동네와 이웃에 옹기종기 단란하게 모여 살았으니, 명절 때와 잔치가 있는 날은 축제 분위기였다. 대가족 풍습 속에서는 자연 어른들을 존경하지 않을 수 없었다. 교육의 처음은 모름지기 인사하는 법이었다. 비록 살림살이는 풍족하지는 않아도 가문의 미풍과 예의를 지키고자 절제를 하면서 화목하게 살았던 시절이다.

그러나 지금은 농업사회가 아니고 산업사회를 지나 다양한 이름으로 불리는 21세기 새로운 사회이다. 농촌의 동공 현상을 가져올 만큼 대도시로 인구가 집중되고 있다. 글로벌시대에 발맞추기라도 하듯 식구들이 여기저기 세계 각지로 흩어져 살고 있다. 새로운 삶의 풍속도이다. 80년대까지만 해도 해외에 나가려면 반공교육을 필수적으로 받아야 했다. 90년대 정부의 '세계화' 정책과 해외여행의 자유화로 삶의 시야가 크게 넓어지고 수준이 높아졌다. 우리 집도 남편의 『4행시집』에 나오는 시 '가족'처럼 잠시나마 공교롭게도 다섯 식구가 다섯 곳에 나누어져 산 때도 있었다. 그때 절실히 느꼈다. 가족의 개념과 화목의 의미도 옛날과는 다르다는 것을. 한곳에 모여 살아야 가족이 아니듯, 화목할 수 있는 조건도 공간이 아닌 마음의 문제임을 그때 깨달았다.

불과 반세기 전만 해도 3대가 한집에 머리를 맞대고 살았는데, 지금은 몇 되지도 않는 식구들이 각자 자기 직업을 찾아 세계의 각처로 뿔뿔이 흩어져 살게 되었다. 작은 지구촌 시대에 살게 된 것이다. 도시와 농촌 할 것 없이 어디를 가나 고층 아파트가 생활화되어 가고 있다. 삶의 문화적 형식과 환경이 완전히 새롭게 바뀐 것이다. 가정과 직장조차도 시멘트 집과 아스팔트 거리처럼 거칠고 삭막하게 느껴진다. 바쁘다는 핑계로 메마른 정서의 기운이 감돌고 개별자의 독신 문화가 우리의 삶에 깊숙이 파고들고 있다. 삶의 풍속도는 이렇게 바뀌었는데도 나는 아무런 대안도 없이 살아온 것 같다. 급변하는 환경의 의미를 깨닫게 된 것도 그리 오래되지 않는다. 지천명知天命이라는 나이가 되어서야 겨우 실감하게 되었다.

아이들 공부시키고 저축하여 집 사고 남편 뒷바라지하느라 자신을 돌아볼 시간적 여유가 없었다고 변명할 수는 있을 것이다. 하지만 자신을 소홀히 한 것은 누구를 탓할 수도 변명할 수도 없는 일이다. 내일을 생각지 않고 앞만 보고 살다 보니 어느새 인생의 황혼기 입구에 접어들었다고 하소연한들 아무도 이해하거나 보상해 주는 사람은 없다. 내 삶은 내가 주인공으로 살아야 하는 것이다. 내가 주체적으로 살 때 가족과도 원만해질 수 있다. 주체적이지 못한 삶은 능동적이지 못하고 소극적으로 되기 쉽다. 앞에 있는 사람에 대한 소중함을 망각하고, 옆에 있는 사람을 보살피지 못하며, 스스로 부정적으로 되기 쉽다. 이런 사실들에 대해 눈뜨기까지는 나이테처럼 삶의 연륜이 필요했다.

어느새 문득 내 곁으로 와버린 노령화 사회에서 초로의 삶은 간단하지 않지만 못 다 한 일들에 미련을 가지기보다는 깨끗이 정리하여 보다 간결하고 소박하게 살아야겠다고 다짐하게 된다. 물론 하루아침에 심플한 삶의 패턴으로 전환한다는 것이 그리 쉽지는 않다.

생각이 여기에 미치고 보니 스스로 이제 철이 드나보다 싶기도 하다. 나이가 이순耳順이 지나고 보니 급속히 퍼져나가고 있는 핵가족사회의 문제점들이 예사롭게 보이지 않는다. 독거노인들이 주위에 늘고 있는 문제점도 그렇다. 언제부턴가 듣고 보는 뉴스들이 남의 일처럼 보이지 않는다. 인류사회가 도덕 사회가 되지 않는다면 희망이 보이지 않을 것 같다.

몇 해 전 일본을 방문했을 때, 목격한 새로운 풍속도는 심각한 수준을 넘어서고 있었기 때문이다. 가족의 해체가 아니라 개체적 분해에 가깝다. 핵가족이란 말도 옛말이 된 듯 독거노인의 문제가 지역사회를 쓸쓸하게 만들고 있었다. 어느 소도시는 완전히 황폐화된 곳도 있었다. 사람이 살지 않는 아파트와 거리는 휑하게 비어 있었다. 외계의 혹성에 온 느낌마저 들었다. 교통과 통신이 아무리 발달하였다 해도 소통할 대상이 없이 고립된 환경에서는 이웃사촌이라는 말이 더욱 실감난다. 이젠 그 이웃사촌도 없어진다는 데 문제의 심각성이 있다. 하나의 지붕 아래 오순도순 모여 살았던 전통 가족 모습이 새삼 귀하고 그립다. 아득하리만치 너무 멀리 지나 온 슬픈 전설이 된 것이다.

지금은 가정과 사회의 급변으로 새로 배우고 지켜야 할 것도 많다. 그에 따른 도덕과 윤리적 질서의 개념도 바뀌어야 할 때다. 새로운 규범의 가치관이 필요한 시대이다. 변화의 시대에 조류를 따라 행해야 하는 것도 삶의 당연한 이치이다. 가족의 해체에 따라 윤리적 가치 기준이 흔들리고 있기 때문이다. 무엇이 진정한 효孝이고 어떤 것이 참된 충忠인지 새로운 해석과 이해가 요구된다. 심지어 '삼강오륜'이 바뀌고 그 실천 방법 또한 다르니 말이다. 과거 성인의 가르침은 그가 태어난 시대와 지역에 따라 각자 역할이 사뭇 달랐다. 하지만 지금은 유불선儒佛仙이 하나로 통합되어 가는 지구촌 시대이니, 인류의 보편적 가치와 진리가 곧바로 공유되는 시대이다. 이제는 인류가 하나의 동포이자 형제로 통합된 새로운 공동체문화의 시대로 가지 않으면 아니 될 때이다.

할머니의 손은 약손

내가 어릴 때는 할머니가 손자들을 돌보다가 배가 아프면 '내 손이 약손'이라며 배를 쓸어 만져주곤 했다. 꼭 자기 손자가 아니어도 아기나 어린이의 아픈 배를 전문으로 만져주는 용한 할머니나 아주머니가 동네마다 꼭 한둘은 있었다. 체하면 손가락 끝에 피를 내거나 침을 잘 놓는 분들도 있었다. 내가 어릴 때만 해도 웬만한 병은 가정 의학으로 해결하던 시대였다.

나도 어릴 적 외할머니가 나의 아픈 배를 어루만져 주시면 신기하게도 가뿐히 나았다. 그래서 '할머니의 손은 약손'이라는 말은 실감나는 말이기도 했다. 약손이란 약의 처방과 같이 용케 낫는 손이라는 뜻이다. 나의 할머니는 일찍 돌아가시고 이웃한 외할머니의 댁에 자주 놀러 가곤 했는데, 무엇을 잘못 먹었거나 차가운 음식을 먹어 배탈이 나도 외할머니는 배를 만져 주었다.

할머니의 손이 약손이었던 것은 무엇보다 믿음과 사랑에서 비롯된 것이리라. 아기가 어머니의 품에서 편안히 잠들듯 함께 놀아주고 맛있는 것도 챙겨주는 할머니가 어린 아이에게는 자연스럽게 믿음이 가고 의지가 되는 존재일 수밖에 없을 것이다. 심리적인 신뢰를 통해 안심이 되니 인자한 할머니의 따뜻한 손길이 아픈 것도 잊게 만드는 것이 아닐까 싶다.

그리고 할머니는 손자의 배를 어루만지는 손만 사용하는 것이 아니다. 거기에는 '할머니 손은 약손'이라는 마법 같은 주문을 건다. 반드시 배를 만지는 동시에 주문을 외우듯 "할머니 손은 약손"이라는 말을 되풀이한다. 그 음성을 듣는 동시에 마음부터 편안해지고 몸도 따라서 안정이 되면서 잠이 온다. 한잠 자고 나면 아픈 곳도 용하게 사라지고 만다.

옛날에는 대부분 대가족이었고 여러 대가 한 집에 함께 살았다. 농촌에는 일손이 바쁘고 아이들은 할머니가 맡아 돌보기 일쑤였다. 도시에서도 상황은 마찬가지였다. 유치원이 따로 없었던 시대였으니, 할머니의 옛날이야기는 교육상 중요한 교과 과정이었던 셈이다. 노래와 가사를 들려주고 역사와 신화를 가르쳐 주었으며 문자 쓰기도 가르쳐주는 유식한 할머니도 많았다. 한편 잘 사는 양반집에서는 아이가 자라면서 할머니보다 할아버지의 교육 영향이 컸다.

나도 할머니보다는 사회 봉사활동에 바쁘셨던 할아버지에 대한 기억이 더 많다. 외할아버지께서 "어머니 힘들게 하지 마라"고 주먹을 고여 가며 점잖게 타일러 주시던 인자하신 인상이 오랜 세월이 지나도 잊히지 않는다. 그것은 할머니와 할아버지의 역할이 다르기 때문이다. 남녀는 음양이다. 남성의 강함이 엄한 덕이 되고 여성의 부드러움이 자상한 아름다움이 되는 것으로 배웠다.

나는 일주일에 서너 번 딸네 집에 가서 외손자를 돌봐주곤 한다. 외손자는 나에게 첫 손자라서 그런지 정이 많이 간다. 100일이 지나고 돌이 되자 재롱을 한껏 부린다. 놀다가 지치면 잠을 잔다. 재우면서 자장가를 불러가며 가슴을 토닥이거나 배를 만져준다. '할머니 손은 약손'이라는 나의 외할머니의 음성이 들리기도 한다. 내가 벌써 할머니가 되다니 실감하면서.

하루는 외손자가 나의 옷을 들추면서 배를 내놓으라는 시늉을
한다. 옷을 걷어 올리자 내 배에 손을 갖다 대더니 눈을 지긋이
감고 한참이고 가만히 있다. 내가 잠들 때 저에게 자주 그렇게
하는 것을 본 듯하다. 그대로 따라 하는 모습을 보고 깜짝 놀랐
다. 아이들에게 어른들의 말과 행동이 얼마나 중요한지를 깨닫
게 해 주는 순간이었다. 이 세상 모든 아이들에게 '할머니 손은
약손'이면 얼마나 좋을까!

문자를 날리는 시대에 살아남기

오늘은 어제와 다르듯 내일은 오늘과 많이 다른 세상이 될 것이다. 우리는 또 그것을 믿는다. 하루가 다르게 바뀌는 세상 모습에 놀라기도 하고, 나이 탓인지 무관심 속에 덤덤히 지나가기도 한다. 바뀌는 것은 눈에 보이는 것만은 아니다. 바깥 사물에 대한 생각하는 관념이 바뀌고, 내 삶을 위해 스스로 돌아보는 마음의 태도가 바뀌고 있음을 느낀다. 불혹을 지나 지천명에 이르렀을 때는 자신을 돌아보는 자성·반성의 시간이 늘어났다. 그리고 이순耳順에 이르자 세상을 바라보는 태도가 달라진 듯 인간관계와 시간의 소중함을 절실히 깨닫는다. 비록 짧게 스쳐가는 사소한 것일지라도 의미가 보태지거나 성찰이 따르는 것을 보면 나이 들어가는 과정을 실감하게 된다.

남편과의 대화도 미래적인 것보다는 과거의 얘기가 더 많아지는 것을 느낄 수 있다. 물론 살아갈 시간보다 이미 살아온 시간이 더 많은 것도 사실이다. 젊을 땐 늦은 밤까지 할 이야기가 많았는데 살아갈수록 말이 아닌 눈빛으로 대신하는 때가 많아진다. 말을 하려다가도 뻔히 아는 이야기 같아 그만두게 된다. 결혼 40년차니 결코 짧은 기간은 아니다. 강산이 네 번 바뀐 세월만큼이나 연륜의 나이테가 늘어난 것이다. 달빛 그림자를 밟고 살던 유년시절의 고향을 떠나 회색빛 도시로 온 후의 젊은 날은 시멘트 아파트 숲을 옮겨 다니며 왜 살고 있는지도 모르고 지냈다. 계절을 모르고 사는 도시의 삶이란 한 해가 짧고도 빠르기 마련이다.

게다가 10년 전부터는 스마트폰의 보급으로 삶의 풍속도가 완전히 바뀌었다. 정다운 육필의 편지와 반가운 엽서도 없어지고, 이제 유선 너머에서 듣던 살아 숨 쉬는 육성마저 점점 사라지고 있다. 그 빈자리를 비집고 해체된 부호의 문자들만 맥없이 빈번하게 오고 간다. 인사도 필자도 생략된 채 간단한 요점만 번개처럼 문자를 휙휙 날려 보낸다. 거두절미! 그야말로 두서 없는 단절의 대화일 뿐이다. 문자가 마치 암호문 같다. 문자마저 증발하고 낯선 부호와 만화 같은 그림들이 등장한다. 모든 것이

생략되고 탈의미화 된다. 디지털 세대가 아닌 우리 같은 아날로
그 세대에게는 갈피를 잡을 수 없는 현실을 마주하게 된다.

전철이나 기차를 타면 하나같이 각자 고개를 숙이고 스마트폰
에 열중하는 모습이다. 처음에는 낯선 모습이었으나 이제는 이
미 오랜 것처럼 익숙한 풍경이다.
스마트폰이 처음 보급될 때는 젊은이들의 전속물로 여겨졌다.
그래서 중국에서는 그들을 '띠터우주底頭族(저두족)'라 불렀다. 하
나같이 고개를 숙이고 폰에 집중하고 있는 그들 모습을 풍자한
말이다. 이 새로운 족속들은 친구끼리 모여 앉거나 심지어 연
인과 마주하고서도 서로 눈길도 안 주고 각자 폰만 본다. 다양
한 모습들의 세상 풍속을 문자와 영상으로 보도하기도 한다.
이젠 베이징과 상하이뿐만이 아니다. 서울과 동경 그리고 세
계 어느 곳도 같은 띠터우주들이 생겨나고 있다. 이젠 세계 어
디에도 그들이 우리와 함께 살고 있고 우리들도 그들과 비슷한
문화 환경을 공유하며 살아가고 있다.

20세기 후반 컴퓨터와 인터넷 그리고 SNS 보급까지, 인류 역
사상 가장 크게 바뀐 지구촌의 풍속이다. 스마트폰 사용 기술
도 날로 진화해 가기에 조금씩 익힐 만하면 또 새로운 것으로

바뀌고 만다. 나로서는 뱁새가 황새걸음 따라가는 격이다. 자식세대와는 달리 같은 세대인 친구들이나 남편과의 문자 주고받기는 그래도 공통되는 점이 많아 마음 놓인다. 비록 짧은 글이지만 기승전결을 갖춰 주고받는 경우가 많다. 때로는 문장으로 이루어진 긴 글도 더러 받게 될 때면 편지처럼 반갑게 느껴지기도 한다. 그러나 그것도 희귀종처럼 주위를 둘러보아도 잘 발견되지 않는다. 새로 만들어진 말은 그만두고라도 외래어는 왜 그렇게 많아졌는지 도무지 알아먹지 못해 분간이 안 되어 실수하게 되는 경우도 허다하다. 친구의 말처럼 때로는 외계에 사는 느낌일 때도 있다.

이제는 해외에 출장 간 남편이나 유학 간 아들의 엽서와 편지도 받아볼 수 없게 되었다. 손 안의 음성이나 문자로 바뀐 지도 벌써 오래인 듯하다. 그런데 며칠 전 긴 문자 하나를 받았다. 옮기면 이렇다.

> "충정로 전철역 가까이 당신이 저기서부터 걸어오는 모습, 옛날처럼 당당하게 걷던 힘찬 젊음은 어디로 가고 어느새 초로의 조심스러운 걸음걸이가 세월의 간격을 생각하게 했소. 나무 뒤에 몸을 숨겨 섰다가 '여보!' 하

고 부르는 소리에 깜짝 놀라 멈춰선 당신! 창백해 보이는 얼굴색에 볼을 만져보며 마음 한구석 어디서부턴가 짠해 오더이다. 다시 되돌아볼 때, 뒤돌아보며 손 흔들어 주던, 검은 긴 코트차림의 당신 모습. 버스를 타고서도 걸어가는 당신의 옆모습은 쏜살같이 유리창을 스치더이다. 2014. 2. 18 오후 라석."

이 정도면 그래도 서로 편지를 주고받던 시절의 연장으로 읽을만하다. 엽서 한 장 길이의 문장이 되니까 의미가 읽혀지는 것 같아 감동이 있다. 하지만 요즘 세태의 글은 글이 아니라 글자 그대로의 '문자'요 '메시지'이다. 돈을 아끼기 위해 글자를 헤아리며 썼던 전보문을 받는 느낌일 때도 더러 있지만 그런 경우도 요즘은 흔치 않다. 그저 문자는 부호이고 부호는 이모티콘 같은 그림과 다를 바 없기 때문이다. 문자와 기호 그리고 숫자 등을 모아 조합하여 만든 것들을 볼 때면 그 기술에 놀랍기도 하다. 얼마 전 중국에서 연하장 대신 신년 카드로 만든 이모티콘이 왔다. 멜로디와 함께 재미있는 모양과 부호그림이 기상천외하다는 생각에 감탄했다. 이제 세상은 점점 드라이해지고 고희를 바라보는 우리 세대는 그 속에서 살아남기 위해 안간힘을 쓰지 않을 수 없다.

부산, 그리운 바닷소리

나는 바다 냄새가 좋다. 바다는 언제 봐도 자유의 상징처럼 생동하는 기운을 전해줘서 좋다. 바다는 움직이지 않고 항상 그 자리를 지키는 산의 성격과는 대조적인 모습을 보여준다. 그래서 예로부터 산을 좋아하는 사람과 물을 좋아하는 사람을 나눠 생각한 것 같다. "어진 자는 산을 좋아하고 지혜로운 자는 물을 좋아한다."라는 말의 유래도 알고 보면 자연 가운데 산과 물의 대조적인 성격에서 비롯된 듯하다.

나는 30대 황금시절을 부산 바닷가에서 보냈다. 아무런 연고도 없이 우연한 기회처럼 그곳에서 살게 되었다. 서울에서 결혼해서 2년을 살고 어느 날 갑자기 부산으로 이사하게 된 것이다. 부산에서의 10년 동안 생활은 정말 뜻밖에 갑작스럽게 이루어진 것이었다. 나의 고향은 덕유산 기슭의 내륙이라서 어릴 땐 바다를 모르고 자랐다. 남편 역시 출생이 대구라서 나처럼 바다구경을 뒤늦게 했다고 들었다.

하루는 부산을 다녀와야겠다고 집을 나간 남편이 며칠 후 돌아와서는 다짜고짜 부산으로 이사를 가자고 했다. 갑작스런 제안에 나는 당황스러웠다. 어떻게 상경한 것인데 다시 지방으로 가서 살자니 선뜻 받아들일 수가 없었다. 남편은 해운대와 광안리 바닷가에 서니 태평양 이름 그대로 가슴이 확 뚫리는 듯 태평한 호연지기가 느껴졌다고 했다. 서울보다 공기도 맑고 인심도 좋으니 그곳에 가서 몇 년이라도 살고 싶다며 계속 나를 설득하려 했다.

그때 나는 결혼 후에도 공무원으로 근무하고 있었다. 이사는 차후에 생각해 보기로 미루고 휴일을 통해 한번 가보기나 하자고 새마을을 타고 함께 부산으로 향했다. 그곳은 신혼여행 때 잠시 들른 후 두 번째 여행이었다. 기차가 부산역에 이르기도 전에 창문으로 비릿한 바닷냄새가 코끝을 자극했다. 과연 서울과는 공기가 다르구나 싶었다. 이 나라 제일의 관문답게 부산항의 여러 부두에는 색색의 컨테이너 물류들이 산더미처럼 쌓여 있었다.

택시를 타고 먼저 광안리 남구청이 있는 남천동이라는 곳으로 갔다. 자그마한 언덕에서 차를 세워 내리자 대형 아파트단지와 함께 남쪽으로 푸른 여름 바다가 정원처럼 시원스럽게 펼쳐져 있었다. 멀리 해운대 쪽으로는 조용필 노래로 유명해진 동백섬 도 보였다. 그리고 발아래로 보이는 광안리 비치 옆 커다란 매 립지엔 새로운 주택지가 조성되고 있었다. 남편은 이미 살 집 이라도 봐둔 것처럼 아파트 가격과 그곳의 교통과 지리적 환경 에 대해 열심히 설명해주었다.

망설이고 있던 사이에 여름이 가고 가을이 왔다. 남편은 마침 초량의 기독교청년회관에 입시를 위한 YMCA학원을 개설할 수 있는 길이 생겼다고 좋아했다. 그래서 우리는 당분간 주말 부부가 되었다. 그리고 그 이듬해에 결국 나도 내려갈 수밖에 없었다. 그리고 몇 년 후 1980년, 제5공화국 정부의 과외금지 조치와 더불어 입시학원은 모두 문을 닫게 되었다. 입시학원을 외국어학원으로 바꾸고 살던 집도 줄여서 남천 비치에서 광안 리 끝자락 민락동으로 옮기고 나는 자그마한 피아노학원을 개 설하였다.

갑자기 입시학원이 중단되자 남편은 청소년운동과 예술단체의 일을 하였다. 나는 유치부와 초등부 학생을 주로 가르쳤기에 힘든 줄 모르고 남매를 키우며 학원을 여러 해 운영했다. 고사리 같은 손으로 열심히 배우는 귀여운 모습에서 가르친 보람을 느낄 수 있었다. 똑같이 가르쳐 줘도 열심히 잘 익히는 아이가 있는 반면 그렇지 못한 아이가 있기 마련이다. 그렇다고 게으름 부리는 아이에게 야단을 친들 아무런 소용이 없다. 그저 함께 놀아주고 관심을 갖도록 도와주는 일뿐이다.

아이들은 자유롭게 방임한 채로 가르쳐야 한다는 것이 나의 교육방침이다. 특히 예능은 재주에 따라 방향을 안내해야지 부모의 욕심으로 억지로 강요할 일은 아니다. 그러나 열심히 배우지 않는 아이에게는 레슨비 받기가 미안하다. 나에게 피아노를 배운 학생들이 꽤 많았다. 지금은 다 불혹의 중년 나이 엄마 아빠가 되어 그때 자기들 나이의 아이들을 키우고 있을 것이다. 나도 그곳에서 10년을 아들딸 낳아 키우며 그들과 함께 이웃해 살았다.

지금은 낯설겠지만 그들을 다시 만나보고 싶기도 하다. 몇몇은 아직도 잊지 않고 연락을 주고받는다. 수영만 파도 소리와 함께 백산 아래 맑은 눈동자들이 그립다. 가끔 옛이야기를 할 때면 배경음악처럼 그 파도 소리가 귓가에 들려오는 듯하다. 부산은 그래서 더욱 잊을 수 없다. 아들과 딸도 고향 친구를 찾아 가끔 부산에 내려간다. 오늘의 부산은 몰라보게 너무 많이 바뀌었다. 광안대교가 놓이고 수영만과 동백섬 매립지에 고층 아파트와 호텔들이 불야성을 이룬다. 해운대 역시 와이키키보다 훨씬 아름답고 멋진 해변이 되었다. 부산은 언제나 푸르고 힘찬 도시이자 나에게는 젊은 날의 그리운 곳이다.

가을에 들리는 소리들

가을은 어디서 오는 걸까. 한여름의 매미 소리가 어제 같은데 어느새 귀뚜라미 소리 여기저기 애처롭게 들린다. 도시의 달빛은 희미한데 강변의 가을밤은 점점 깊어간다. 큰 강은 소리 없이 흐르기 마련이다. 밤낮없이 쉬지 않고 자기 목적지를 향해 깊게 흐르기 때문이다. 창문을 열면 강바람에 풀잎들 움직이는 스산한 느낌의 소리가 난다. 풀벌레 소리에 귀 기울이자 고향집 뒤뜰 화단에서 들려오던 옛 소리가 분명한데, 내게는 현재의 소리로 들리는 것이다. 나도 모르게 묘한 생각이 든다. 같은 소리인데도 시간이 다르니 다른 소리가 된다. 알고 보면 나도 그때의 나는 아니다. 분명 다른 사람이다. 지금의 내가 다른 사람이라면 어떻게 그 많은 세월이 흘렀는데도 고향집 뜰과 감나무 사이 매미 소리와 귀뚜라미 소리는 컴퓨터에 입력된 것처럼 하나도 다르지 않고 그대로인가?

창문을 닫아도 내 마음속 가을소리는 여전히 들린다. 기억의 시간은 영원한 것인가? 아우구스티누스는 『고백록』에서 "과거, 현재, 미래라는 세 개의 시간이 존재한다고 말하는 것은 타당하지 않다"고 했다. 왜냐하면 과거는 지나갔으므로 더 이상 존재하지 않고, 미래는 아직 오지 않았으니 존재하지 않는다. 그리고 현재를 항상 현재로 생각한다면 그것은 시간으로 볼 수 없다는 뜻인 듯하다. 나의 어린 시절은 어린 그 시절에 존재하고 지금의 나는 지금에 존재하기에 '때의 사이時間'는 존재하는 것이다. 때의 흐름은 과거로 흐르기에 시간이 존재하는 것이다. 그러나 시간 자체는 흐르지 않고 내 의식 속에서만 흐른다. 아우구스티누스는 우리의 마음속에 존재하는 '기억으로서의 현재'와 '주목으로서의 현재', 그리고 '기대로서의 현재'로 현재를 구분한다. 시간이 존재하는 근거는 기억(과거), 주목(현재), 기대(미래)라는 세 가지인데 이는 결국 현재에 귀속된다. 그것은 모두 어디까지나 주관적이며 정신적인 작용이라는 주장이다.

한 해가 마무리되어 가는 고향 들판이 영화의 한 장면처럼 떠오른다. 황금빛 논들은 빈 들판으로 바뀌고 황석산 활엽수들은 말없는 침묵 속에 기도하듯 회색빛으로 변해간다. 고풍스러운 정자에 기대어 높다랗게 자란 버드나무도 여인의 머리채처럼 그 풍성했던 잎사귀들을 다 털어내고 성긴 머리카락을 드리우고 섰다. 한여름 밤 바람결에 수런거리던 그 소리가 아직도 귓가에 들리는 듯하다. 시간은 어디에 있는가? 기억 속에 들리는 가을소리들은 아득하지만 너무나 생생하게 현재에 있다. 시간이란 도대체 무엇인가? 다시금 생각해보게 되는 계절이다. "시간이 어디에 있든, 그것이 무엇이든, 그것은 오직 현재로서만 존재한다."(아우구스티누스, 고백록) 내가 숨 쉬고 살아 있는 존재의 시간, 너와 더불이 존재하는 시간은 현재밖에 없다는 것을 순간 깨닫게 된다. 그 생각이 순간瞬間보다 더 짧다는 찰나刹那에 일어나고 소멸한다.

어느 시인이 능수버들을 두고 수직의 슬픔을 노래했듯, 머지않아 그 삼단 같던 잎사귀들을 다 떨쳐버리고 실버들가지로 남은 나목을 바라보게 될 것이다. 흰 눈이 내리는 날 백발의 노파처럼 거기 그 자리에 서 있을 것이다. 내 마음속 어딘가에 지금도 속삭이듯 나부끼던 소리가 들리고 있는데. 봄 오는 길목을 지키고 서 있던 버드나무들, 여름 가고 가을, 그리고 겨울 사계절 광풍루를 지키고 섰던 시간들은 이제 추억 속에 남았다. 그 버들을 좋아했던 사람들은 나만이 아니었던 것을 뒤늦게 알게 되었다. 위진魏晉풍류의 한 축을 담당했던 귀거래의 전원시인 도연명(365~427)과 우리의 목가시인 신석정(1907~1974)이 버드나무를 특히 좋아했다. 연명은 집 주위에 다섯 그루 버드나무를 심어 두고 살았기에 '오류五柳 선생'이라는 칭호를 갖게 되었고, 석정 시인은 그를 본받아 마당가에 다섯 그루를 심었으나 옆집 성화에 못 이겨 두 그루를 베어내고 자칭 '삼류三柳 시인'으로 살았다. 그 버들을 보고 하강하는 수직의 슬픔을 노래한 시인도 있었다.

추수가 끝나고 늦가을이 되면 농촌엔 오가는 사람은 드물고 겨울이 오면 읍내는 더욱 한산해진다. 신작로에는 이따금 오가던 버스가 먼지를 자욱하게 일으키며 달리고, 가로수는 긴 그림자를 거느리고 오는 손님을 기다리듯 꿈쩍하지 않고 줄지어 서 있다. 때로 내 마음은 어디론가 달려가고 싶었다. 잠시 머물렀다 가는 나그네 인생인데, 내게도 가을은 저렇게 올 것이라는 감상에 젖어서 읽던 책을 덮고 눈 감은 채 혼자 쓸쓸해지기도 했던 시간들이 새롭다. 왜 흘러간 시간인데 새로울까? 강물처럼 흘러간 세월歲月인데도 기억 속의 시간들은 문득 발견한 듯 새로운 것일까? 흐르는 물에 두 번 다시 발을 담글 수 없듯 시간은 중복되지 않기 때문일까? 그렇다! 시간은 오고 가지 않는다. 시간은 거래去來가 없다. 어제는 어제에 있고 오늘은 오늘에 있다. 내일이 어제일 수 없듯 어제도 미래일 수 없다. 서로 내왕하지 않기에 인과가 성립되지 않는다는 주장의 학설도 있다.

뒷날 도시에서는 추위를 견디기 위해 누런 볏짚을 엮어 두른 겨울맞이 가로수를 보며 상복을 입은 모습을 떠올렸다. 시간과 사물의 새로운 발견이다. 누구나 때가 되면 이 세상을 떠난다. 할아버지와 할머니가 떠나고 아버지와 어머니가 돌아가셨듯, 나도 언젠가는 정든 가족들의 손을 놓고 이 지상을 하직할 때가 올 것이다. 어느 시인의 표현처럼 한 밥상에 밥을 먹던 식구들도 하나둘 밥상머리에서 그 자리를 비울 것이다. 그것은 가능성이 아니라 필연적인 만남이고 헤어짐이다. 결국 이별은 빈손이지만 마음과 영혼 속에 남게 된다. 꽃과 열매와 잎까지 이미 다 주어 버린 나목처럼 그런 홀가분한 날을 맞고 싶다. 등산길의 단풍잎은 황혼처럼 붉다 못해 끝내 우수수 흩어져 대지로 돌아간다. 산골짜기 숲길 사이로 이리저리 차가운 바람을 피해 저문 길을 재촉하는 새소리가 사방에서 들려오는 듯하다.

소녀시절 내가 좋아했던 조지훈 시인의 '완화삼玩花衫'이 떠오른다. "이 밤 자면 저 마을에/꽃은 지리라." 특히 이 구절이 마음에 들었다. 한 폭의 그림처럼 가슴에 닿아 그저 아름답기만 했던 시가 이제 와서 절실한 것은 나이 탓일까. 시간과 공간의 만남이자 낙화의 이별이다. '이 밤'의 시간과 '저 마을'의 공간 그리고 '꽃'의 생명이 한 줄 시구 속에 잘 녹아 있다. 그 동시성의 아름다움이 슬프지 않아서 좋다. 아니, 슬프지 않은 것이 아니라 아름다움으로 승화된 것이다. 그러나 그 시에도 '산새가 구슬피 울음 운다.'는 구절이 나온다. 시각적 이미지의 '꽃'뿐만 아니라 청각적 이미지의 '새 울음소리'도 동시성으로 등장한다. 가을의 소리는 언제 어디 누구에게서나 그렇게 들리는 것인가 보다.

응접실에 놓인 돈궤 반닫이를 보면서도 나도 떠날 때는 저 나무 상자 하나 짊어지고 가겠지 하는 생각이 든다. 그때마다 물같이 살아야지 다짐을 한다. 흐르는 물의 빛나는 소리, 광음光音의 거문고와 비파소리가 다시 들린다. 아, 그 광음 역시 내 마음에서 나는 소리인 것을 이순耳順이 지나서야 비로소 깨닫는다.

꿈꾸는 하늘풍경

한가한 틈에
침대에 누워
꿈꾸는 하늘을 본다.

흰 캔버스에
푸른 물감 아닌
파란 캔버스에 흰 물감의

네가 그리고 있는지
누가 대신 그려주고 있는지
알 수 없는 저 풍경

어느새 내 마음엔
어릴 적 외운 시가 그려져
하늘이 되어 있는,

흰 구름 어디 정한 곳 있고
긴 강물 흘러 어디를 가는가
곰곰이 생각는다.

갈 곳 없는 떠돌이별
끝내 가야만 하는 나의 길
그 위에 나 있음을.

시 / 그림(꽃길)
우향 안정숙 작

3부
마고할미와 새벽별

이름 모를 풀꽃

이촌동 렉스 아파트에 살 때였다. 우리 집 북쪽 베란다 작은 공간에 세탁기를 놓고 사용하고 있었다. 창문에는 방충망이 쳐져 있어 여름에 유리미닫이 문을 열면 바람이 들어올 수 있게 되어 있다. 그런데 어느 틈에 씨앗 하나 날아와 이름 모를 풀 한 포기가 자라고 있었다. 뜻밖에 찾아온 반가운 손님처럼 기쁘기 그지없었다.

빨래를 하려고 세탁기 앞에 섰는데 갑자기 낯선 풍경이 눈에 들어왔다. 물 내려가면서 찌꺼기가 같이 내려가지 말라고 플라스틱 망을 설치한 하수구에 뿌리를 내리고 푸른 잎을 달고 나를 봐달라는 듯 손짓하며 거기 있었다. 허리를 굽혀 자세히 보니 아기가 두 팔을 벌리고 서 있는 모습을 하고 무명초의 새싹이 싱싱하게 자라고 있었다.

비눗물과 피죤 섞인 물을 먹고도 어떻게 죽지 않고 살았을까?
그 생명력에 놀라고 신기하기만 했다. 볼 때마다 어떻게 그곳
까지 풀씨가 들어올 수 있었는지 궁금하기만 했다. 등산이나
산책하는 동안 바지에 달라붙어 온 것인지, 바람에 날려 창틈
에 와 앉았다가 몰래 슬그머니 내려와 뿌리를 내렸는지 도무지
알 수 없는 노릇이었다.

매일 내다볼 때마다 쑥쑥 자라는 것을 보니 신경이 쓰여 한 뼘
쯤 자랐을 때 화분에 옮겨 심고 남쪽 베란다 양지바른 곳으로
옮겨 놓았다. 키가 자랄수록 빳빳하게 서 있지 못하고 허약해
보여 거름도 주고 영양제도 주었다. 그러나 천성이 그런지 넝
쿨식물처럼 잎사귀와 줄기가 수박을 닮아 누운 채 옆으로 뻗어
가기 시작했다.

보다 못해 나는 긴 나뭇가지를 구해다 화분에 세우고 끈으로
묶어 천장의 빨랫줄에 연결해 두었다. 다른 화초에 비해 야생
초답게 가늘게 생긴 키다리 풀은 수척한 대로 나뭇가지를 타
고 한여름 동안 잘도 자랐다. 아침마다 화분에 물을 주거나 거

실로 강바람을 들여놓을 때마다 왠지 다른 화초보다 이름 모를 그 풀에 정감이 더 갔다.

나뭇가지 위로 매일 웃자라는 걸 볼 때마다 마음이 즐거웠다. 사실 나는 사람이나 식물이나 키가 큰 것을 좋아한다. 내가 작은 편이기 때문인지도 모르겠다. 때론 무명초를 바라보는 내 마음은 도시 시멘트 공간 속에 갇혀 있는 풀 한 포기가 애처롭기도 하고 한편 저렇게도 씩씩하게 잘 자랄까 생명의 강인함이 신기하게 느껴지기도 했다.

몇 달이 지났을 때, 잘 자라 주고 있어 고마운 마음과 함께 나에게도 기대되는 것이 하나 생겼다. 꽃은 왜 볼 수 없는 걸까. 꽃이 핀다면 어떤 모양과 색깔일까 궁금해지기 시작했다. 무명초가 1m는 더 자랐을 때였다. 어느 날 아침에 보니 작은 꽃들이 활짝 피어있었다. 꽃을 발견하고 기쁜 나머지 나도 모르게 소리를 질렀다. 처음 보는 노란빛 우단 같은 촉감의 귀여운 꽃이었다.

줄기는 마침내 천장에 닿았고 여름 내내 꽃은 계속 피고 지고 했다. 그리고 가을이 왔다. 더는 자라지도, 꽃피우지도 않고 어

느새 생기를 잃어가기 시작했다. 한 생명의 생로병사를 보듯
그 모습을 지켜보는 내 마음은 처연해졌다. 여름내 나에게 기
대와 기쁨을 선물해 주었던 이름 모를 그 풀꽃은 끝내 시들고
말았다. 차마 치우지 못하여 그 화분은 겨울이 올 때까지 베란
다를 지키고 있었다. 이젠 남편에게 부탁해 찍은 사진 한 장만
나의 앨범에 남아 있다.

전철 4호선에서

내가 자주 가는 동대문 근처에서 전철을 탔다. 그날도 동대문
역에서 탄 4호선은 수요일 6시경 퇴근시간이라 전철 안이 몹시
붐비고 복잡했다. 당고개, 상계 쪽에서 출발한 4호선은 대학생
들이 많이 타고 내린다. 명동역에서 사람들이 많이 내린 탓에
겨우 자리가 생겨 앉게 되었다.

내 앞자리에 대학생으로 보이는 남녀 한 쌍이 정면으로 보인
다. 여학생은 앳된 모습으로 볼 때 1학년쯤 되어 보이고 남학
생은 나이 든 티가 나서 군대 갔다 온 3학년 복학생 같아 보였
다. 남학생은 키가 크고 이목구비가 선명하게 잘생긴 데다 피
부도 희고 갸름한 얼굴이었다.

옆자리의 여학생 역시 작지 않아 보이는 키에 앞머리를 둥글게 잘라 귀엽고 예쁜 데다 마음씨도 순하고 착해보였다. 두 사람은 너무 잘 어울리는 커플 같았다. 서 있는 승객들로 잠시 시야가 가려졌다가 다시 드러나는 사이 여학생은 다소곳이 앉아 남학생과 이어폰을 나누어 음악을 듣고 있었다.

다시 보니 여학생은 졸고 있었는지 남학생의 손을 잡은 채 머리가 남자의 어깨에 기대어 있다. 남자는 조심조심 그녀를 돌보듯 편한 자세를 유지하기 위해 신경을 쓰고 있음이 역력했다. 형광불빛이 수면에 장애가 될까봐 희고 긴 손으로 내내 여학생 얼굴을 가려주고 있다. 그 모습이 연인처럼 느껴져 무척 보기 좋았다.

나는 이촌역에서 내릴 때까지 전철 속 청춘남녀 한 쌍의 정겨운 풍경을 나도 모르게 줄곧 지켜보고 있었다. 아름다움은 누가 봐도 아름답기 마련이다. 특히 젊음과 사랑은 봄날 물오른 수목과 같고 오월의 붉은 장미송이 같다. 누구나 한 번은 거쳐 가기 마련인 청춘이지만 나의 성장기 때와는 많이 다른 느낌이다.

언제 어디서나 자연스런 청춘남녀들의 모습을 발견이라도 하듯 문득 아름다운 장면을 목격하게 될 때면 나이와 더불어 시대환경과 세대의 차이를 느끼게 되는 것은 어쩔 수 없다. 전철에서 내려 집까지 걸어오면서 같이 음악을 듣던 그 학생들과는 전혀 다른 불행한 젊은 남녀 한 쌍이 떠올라 마음이 그만 무거워지고 말았다.

6년 전의 일이다. 나의 지인의 딸이 이어폰 사건으로 저세상으로 먼저 가게 된 슬픈 사연이다. 그녀의 딸이 오랫동안 사귀어 온 남자 친구와 회식 자리에 가게 되었다. 술을 마시고 노래를 부르는 자리에서 어쩌다 두 사람은 나란히 앉지 못하고 테이블을 가운데 두고 서로 마주 앉게 되었다.

어느 순간 남자가 앞자리 여자 친구를 보니 옆에 앉은 남성과 같은 이어폰을 나누어 음악을 듣고 있는 모습을 발견하고, 화가 난 나머지 여자 친구를 밖으로 불러내어 심하게 구타를 했다. 여관으로 자리를 옮겨 구타당한 처녀를 방치를 한 채 친구들과 화투놀이를 하다 새벽에 돌아와 보니 이미 숨을 거두고 말았다.

다 성장한 딸을 그토록 어이없이 보냈으니 어머니는 기가 막힐 노릇이다. 평생 멍든 가슴에 자식을 묻고 살게 되었으니 그 엄마 심정이 오죽했을까. 끔찍한 소식에 나 역시 딸 가진 엄마로서 위로는커녕 아무런 말도 나오지 않았다. 전철에서 이어폰으로 음악을 함께 듣는 그 모습을 유심히 보게 된 것도 그런 심리적 연유에서 비롯된 듯하다.

호박꽃과 호박넝쿨

우리 집 거실에는 80년대 중반부터 산촌의 정감이 물씬 풍기는 유화그림이 한 점 걸려 있다. 여인의 젖가슴처럼 둥글게 푸른 산이 완만한 좌우 능선을 이루고 있고, 오솔길 따라 들판의 골짜기가 산모퉁이를 돌아 소실점으로 사라지는 안정적이고 멋진 구도를 하고 있다. 근경의 채전菜田은 동글동글한 보라색 돌담들이 밭뙈기들의 경계선을 하고 있다. 특이한 화풍은 산도 돌도 나무도 모두 둥글다는 점이다. 자연을 바라보는 작가의 해석이 그런가 보다. 기하학적 도형의 추상화를 그리는 작가도 있지만 이 화가는 둥근 동심을 그린 듯하다.

농가 한 채조차 보이지 않는 그림 속에는 수척해서 더욱 외로워 보이는 어린 소년이 염소 두 마리를 몰고 서 있다. 소년은 목동이 아니라 방과 후 농가의 일손을 돕는 모습 같다. 아직 모종하지 않은 황토밭이 보이기도 하지만 풀을 뜯고 있는 염소만이 유독 하얀색으로 칠해져 있다. 그리고 음영의 크기만 다를 뿐 나머지 화면은 온통 초록색이다. 또 한 가지 색다른 컬러가 유난히 돋보이는데 그것은 돌담 위에 펼쳐져 있는 샛노랗게 활짝 핀 호박꽃들이다. 자그맣게 그려 넣은 꽃들이 별모양을 하고 옹기종기 정답게 피어 있다. 그림 속 호박꽃은 마냥 아름답기만 하다.

그림 속 호박꽃을 볼 때마다 어느 해 여름 내가 키운 호박넝쿨이 생각난다. 두 번째 이촌동으로 이사와 살 때이다. 강이 바로 내려다보이는 아파트 맨 구석진 곳에는 텃밭처럼 작은 공터와 돌담 옆 화단이 하나 있었다. 친구가 마침 호박씨를 한 줌 주기에 거기 돌담 아래 구덩이를 파고 줄지어 심었다. 언제 싹이 날지 기다려져 자주 들러 물도 주고 씨 뿌린 곳을 유심히 들여다보았다. 어느 날 큰 떡잎이 올라왔을 때 너무 반가운 나머지 3층에서 물을 들고 내려가 땅이 흠뻑 적시도록 주고 한참 동안 지켜보았다.

호박은 어느 식물보다 빨리 자라는 것 같다. 날로 몰라보게 자라 있었다. 어느새 줄기가 뻗고 잎들은 무성하게 커서 세워둔 철조망을 빈틈없이 메웠다. 나는 호박넝쿨이 자라는 것을 식물학자처럼 안경을 쓰고 가만히 관찰해 보았다. 눈도 없는데 어떻게 그 여리고 작은 더듬이 손으로 철망을 단단히 휘감아 쥐고 뻗어갈 수 있는지 신기하기만 했다. 장애물이 있으면 피해서 돌아가고 그럴수록 견고하게 대상물에 매달린다. 생명의 힘이 얼마나 위대한 것인지 온몸으로 보여주고 있다. 하긴 그렇지 않으면 줄기에 비해 그 무거운 열매들을 지탱할 수 없겠지 싶었다.

흔히 '호박꽃 같다'느니 '호박꽃도 꽃인가' 그렇게 말하지만 나는 그렇게 생각하지 않는다. 시골 초가지붕 위에 해질녘 무렵 창백하게 피는 박꽃보다 아름답고 눈물처럼 조그맣게 피는 오이나 수세미 꽃보다도 더 아름답다. 투박해 보이는 호박꽃은 시골의 순진한 아낙네처럼 소박하기만 하다. 조금도 으스대거나 화려하지 않아서 좋다. 나는 또 호박잎으로 쌈 싸 먹는 것을 좋아한다. 잔털이 많은 잎줄기를 벗기고 살짝 삶아 뚝배기 강된장을 곁들여 먹으면 일품이다. 어릴 때 어머니께서 만들어주시던 그 맛이 되살아나 고향의 정취가 생각나기도 한다.

호박을 키우면서 부지런히 일하는 농부의 심정을 조금은 알 것 같았다. 잠시라도 소홀히 돌보면 제대로 수확을 할 수 없고, 불가항력의 자연재해도 감안하지 않을 수 없다는 생각이 들었다. 그해 여름은 예년보다 일찍 태풍이 왔다. 주의보가 내리고 밤새 비바람이 불었다. 호박들은 어떻게 되었을까 불안한 마음으로 아침 일찍 달려 가보았더니, 예상했던 대로 강 위를 휩쓸고 달려온 큰바람에 꽃도 열매도 다 사라지고 잎마저 떨어져 나간 채 줄기들만 뒤엉켜 남아 있었다. 그 광경을 보는 순간 나는 허망하기 짝이 없었다.

그리고 한 가지 이상한 점이 발견되었다. 잎들이 거의 남아 있지 않았다. 태풍이 오기 전에 누군가 잎을 따다 먹은 것은 아닐까 의구심이 지나갔다. 그러나 주위를 둘러보고 나서야 남을 의심한 것을 반성하게 되었다. 아파트 앞 정원수들이 뿌리째 뽑히고 가지들이 꺾어져 여기저기 흩어져 있었다. 자연의 힘이 얼마나 큰지 실감할 수 있게 했다. 모처럼 나의 작은 호박농사가 하룻밤 새 송두리째 날아갔지만 많은 것을 느끼고 새로운 것을 깨닫게 했다. 자연은 만물을 낳아 기르기도 하지만 한순간 모두 쓸어가기도 한다는 것을 배울 수 있었다.

한 걸인의 인상

내가 공부하러 자주 다니던 곳은 동대문을 지나 창신동 좁은 골목길 안에 있다. 지금은 작은 식당들이 생기고 해외에서 온 다국적의 노동자들이 적지 않게 거주하고 있다. 더러 봉제공장 같은 곳에서 일하는 모습도 보인다. 내가 결혼했을 무렵인 70년대 중반의 풍경과는 전혀 다른 환경으로 변했다. 그때는 구멍가게가 하나 있을 뿐 조용한 주택지였다.

그곳도 40여 년 전에는 고색창연한 전통 기와집이었는데 지금은 현대식 2층 건물로 바뀌었다. 대문 앞 상춘원常春園이라는 표지석이 말해주듯 일제 식민시대엔 천도교 교주이자 독립운동가였던 의암 손병희 선생이 살았고, 해방 후에는 정치가인 창랑 장택상이 살았던 곳으로 전해진다. 역사적으로 의미 있는 터이다. 처음 찾은 그곳 정원에는 노란 국화와 더불어 붉은 홍시가 달린 감나무가 서 있던 기억이 생생하다.

산비탈 동네에는 우리나라 그 어디에서도 쉽게 볼 수 있는 커다란 교회가 앞뒤를 다퉈 들어서 밤이면 첨탑 위에 종 대신 십자가 네온사인이 붉게 빛난다.(그 언덕 고갯길에 작고한 김광석 가수도 살았다고 한다.) 일요일이면 아침부터 자동차와 사람으로 골목길이 비좁다. 동대문 전철역에서 나와 은행 건물 옆 좁은 골목에 들어서면 중년 남자 걸인이 하나 앉아 있었다. 자기 자리를 지키기라도 하듯 일요일만은 햇빛 잘 드는 담벼락 아래 앉아 있다.

그 남자는 추운 날도 어김없이 그 자리를 지키고 있다. 머리는 1년 내내 감지 않은 듯 헝클어진 채 옷차림 또한 남루해서 고약한 냄새가 난다. 골목에 접어들자 갑자기 검은 물체를 본 듯, 처음 그를 보았을 땐 깜짝 놀라 뛰어 달아났으나 자주 보니 눈빛이 온순하고 선해 보였다. 그냥 오갈 데 없는 노숙자는 아닌 듯 넋이 나간 사람처럼 멍하니 땅만 바라보고 있다가도 사람이 오면 고개를 든다.

남편은 그를 볼 때마다 천 원짜리 지폐를 손에 쥐어주고 지나간다. 나도 동정심이 생겼는지 몰라도 잠은 어디서 자는지 굶지나 않았는지 걱정되었다. 남편이 해외 출장 가고 없을 땐 내가 대신 돈을 준다. 그 아저씨를 보면 챙겨주라고 부탁까지 하였으니 그냥 지나칠 수가 없다. 그곳을 지날 때는 잔돈을 바꾸어서 간다. 동전은 한 주먹 줘도 안 받고 지폐만 받기 때문이다. 자존심과 관련된 것인지 은근히 고집이 느껴지는 걸인이다.

지나가던 할머니도 빵이나 사 먹으라며 천 원을 주고 간다. 그는 아무 말 없이 고맙다는 표정도 없이 고개를 숙이고 공손히 받는다. 비가 오는 날도 우비도 없이 비를 맞으며 그대로 시멘트 바닥에 앉아 있다. 그 자리를 지키고 있어야만 한다는 자기 명령 같은 결심을 실천하려는 것 같이 보인다. 비가 오고 눈이 와도 변함이 없다. 몇 걸음만 옮기면 지하철 계단 아래 피할 수도 있으련만 그는 돌부처처럼 꼼짝 없이 앉아 있다가 떠날 때는 바람처럼 자취도 없이 사라진다.

그는 하루 먹을 것만 챙겨 자리를 뜨는 것 같았다. 걸인의 세계도 그들 나름의 삶의 규율이 있다고 들었다. 동냥을 해도 세 집만 찾고 더 이상 걸음 하지 않는다는 등 룰이 있다는 것이다. 그도 단골손님을 기다리듯 때에 맞춰 그 자리를 지키는 것인지도 모를 일이다. 그런 생각을 하면서 그곳에 이르렀을 때, 아저씨가 보이지 않으면 어디 아픈 것은 아닐까 나도 모르게 걱정이 되기도 했다. 거지 팔자가 상팔자라는 말도 있지만 어느 누구도 스스로 거지가 되고 싶지는 않을 것이다.

어느 날 지갑과 주머니를 뒤져봐도 천 원짜리가 없어 거스름돈으로 바꿔서 다시 골목길에 도착했으나 아저씨는 보이지 않았다. 가끔은 햇볕을 쬐기 위해서인지 은행 앞 공중전화부스 곁에 있을 때도 있어 찾아보았지만 거기도 없었다. 남편처럼 잔돈으로 바꾸지 않고 그냥 느꼈으면 좋았을 걸 하고 후회했다. 약속처럼 꼭 있어야 할 사람이 그 장소에 없다는 것은 이상했다. 그리고 해가 바뀌고 몇 개월째 그는 보이지 않았다.

어디서 사고가 났는지 아픈 것은 아닌지 그곳을 지날 때마다 염려가 되었다. 그러던 어느 날 오후 종로5가를 지나가는데 그 아저씨가 중부시장 꽃씨 가게 옆 골목길에 앉아 있었다. 오랜 친구를 만난 듯 무척 반가웠다. 얼른 지갑에서 천 원을 꺼내 건네자 나를 알아보았는지 두 손으로 받으며 살짝 웃어 보였다. 처음 보는 그의 미소였다. 나의 반가운 표정에 화답한 것이라 생각되어 다시 돌아보았을 땐 역시 무표정한 모습이었다.

빛바랜 금반지와 다이아반지

나와 오랜 교류가 있는 형제처럼 잘 지내는 80세 할머니가 한 분 있다. 그녀는 마음이 어질고 착해서 인상마저 좋은 점잖은 분이다. 그런데 할머니가 말씀하시길 어느 날 전철을 타고 시내 쪽으로 가고 있는데, 전동차가 어느 역에 도착하자 빈 옆자리에 낯선 아주머니가 다가와 앉더란다.

차가 출발하자 60세쯤 되어 보이는 그 중년 아주머니가 할머니에게 말을 걸어왔다. "할머니 지금 어디 가세요?"라고 묻는데 가만히 있을 수 없어 "시내 볼일 보러 갑니다만…" 하고 답했다고 한다. 그러자 그 아주머니는 묻지도 않는데 "저는 바쁘게 치과에 가는 중입니다"라고 했단다.

할머니는 생각 없이 "우리 며느리도 치과병원을 하고 있어요." 자랑하듯 말했다. 아주머니는 "내가 치과 예약시간 탓으로 빨리 가야 되니, 오늘은 애기할 시간이 없고, 전화번호를 주시면 따로 드릴 말씀이 있습니다." 이 말에 할머니는 처음 보는 사람에게 선뜻 번호를 알려주었다는 것이다.

그렇게 전화가 걸려 왔다. 드릴 말씀이라는 게 다음과 같은 내용이었다. "우리 시누이가 절에 출가해서 스님으로 있는데, 선량한 사람들을 위해 금반지를 만들어 보시하고 있어요. 벌써 60명에게 나눠 주고 몇 사람만 너 주면 마무리되는데, 할머니가 인상이 좋아보여서요"

선심 섞인 어투로 용건을 말한 다음 아주머니는 다음날 아침 11시에 롯데백화점 정문 옆에서 만나자고 했다. 귀가 솔깃해진 할머니는 그러자고 답했다. '사람이 살다 보면 이런 횡재를 하는 수도 있구나!' 마음속으로 쾌재를 부르며 할머니는 이튿날 약속장소로 갔다.

과연 그 아주머니는 미리 나와 순진해 빠진 할머니를 기다리고 있었다. 그녀는 할머니를 보자마자 반가운 표정으로 두 손을 덥석 잡으면서 "스님이 매우 바쁘신 가운데도 시간을 특별히 내어 옆 건물에 이미 와 계시는데, 빨리 그리로 가야 합니다." 며 발길을 재촉했다.

그런데 그녀는 갑자기 서두르는 행동으로 할머니께 말했다. "참, 반지 사이즈를 몰라서 어떻게 하면 좋을지 모르겠네요." 혼잣말로 중얼거리다가 가만히 생각하는 척하더니, "할머니, 내가 가서 반지 사이즈를 재고 빨리 올 터이니 이곳에서 꼼짝 말고 기다리고 계세요" 하는 것이었다.

할머니는 순간적으로 그녀의 말을 믿고 순순히 반지를 빼어 주었다. 할머니는 아주머니가 급하게 달려간 쪽을 향해 기다리며 서 있었지만, 그녀는 영영 나타날 리가 없었다. 할머니는 자기가 무슨 일을 한 줄도 모르고 한참 동안 그 자리에 기다리고 서 있었던 것이다.

그렇게 할머니는 '반지를 선물한다.'는 감언이설에 보기 좋게 넘어가고 말았다. 금반지를 얻으려다가 비싼 다이아 반지를 빼 주다니 황당하지 않을 수 없다. 아무리 '눈 뜨고 코 베이는 세상'이라지만 대낮의 서울 한복판에서 있을 법한 일인지 그 이야기를 듣고 나는 믿어지지 않았다.

스님의 반지가 왜 갖고 싶었을까? 상식적으로 이해하기 힘들었다. 어떤 사람은 그 이야기를 듣고 "반지 사이즈를 재러 간다고 할 때 같이 따라갔더라면 좋았을 걸" 하고 아쉬워했다지만 그것도 말이 되지 않는다. 동행했다 해도 더 젊은 그녀를 따라가 잡을 수 있었겠는가?

무엇보다 허황한 욕심이 문제이다. 마음에는 이미 부질없는 탐심과 우연한 이익을 꿈꾸는 사행심이 들어차 있었기 때문이다. 사행심은 속이는 사람이나 속는 사람이나 다를 바 없다고 할 것이다. 그것은 '하루아침 뜬구름 같은 허욕이자 탐물'이기 때문이다.

가까운 지인의 일시적인 마음의 어두움으로 생긴 사례이지만, 나 자신도 타산지석으로 삼아 반성하지 않을 수 없는 문제였다. 요즘 주위에 보이스피싱 사건으로 곤욕을 치르는 경우를 자주 보고 듣는다. 내 마음을 수시로 살피지 않으면 보기 좋게 당하기 쉬운 세상이다.

금과 다이아는 변하지 않는 빛 때문에 귀하다. 금반지와 다이아를 몸에 지닌들 그 빛을 잃었다면, 그리고 빛바랜 마음이라면 무슨 소용이 있을까. 열매 안으로 붉은 꽃을 간직한 무화과無花果가 문득 생각난다. 이 이야기는 더 갖고자 하는 욕심을 버리고 내적 아름다움을 다시 생각하게 된 계기가 되었다.

폐지 줍는 사람들

내가 지금 사는 곳은 조선 시대 대동여지도를 제작한 고산자 김정호가 살았던 약현 부근 중림동이나. 35층의 아파트와 오피스텔의 두 고층 건물 앞에는 서소문공원이 있어 정원처럼 크고 작은 나무들이 숲을 이루고 한쪽엔 가톨릭 순교기념비가 서 있다. 서울역을 출발한 기차가 염천교를 지나 공원 옆을 천천히 지나가는 모습은 일품이다. 동요에 나오는 '기찻길 옆 오막살이'의 집은 아니지만 23층에서 내려다보이는 그 풍경은 한 폭의 그림처럼 느껴지기도 한다.

독립문 근처 영천시장을 가기 위해서는 서소문 길로 통하는 고가도 아래 철길을 건너야 한다. 기차가 지날 때마다 발길을 멈추게 하는 시그널에 따라 내림 장대가 양쪽으로 가로막는다.

소위 '땡땡이 길'인 셈이다. 어떨 때는 연속적으로 기차가 오고 간다. 철길을 밟고 걸으면 바로 이 길이 서울과 신의주를 거쳐 대륙으로 연결된 경의선인 것을 깨닫게 된다. 바로 경성역을 출발한 기차가 중국으로 시베리아로 떠나고 그 선로를 따라 독립운동가들이 오가던 바로 그 철길이다.

한겨울에 이 철길을 건널 때면 북간도로 간 이주민 생각이 나기도 한다. 동토의 이국땅에서 얼마나 고생이 많았을까. 남쪽 도시도 이렇게 추운데 사할린과 북간도의 들녘은 오죽했을까. 나도 모르게 상상되던 때도 있었다. 나는 20여 년 전 압록강을 사이에 두고 신의주와 마주한 단둥(옛 안동)에서 한 해 겨울을 살아봐서 그 추위를 알고 있다. 영하 30도 이하로 내려가는 북만주의 날씨는 살인적인 추위이다. 추운 겨울이면 그때의 체험이 생각난다.

그 땡땡이 길은 나에게 여러 가지 일을 생각하게 한다. 그날도 12월의 날씨는 달리는 열차의 속도만큼이나 빠르고 매섭게 씽씽 소리를 내면서 도시의 빌딩 숲 사이를 누비고 있었다. 무심코 건널목 신호등 앞에 서 있는 동안 고가도 밑 교각을 의지하듯이 깔려 있는 종이박스들이 몇 개 내 눈에 들어왔다. 저건 뭐지? 유심히 지켜보다가 그 옆에 있는 리어카를 발견하고는 대수롭지 않게 지나쳤다. 짐꾼이거나 폐지를 모으기 위해 몰래 마련한 임시 공간 같았다.

어느 날 저녁 늦은 시간 영천시장까지 걸어서 운동 삼아 장을 보러 가던 길이었다. 고가도로 밑 횡단보도를 지나가는데, 갑자기 궁금증이 생겨 종이박스 가까이 가 보았다. 한 남자가 거기에 머물 준비를 하고 있었다. 박스로 만든 울타리라야 겨우 한 사람이 웅크리고 누울 수 있는 좁은 공간이었다. 바닥에 신문이 깔려 있고 누더기 같은 이불이 놓여 있었다. 또 한 박스에는 나이든 노인과 젊은이가 함께 털모자와 외투를 두르고 앉아 있었다. 폐지 줍는 바구니와 집게 옆에는 먹다 남긴 음식물과 소주병이 놓여 있었다.

처음에는 이해할 수 없었다. 이 엄동설한에 하필 드센 바람과 소음으로 가득 찬 고가도로 밑에 자리를 잡았을까. 갈 곳이 없기로서니 지하도도 아닌 좌우로 온갖 차량들이 물밀듯 밀려다니는 최악의 조건에 노숙을 하다니, 하필이면 이런 장소를 택해야 했는지 나는 이해할 수 없었다. 새들도 명당 같은 곳에 거처를 정하는데, 하물며 만물의 영장인 사람으로서 생각이 그리도 짧아서 어떻게 연명인들 할 수 있을까 싶었다. 해결해 줄 수 있는 처지도 못 되면서 나 혼자 마음이 쓰이고 걱정만 되었다.

사정이야 누구나 있기 마련이다. 몇 해 전 굶어 죽은 작가와 배달 청년도 있었다. 하지만 비록 어려움에 처했다 할지라도 생각은 하고 살아야 하는 것이 아닐까. 주제넘은 생각들이 머릿속을 스쳐지나갔다. 나는 집 안에서도 추운데 집 밖에서 그들은 한겨울을 어떻게 견딜까? 아직도 그곳에 있는지 집에 와서도 자꾸 그쪽으로 시선이 가서 내려다보기도 했다. 그날 밤은 잠이 잘 오지 않았다. 옷가지를 챙겨다 줄까 내일은 남대문 시장에 가서 이불이라도 사다 줘야 하나 이런 저런 생각들이 지나갔다. 실천할 용기도 없으면서.

벼르기만 하다가 며칠 지나서 아직도 그들이 그곳에 있는지 다시 찾아가 보았다. 조금은 친정아버지를 닮아서인지 어릴 때부터 보고 자라서인지 그대로 보고만 있을 수 없었다. 그런데 어디로 이사 갔는지 사람도 박스도 하나 보이지 않았다. 빈자리에 차가운 바람만 휑하니 거기 머물러 있는 듯했다. 그곳 앞을 지나다 보면 가끔 그들 모습이 떠오르곤 한다. 겨울날 서울역 쪽으로 걸어가다 보면 박스를 줍는 노숙자들이 더러 눈에 띈

다. 언제 모든 인간들이 이웃 형제처럼 따뜻하게 서로 돕고 살
날이 올지, 가까이는 북녘 땅 동포들을 생각하면 그저 아득하
게만 느껴진다.

산책길에서

중림동으로 이사 와서는 자주 찾는 곳이 하나 더 생겼다. 산책 길에서 나는 가끔 약현성당 코스를 택한다. 우리 아파트 앞 공원이 정원처럼 숲을 이루고 있어 시간이 없을 때는 그곳에 가지만 여유가 있을 때는 성당 코스로 향한다. 작은 언덕 위로 올라가면 나무들에 둘러싸인 예쁜 성당이 나온다. 색색의 장미가 피는 봄은 봄대로, 울긋불긋 단풍으로 물드는 가을은 가을대로 아름답다. 매미 소리 요란한 여름과 눈 덮인 겨울도 아름답기는 마찬가지다. 약현藥峴은 옛날 약재가 거래되던 서대문 밖 약시장 언덕이라는 것에서 비롯된 이름이다.

그곳은 여느 산책길 분위기와는 색다른 곳이다. 오랜 건축물에 속하는 조그마한 성당이 있는 탓이다. 우리 전통과는 다른 문화적 분위기를 전해준다. 뾰족한 종탑이 있는 그 성당은 빨간 벽돌집으로 되어 있어 정원과 함께 유럽풍의 이국적 정취를 보여준다. 건축구조도 아기자기하지만 아치형 창에 수놓은 스테인드글라스가 햇빛을 받아 아름답게 반사되는 것이 볼거리다. 안내판에 의하면 1893년에 완공된 우리나라 최초의 서양식 성당이라고 한다. 명동성당보다 6년 먼저 지어진 것으로 프랑스에서 온 신부가 설계하고 중국인 기술자가 시공했다고 하니, 이 땅에 새로운 건축문화가 이입되는 과정을 잘 보여주는 흥미로운 사례이기도 하다.

역사적으로는 성당 가까이 천주교 순교지가 위치하고 있어 100년 넘게 천주교 신도들의 순례지이기도 하다. 산책길에서 가끔 길을 묻기도 하는 순례자들을 만난다. 더러는 성당에서 결혼식을 올릴 웨딩드레스 차림의 신혼부부가 야외 성모상 앞에서 사진을 찍는 모습을 만나기도 한다. 얼마 전에도 유명 연예인이 그 아름다운 공간에서 화촉을 밝혔다는 뉴스가 있었다. 정오가 되면 장엄하면서도 은은한 종소리가 울려 퍼진다. 이어서 성가를 들려주니 음악을 들으며 걷는 나는 어느새 발걸음이 가볍게 느껴진다. 음악은 국경이 없듯 종교 역시 국경이 있을 수 없다.

가끔 영화에도 등장하는 약현의 예쁜 성당 오솔길을 산책하며 나는 종교와 예술에 대해서도 생각해보게 된다. "인류시원으로부터 종교와 예술은 서로 불가분의 관계가 있다"는 글을 어느 책에서 읽은 적이 있다. 예술가가 종교를 위해 봉사하고 종교인이 예술품을 대상으로 삼아 발원 예배하기도 했다. 물론 물질적 대상의 믿음은 미신에 속한다. 그러나 지극한 신앙심으로 승화된 표현의 조각과 회화와 음악은 거룩하기 마련이다. 종합예술에 속하는 위대한 종교적 건축물들을 볼 때마다 인간의 재능도 신의 경지에 접근하려 한 것이 아닌가 하는 막연한 생각을 하게 된다. 지극한 예술의 위상을 두고 입신人神의 경지라 말해지기도 한다.

현재도 선천의 기성종교에서 경배의 대상으로 표현되고 장식되었던 예술품을 귀하게 여긴다. 그리고 그것들은 오랜 역사와 더불어 한 나라의 국보가 되고 인류문화유산으로 등재되기도 한다. 국내외를 막론하고 여행 중 고대와 중세의 종교적 역사 유적지를 만날 때마다 종교와 예술의 불가분 관계를 되새기며 그 의미를 수긍하게 된다. 그러나 그것들이 하나의 예술품이기 전에 오직 신앙의 대상으로 경배되어 왔다는 사실은 진정한 믿음의 본위에 어긋나는 일이 아닐 수 없다. 발원과 예배의 대상은 밖에 있지만 참된 종교 진리는 내 마음속 존재의 깨달음에 있기 때문이다. 산책길에서 듣는 종소리도 꿈속인 듯, 언제부터인가 내겐 오랜 추억의 종소리로 들린다.

딸과 손자 사랑

"실이는 달을 보고 알이라 한다. 가로등을 보고도 알이라 한다." 이 시구는 남편의 두 번째 시집 『내 사랑은』(1982)에 나오는 '두 살'이라는 제목의 시에서 인용한 것이다. 겨우 걸음마를 뗀 딸은 무엇이나 둥근 것을 보면 '알'이라고 부르던 때가 있었다. 달을 보고 알이라는 표현에 남편이 "그렇지! 발음 그대로 달도 알이지. 달은 어두운 밤을 환하게 비춰주는 빛나는 알인 셈이지!" 하면서 신기하게 생각했던 기억이 어제 일 같다.

그 두 살 아기가 자라 어느새 서른을 훌쩍 넘어 결혼해 아기를 낳았다. 외손자이지만 나의 귀한 첫 손자이다. 세상에 이렇게 예쁜 꽃이 어디 있을까! 아무리 보아도 싫증이 나지 않는 손자를 보고 있으면 나는 마냥 행복하다. 저절로 웃음이 난다. 한 달이 지나자 저도 날 알아보는지 반갑게 방긋방긋 웃는다. 눈웃음은 이 할미를 꼼짝 못 하게 한다. 점차 대꾸라도 하듯 표정을 다양하게 지어 보이며 무슨 뜻인지 혼잣소리로 옹알이를 한다.

백일이 언제였는지도 모를 만큼 휙 지나갔다. 보고 나서 돌아서면 또 보고 싶은 손자가 대견하고 사랑스럽다. 어딘지 모르게 자랑하고 싶은 마음이 자꾸 솟구친다. 오죽하면 '손자 자랑을 하려거든 돈을 내고 하라'고 했을까. 딸을 늦은 나이에 시집보내며 나도 남들처럼 귀여운 손자가 있으면 얼마나 좋을까 바랐다. TV에서 젊은 연예인들이 귀염둥이 아들딸들을 데리고 나와 일상을 보여주는 프로를 자주 본 적이 있는데 외손자가 태어난 후로는 안 보게 된다.

요즘 외손자는 인형을 친구처럼 안고 놀거나 딸랑이를 흔들며 가만히 소리를 듣기도 한다. 누가 누군지 분별하기 위해선지 가족의 얼굴을 유심히 쳐다보고 때론 어떤 사물을 한참 동안 뚫어져라 바라보기도 해서 신통하기 그지없다. 명상하듯 지그시 눈을 감고 있기도 한다. 잠잘 때 악몽을 꾸는지 얼굴이 찡그려질 때도 있고, 오른쪽 손을 왼쪽 가슴에 올리고 심각한 표정으로 자고 있는 스마트폰 사진을 보고 외할아버지는 '국기에 대해 경례'라고 제목을 붙이기도 했다.

내가 직접 아들딸 낳아 키울 때는 잘 보이지 않았던 것도 손자에게는 새롭게 발견되는 것은 무엇 때문일까? 나이라는 삶의 연륜 때문만은 아닌 듯싶다. 그때는 철이 없어 그러기도 했겠지만 무엇보다 세상과 사물을 보는 지혜와 마음의 여유가 부족했던 것이 아닐까 싶다. 그리고 지나친 애착과 욕심이 내 마음을 가린 것 같아 반성되기도 한다. 이미 멀리 도망친 세월이야 어쩔 수 없지만 지금이라도 사랑하는 마음에 소홀하지 않아야겠다는 다짐이 든다.

하루는 외손자를 보고 함께 돌아오는 길에 남편이 "아기가 잘 먹고 잘 자고 근심 걱정 없이 잘 노는 것은 무엇 때문일 것 같소?" 물었다. 대답을 망설이자 "엄마에 대한 절대적 믿음 때문이오." 남편은 '믿음'에 힘주어 말한다. 나도 엄마의 조건 없는 사랑 때문이라고 답하고 싶었다. 그러고 보니 어디서 많이 들어 보던 어휘 같았다. '믿음'과 '사랑'에 '소망'이 더해져 내가 유년시절부터 보고 듣고 자랐던 교회의 슬로건 같은 말이었다.

그리고 '사랑은 오래 참고 사랑은 온유하며…'로 시작되는 '고

린도전서 13장'이 떠오르기도 했다. 진정한 사랑은 말로 표현되지 않을 듯하다. 믿음과 소망과 사랑, 그 셋 중에 제1은 사랑이라고 했던 어느 목사의 설교가 생각나서 나의 생각이 정답인 듯도 했다. 그러나 남편의 말대로 아기가 '잘 먹고 잘 자고 잘 노는 것'은 믿음이 먼저가 아닐까 생각해 보게 된다. 비록 아기가 '믿음'에 대해 아무것도 모른다고 해도 엄마 뱃속부터 본능적인 믿음의 상태로 연결되어 있음은 확실하기 때문이다.

엄마와 아기가 연결된 탯줄이 그것을 증명한다. 생명줄은 자연의 섭리로 연결되어 있다. 아기가 세상 밖에 나와서도 의지할 곳은 엄마의 포근한 품이다. 그리고 한없이 따뜻한 요람은 엄마의 자애로운 믿음의 품 안에서 비롯된다. 곰곰이 생각해 보면 엄마도 아빠도 천지 지연의 소생이며 인류사회의 모든 인간은 동기同氣의 한 형제이자 하나의 동포이다. 사람이 늙으면 아기가 되어간다는 말이 있듯 누구나 다 자연으로 돌아간다. 온 곳으로 돌아가는 것이다. 자연을 본받는다고 함은 자연의 섭리에 대한 믿음 그 자체이다.

믿음은 대상에 대한 맹목적 믿음이 아니라 오직 사랑의 믿음이어야 한다. 우리는 누구나 내가 발 딛고 숨 쉬고 있는 천지자연의 섭리와 나의 근본인 부모의 사랑을 믿기 마련이다. 석가 부처도 믿음이 이 세상에서 으뜸가는 재산이자 의지처라 했다. 뿌리 없는 나무는 없듯, 뿌리가 깊고 넓어야 나무가 튼튼하게 잘 자라고 아름다운 꽃과 열매도 맺는다. 믿음으로부터 사랑을 배우고 나의 믿음에서 안식을 구할 수 있을 것이다. 믿음과 사랑 없이는 행복도 있을 수 없다. 모든 사랑의 베풂은 근본에 대한 믿음에서 비롯된다고 할 것이다.

희망의 믿음과 그에 대한 결실은 사랑의 실천으로만 이룰 수 있다. 결실이란 사랑의 꽃으로부터 비롯된 믿음의 열매인 것이다. 한자의 '어질 인(仁)자'가 '씨(종자) 인(仁)자'로도 쓰이는 이유도 같은 의미이다. '인생의 자체도 본래 어진 열매이다.' 하였듯 사람은 누구나 어진 열매라는 것은 자연에 비유된 말씀이다. 우주의 생명을 담은 씨는 자연섭리에 순응하는 인간의 본성인 어짊(仁)과 같은 것이다. 자식도 손자도 하나의 어진 씨이자 열매이다. 딸이 출산하고 나서부터 엄마를 대하는 마음과 태도가 많이 달라진 것도 사랑의 믿음이 깊어지고 커진 것이리라.

세월 속에 잊혀 가는 세월호

어느새 세월호 참사 3주년이란다. 가슴에 노란 리본을 달고 가
족이 함께 안산분향소를 찾았던 그날이 어제 같은데 벌써 일천
일이 지났다. 망각은 쉽게 찾아오는 것인지 모두들 적폐의 청
산을 부르짖더니 1년도 안 되어 조용해졌다. 세월호 사건으로
'적폐積弊(오랫동안 쌓이고 쌓인 폐단)'라는 어려운 단어의 사전적 의미
를 온 국민이 학습하는 효과를 가졌는지는 모르겠다. 그러나
그것을 제도적으로 개혁하고 실천적으로 청산하는 일은 얼마
나 이루어졌는지 전혀 알 길이 없다.

2014년 4월 16일, 그날의 참사 현장은 되돌리고 싶지 않은 부
끄러운 기억이다. 절대적인 생명선인 골든타임을 놓치고 만 것
이다. 뻔히 바라보며 무려 두 시간여 긴 공백을 속수무책으로

그저 바라보고만 있었으니 말이다. 그 잘난 현대문명도 선진국을 뺨친다던 첨단기술도 아무 소용이 없는 듯 시선은 막막하고 가슴은 먹먹하기만 했다. TV 앞 온 국민은 가슴이 타들어 가는 순간을 차마 지켜볼 수조차 없었고, 국민을 대신한 공복公僕들은 다 어디로 갔는지 있어도 있으나 마나 했다.

참으로 끔찍했다. 누워 있던 배는 기다리다 못해 점점 수직의 자세로 일어서며 물고기 지느러미처럼 마지막 파란 선미를 잠깐 내어 보이더니 끝내 바다 밑 어둠 속으로 사라지고 말았다. 아니, 우리가 가라앉히고 말았다. 아직 피어보지도 못한 수백 송이 꽃봉오리들을 우리 어른들의 손으로 처참히 수장시킨 것이다. 국민이 하늘에 지은 죄가 얼마나 많고 무슨 속죄할 업보가 그리도 커서 어린 생명들을 용왕의 제단에 바치고 만 것일까? 부끄럽고 통탄스럽다! 아무도 책임지는 사람은 없고 서로 탓하기와 적폐청산만을 부르짖었다. 3년이 넘도록 아직까지.

노란 리본을 달고 행사장에 나타나는 정치인들의 모습이 TV에 꾸준히 보이곤 했다. 지난해 가을, 겨울 그 추운 촛불시위의 와중에도 여기저기 샛노란 리본은 광장에 등장했다. 그리고 서로가 서로에게 청산할 적폐라며 소리를 높이고 정적을 향해 삿

대질을 하기도 했다. 정권이 바뀌어도 적폐청산은 안 되고, 광화문 광장엔 지금도 세월호의 여파가 남아 있다. 여전히 오가는 사람들의 발길을 무겁게 하고 있다. 충무공이 두 눈을 부릅뜨고 지켜보고 있는 가운데 지우지 못한 노란 흔적들이 싸구려 훈장처럼 수치스런 우리들 가슴에 아직도 남아 있다.

선장이 변장해서 도망가고 선실마다 물이 차오르는데도 학생들을 향해 "꼼짝 말고 앉아 있으라. 그래야 산다."라는 방송은 계속되고 뒤늦게 도착한 재난 구조기관은 허둥대기만 했던…. 세계 앞에 벌거벗은 치부와 후진적 직폐의 모습을 여과 없이 그대로 보여주었다. 주권국가인 이 나라 국민인 것이 더없이 부끄럽고, 무능한 자신이 한없이 죄스럽고 미안했다. 누구나 두 번 다시 그런 모습을 보고 싶지는 않을 것이다. 범법자에게 도망갈 기회를 주고 뇌물과 뒤 봐주기 등을 서슴지 않은 정치 모리배들의 추한 얼굴은 끝내 드러나지 않은 채 수사는 흐지부지 끝났다. 선주가 죽었다는 것으로 모든 것이 종결되고 말았다. 부패공화국은 아무 일 없었다는 듯 정권이 바뀌어도 여전히 그대로 이어가고 있다.

종교란 무엇일까? 세월호 사건은 이를 다시 생각해 보는 계기가 되었다. 신을 믿으면 복을 받고 내세가 존재한다는 것을 믿는 것만이 진정한 신앙은 아닐 것이다. 종교는 그런 것 따위를 가르치는 것이 아니다. 근본적 진리를 가르치는 것이 참된 종교일 것이다. 진리를 찾아서 양심을 믿고 실천하도록 가르치는 것이 종교의 본분이라고 생각된다. 세월호 사태를 보며 나의 종교와 나의 신앙의 무력함을 반성하지 않을 수 없었다. 이 사회에 아무런 역할이 없는 종교가, 신앙이 무슨 소용일까 뼈저리게 반성되는 시간들이었다. 저무는 팽목항 제방에 쭈그리고 앉아 끝없이 아들을 기다리던 한 어머니의 뒷모습이 오늘도 잊히지 않는다. 누가 그 어머니의 손을 잡아 일으켜 주고 아픈 마음을 위로해줄 수 있을까. 세월 속에 세월호는 오늘도 점점 잊혀 가고 있다.

봉사의 길을 떠나는 남편에게

봉사활동이란 국가나 사회 또는 남을 위하여 자신을 돌보지 아니하고 심신을 움직여 행동하는 것을 말한다. '봉사奉仕'라는 한 자말 속에는 이미 사람을 '받든다奉'는 뜻과 남을 '섬긴다仕'는 뜻이 함께 포함되어 있다. 그리고 그것은 스스로 지원해서 하는 일이니 자원봉사일 수밖에 없다. 누가 시켜서 한다면 봉사가 아니라 노역이 되기 때문이다.

조금이라도 경험을 해본 사람이라면 봉사의 의미를 스스로 알 수 있을 것이다. 그것은 머리가 아니라 마음과 온몸으로 체득하고 실천해야 하는 일이다. 누구나 학창시절이든, 사회생활을 시작한 후에든 언제 어디에선가 한번쯤 봉사활동을 해봤을 것이다. 그러나 남을 위해 일한다는 것은 생각처럼 그리 쉬운 일이 아니다. 시간석·물질적 자기희생을 감수하지 않고는 진정한 봉사가 불가능하기 때문이다.

나도 한때 애국지사 묘역 청소와 독거노인을 돌보는 봉사를 해본 적이 있다. 하지만 지속하지 못하고 스스로 건강을 빌미로 그만두게 되었다. 그렇다고 '봉사는 아무나 하는 것이 아니다'라는 부정적인 생각을 가질 필요는 없다고 생각한다. 봉사는 힘으로만 하는 것이 아니기 때문이다. 세상에는 봉사의 종류도 많고 참여하는 방법도 다양하다. 요즘은 지식·재능 나눔 봉사도 많이 하고 있다.

남편은 60세가 지나자 봉사의 길을 가겠다며 서서히 준비하기 시작했다. 3년 후 하던 일을 접고 본격적으로 떠날 준비를 하였다. 나의 눈치를 살필 필요도 없이 기정사실로 생각하는 듯했다. 그럴 만도 한 것은 이미 두 번의 시도 끝에 좌절하고 세 번째의 결단이라는 것을 나도 알기 때문이다. 20대와 결혼 후 30대 초반에도 시도하였으나 의외로 모두 성공하지 못했다.

그는 늦어도 65세는 넘기지 않으리라는 출발의 상한선을 정해 놓고 있었다. 다행히 경제적인 것은 해결하고 떠난다 해도 한 가지 마음에 걸리는 것이 있었다. 가족의 기본적인 생활 여건을 마련했어도 아버지로서 자식들의 출가를 염려하는 문제였다. 해외에서 오랫동안 생활한 아들은 놔두는 한이 있더라도 과년한 딸의 혼사는 치러 주고 떠났으면 하는 것이 나의 희망이었다.

뜻이 있는 곳에 길이 있다는 말처럼 갑작스런 딸의 출가일이 결정되었다. 결혼식이 있던 그 달, 신혼여행에서 돌아온 딸을 본 후 그는 곧바로 평생 간절히 희망하던 봉사의 길을 떠날 수 있었다. 청운의 꿈을 이순耳順이 지나 이룬 것이다. 하늘이 도운 듯 나보다는 그에게 있어 천만다행이 아닐 수 없었다. 그러나 나는 예상치 못한 새로운 환경에 놓이게 되었다.

요즘 유행하는 말로 하자면 소위 졸혼을 맞게 된 것이다. 졸혼卒婚이란 글자 그대로 '결혼을 졸업한다.'는 뜻으로 이혼하지 않고 각자의 삶을 사는 것을 의미한단다. 친구의 설명을 듣고 보니 그럴듯했다. 부부가 서로의 사생활에 간섭을 않고 독립적으로 사는 형태라니, 자유로울 것 같지만 개인주의적 그릇된 사회풍조인 것 같아 내게는 그 어감부터 호감이 가지 않는다.

이혼도 아니고 같이 살면서도 결혼을 졸업한다니 너무 사치스런 자유방임주의 같다. 솔직히 말해 나는 삶을 마칠 때까지 결혼을 졸업하고 싶지 않다. 그럴 이유가 없다. 남편이 뜻하는 바에 따라 봉사활동을 위해 잠시 떨어져 산다고 해서 졸혼은 아니기 때문이다. 부득이하게 우리처럼 일정시간 부부가 떨어져 살 수도 있고, 서로 내왕하며 각자 할 일을 하면서 살기도 한다. 자식의 교육을 위해 해외로 나간 기러기 부부도 있고, 젊을 때는 주말부부도 많이 보게 된다.

결혼 40년차를 맞아 봉사를 떠나는 남편에게 한 가지 바람이 있다면, 강의와 글을 통해 그리고 몸소 실천을 통해 올바른 가족윤리와 도덕사회의 실현에 이바지해 주었으면 하는 바람이다. 오늘날 갑작스런 서구화로 현대사회구조가 전통사회와 너무 이질적인 간격이 생겼다. 전통문화를 해체할 것이 아니라 시대 조류에 맞게 잘 개선하고 바람직하게 변화시켜 나가야 한다고 본다. 우리 도덕정신문화를 세계에 널리 알릴 수 있는 일에 헌신해 주기를 바랄 뿐이다.

마고할미와 새벽별

서울역 부근 소공동 공원 앞 아파트에 살 때였다. 갈석재(브라운스톤) 23층 내 침실의 창 너머로는 청와대 뒷산 삼각산이 보인다. 그 배경으로 우뚝 솟은 콧날처럼 생긴 보현봉과 그 아래 연결된 유두봉 능선의 윤곽은 사람의 얼굴 모습을 하고 있다. 저녁 무렵에 보이는 실루엣처럼 돌출된 윤곽이 마치 누워 있는 여인의 두상 같다. 이마와 눈두덩과 움푹 파인 눈, 코와 인중에 연결된 입과 턱으로부터 목과 가슴에 이르기까지 그 비례가 인체와 너무나 잘 맞는다.

게다가 짙은 검정색 삼각산의 절반은 창틀에 트리밍 되어 여인의 머리카락처럼 근경의 조화를 이룬다. 어느 날 우연히 발견하고는 신기하게 생각되어 스스로 놀라지 않을 수 없었다. 나는 그 여인상을 마고할미라 이름 지었다. 박재상의『부도지』에 나오는 마고할미가 떠올랐기 때문이다. 마고麻姑는 인류 시원의 신시神市로부터 우리 조상의 삼신할머니와도 관련 있지만, 고대 중국에 선녀로 등장할 뿐만 아니라 칠칠도기의 일화에도 마고 선자로 다시 등장하고 있다. 신화 같은 일이 아닐 수 없다.

비가 오는 날이면 대기가 흐려져 잘 보이지 않다가도 비가 그치고 낮은 구름이 피어오르면 마고할미는 신비 속의 얼굴을 다시 드러낸다. 음악을 들으며 침대에 앉거나 모로 누워 한가히 바라보면 시간과 계절에 따라 그 얼굴빛이 바뀐다. 어느 겨울날 잠에서 깨어 커튼을 열자 하얀 눈의 털옷으로 몸을 감싼 마고는 그야말로 백발의 선녀할미로 변해 있었다. 마고와 함께하는 그 풍경은 선경이 따로 없는 듯 도시 한가운데서도 나만이 누리는 공간이 되었다. 고층 아파트에 사는 새로운 경험이었다.

하지만 그렇게 정든 마고할미와 5년도 못 되어 헤어져야 했다. 아파트를 팔고 딸네 집과 가까운 강남으로 이사하게 되었다. 사람은 항상 떠나면서 살게 되어 있으니 아쉽지만 어쩔 도리가 없었다. 어쩌다 강북으로 검진하러 가거나 지인을 만나러 그곳을 지나가게 되면 북한산 쪽을 쳐다보게 된다. 물론 나의 마고는 보이지 않는다. 마고는 그 자리에 그대로 있겠지만 낮은 곳에서 보기에는 부재일 수밖에 없다. 하지만 나는 이사 와서 오래지 않아 새로운 친구를 만나게 되었다.

어느 날 새벽에 잠이 깨어 눈을 뜨자 우연히 창틀 위 모서리 쪽을 쳐다보게 되었다. 거기엔 건물 사이 어두운 공기 틈으로 아주 작은 별이 영롱하게 나를 내려다보고 있었다. 이번에는 땅 위의 친구가 아니라 먼 우주에서 온 친구, 샛별 즉 금성이다. 한 달에 한 번씩 초승달도 데리고 나타난다. 가끔 자다가 늦게 깨어 창변을 바라보면 여명의 시간임에도 보이지 않는다. 날씨가 흐리거나 비가 오는 날은 결석을 한다. 누가 먼저 결석을 한 것인지, 지각을 한 것인지 모를 때도 있다.

잠 속에 꿈을 꾸다 깨어보면 어느 것이 꿈이고 현실인지 모를 때가 있다. 정신이 몽롱할 때면 별을 봐도 꿈과 같다. 별이 꿈꾸며 나를 바라보는 것인지 내가 별을 보며 꿈꾸는 것인지 도무지 알 수가 없다. 하지만 별을 바라본다는 것은 꿈꿀 권리가 있는 것과 같다. 별은 너무 먼 곳에 있다는데 이렇게 내 가까이 보이니 천 리도 지척인 것이다. 비로소 "꿈속에 묻혀 사는 뜬살이 인생夢埋浮生이 다시 꿈 이야기更說夢를 하며 산다."는 옛말이 실감난다. 어른들이 말해주던 일장춘몽인 것이다.

사실 내가 만나는 별과 그 빛은 하나이면서 별개인 셈이다. 나의 몸과 영혼은 하나이면서 둘이고 둘이면서 하나이듯, 몇 억 광년을 떨어져 있는 별과 나의 눈에 닿은 그 빛도 다르지 않다는 생각에 미치게 되었다. 과학 시간에 '빛의 시간光年'은 지구와 별의 거리와 인간의 수명과는 비유가 안 될 만큼 무척 멀고도 빠른 것이라 배웠다. 너무나 멀고 먼 곳에 서로 떨어져 있기에 나와 별 그리고 그 빛과의 만남은 참으로 귀하고도 소중한 것이다.

그 가치의 아득함은 헤아릴 수가 없는 것이다. 빛이 없는 곳에 생명은 없기 때문이다. 백억 광년 떨어진 곳이라도 빛은 도달한다는데, 나의 마음의 빛은 그 친구별에 가 닿을 수 있을까, 몇 광년이나 걸릴까 생각해보게 된다. 새벽에 별을 바라볼 때는 나의 눈빛과 별의 빛이 찰나적으로 부딪히고 만난다는 것을 새삼 명상하게 된다. 사진을 찍어 보관하려 해도 하도 작아 빛의 점은 보이지도 않는다. 내 마음 속에 하나의 심물心物 영상으로만 남는다. 순간의 찰나마저 사라진 결과이다.

검은 화면에 흰 점이 찍히지 않았다고 빛이 사라지거나 별이 없어진 것도 아니지만, 곰곰이 생각해보면 내 몸처럼 별 또한 언젠가 소멸하지 않는 것도 아니다. 그러나 몸은 사라져도 존재의 빛인 영혼은 불사불멸이다. 하루는 "내가 감기 걸렸다"고 말했더니, 별은 눈을 깜박이며 "곧 괜찮아질 거야" 하고 눈빛으로 답했다. 나는 혼자 깨어 저를 보고 있는 줄 알았는데, 저도 홀로 나를 바라보고 있다는 것을 깨닫기까지는 여러 달이 걸렸다. 어느새 샛별은 마음 속 마고선녀처럼 나에게 보석같이 귀한 친구가 되어 있었다.

종교개혁과 루터의 생각

2017년은 중세 종교개혁가 마르틴 루터(1483~1546)가 종교개혁을 시작한 지 500주년이 되는 해이다. 말은 '종교개혁'이지만 사실은 서구 기독교 개혁운동의 원년이 되는 셈이다. 나는 한때 기독교가 모태신앙이었기에 개신교의 역사에 대해 그 대강은 알고 있다. 학창시절 종교개혁(루터)에 대한 목사님들의 반복적인 설교 말씀을 통해 익혀 왔던 내용이기 때문이다. 그리고 루터의 종교개혁에 의해 로마 가톨릭으로부터 독립한 개신교改新敎가 탄생한 것은 기독교 신도들뿐만 아니라 누구에게나 상식인 것이다. 나도 결혼 전까지는 개신교인 장로교회의 성가대 일원으로 오랫동안 활동했던 경력이 있다.

1517년 10월 31일, 루터가 독일 비텐베르크대학교 교회 출입문에 로마 교황의 면죄부免罪符 판매에 반대하는 '95개조의 반박문'을 게시한 것이 종교개혁운동의 발단이었다. 당시 로마 가톨릭의 오랜 부패와 절대 권력에 대한 문제의식을 폭발시킨 도화선이 된 것이다. 루터 스스로 개혁운동가를 자처한 것은 아니지만 결국 그는 개혁운동의 선구자이자 대변인이 되고 말았다. 교황으로부터 파문당하고, 종교재판에 끌려 나가고, 그가 쓴 인쇄물들이 불태워졌으며, 신성로마제국의 법에 따른 심문도 여러 차례 받는 처지가 되면서 거센 위협에 따른 두려움과 고민도 많았을 것이다. 그는 이단으로 몰리면 통닭구이처럼 화형火刑을 당한다는 것도 잘 알고 있었다.

그도 사제이기 전에 하나의 연약한 인간이었다. 그러나 루터는 자신의 삶부터 혁신하기로 하였다. 오늘날로 말하면 신부의 신분으로 수녀(폰 보라)와 결혼하였다. 목숨을 건 개혁운동을 전개하면서도 모범적인 남편이자 2남 3녀의 훌륭한 아버지이기도 했던 것이다. 어릴 적에 읽은 위인전집 중의 이야기가 생각난다. 하루는 루터가 외출했다가 돌아오니 부인이 검은 상복을 입고 슬피 울고 있었다. 루터가 "누가 죽었는가?" 물으니, 부인은 "하나님께서 돌아가셨다"고 하며 무슨 소리인지 몰라 우두커니 서 있는 남편에게 덧붙였다. "하나님이 돌아가시지 않았다면 당신이 날마다 그런 슬픈 얼굴을 할 수 있느냐?" 개혁의 옳은 일을 하는 사람으로 믿음이 부족함을 깨우쳐준 교훈이었다. 개혁가의 아내로서 얼마나 노심초사하였을까? 그러나 그들은 뜻을 같이한 금실 좋은 부부였던 것 같다.

한편 루터의 개혁의지를 추종한 두 사제가 불에 태워 죽이는 화형을 당했으니, 그 슬픔 또한 오죽했을까 짐작되기도 한다. 그는 교회를 분열시켰다는 집요한 비난을 받았지만 그 개혁의 정당성에는 주저함이 없었다. 누구의 설득과 회유에도 변하지 않았다. 루터 지신이 개혁의 대의를 홀로 지고 위험을 감수할 수는 없었기에 점차 뜻있는 사제들과 많은 교인들이 목숨을 담보한 개혁운동에 동참하였으며, 결국 오늘날 전 세계적으로 널리 전파된 개신교라는 신앙의 자유를 가능케 했다. 루터의 종교개혁(엄밀히 말해 로마 가톨릭의 부패에 대한 개혁)은 단지 교회의 혁신에 머무르지 않고, 15세기에 시작된 르네상스文藝復興운동과 맞물려 당대 서구 문명의 발전을 크게 촉발시킨 계기가 되었다.

루터의 개혁은 비록 교회의 교리개혁으로부터 시작되었지만 부패와 권위주의를 타파하는 근대 민주주의의 체계를 세우는 데 있어 새로운 근간이 되었으며, 미신을 타파하고 문맹을 퇴치하는 보편 교육과 사회복지의 틀을 세우는 데도 역사적 기여를 하였다. 루터의 개혁정신은 개신교 창설뿐만 아니라 유럽 문명의 모든 영역에 크게 영향을 끼쳤던 것이다.

그렇다면 16세기 종교개혁의 배경이 궁금하지 않을 수 없다. 그 이유로는 당대 가톨릭의 몇 가지 중요한 문제점이 발견된다. 개혁의 혁革이『주역』의 '혁괘'에서 비롯되었다고 하듯, 동서양을 막론하고 모든 개혁운동은 시대적 산물로 역사적인 인물과 더불어 혁신해야 할 필요조건이 반드시 전제되기 마련이다.

서양역사에서는 종교개혁 직전의 시대를 두고 흔히 '중세의 암흑기'라 부른다. 당시 유럽은 14세기부터 10여 차례 흑사병이 휩쓸고 간 후유증으로 유럽 전체 인구의 3분의 1이 죽음으로 내몰렸던 시대였다. 그 와중에 가톨릭 교황과 추기경들에 의한 종교의 세계는 절대 권력에 의해 부패가 극에 달해 갔다. 절대 권력은 절대 부패한다는 말이 있듯, 종교인들의 끝없는 악폐와 추악한 타락은 교회 역사상 찾아볼 수 없는 극단에 이르렀다. 교황부터 말단 수도사까지 누구도 예외 없이 비판의 대상이 되었다.『루터의 재발견』이라는 책에 의하면 "불행하게도 교회를 세속화시키고 성직을 부패시킨 교황들이 줄을 이었다"는 것과 "자격미달의 교황을 선출하는 악순환을 되풀이할 수밖에 없었다."고 한다. 타락한 교황들의 암흑시대가 지속된 것이다.

그때는 돈이면 주교도 될 수 있고 교황도 될 수 있었다고 한다. 개혁의 시대에 『군주론』을 쓴 마키아벨리(1469-1527)는 "이와 같은 부도덕한 시대의 원인은 바로 교황의 부도덕에서부터 시작되었다"고 적고 있다. 도덕과 윤리가 부재한 교권을 쥔 교황은 못 할 일이 없었다. 교황은 물론 일반 사제들도 매관매직을 일삼는 모습은 평신도들의 지적 수준이 높아질수록 점점 조롱거리가 되어갔다. 오죽하면 로마 교황청에 거대한 새 건물을 짓는다며 강제 모금을 위한 '면죄부'를 팔았을까? 그리고 루터의 성서 번역은 성경 해석의 독점권을 주장하던 로마 교황청에 대한 중대한 도전이었다. 루터의 '95개조 반박문'과 '성경 독일어 번역'은 당시로서는 반역이 아닐 수 없었다.

올해가 루터의 종교개혁 500주년이라니 내게도 남다른 감회가 없지 않다. 이 땅 위에도 '개혁의 목소리들'이 천지사방에서 들려오고 있기 때문이다. 루터의 생애를 그린 영화도 나오고 세계적으로 루터신학과 그의 개혁정신을 재평가하는 국제세미나가 열리고 루터의 생각과 개혁의 발자취를 따라 답사한 책자가 출간되기도 했다. 종교개혁은 500년 전 그 시대의 필요조건이

자 필수불가결의 역사가 되었다. 비록 과거의 기념비적인 종교
사가 되었지만 21세기 오늘날에도 그의 업적을 기리고 재평가
하는 이유는 지금도 교회뿐만 아니라 모든 종교 그리고 정치,
교육, 문화 등 다방면에 걸쳐 개혁의 필요성을 느끼기 때문이
아닐까? 그 어느 때보다 개혁과 혁신이 필요한 것은 지금이다.

16세기 루터의 종교개혁Reformation이 가져다 준 유산은 무엇
보다 프로테스탄트 정신이다. '저항' 혹은 '반항'의 의미를 지닌
프로테스탄트Protestant는 종교의 개혁정신 아래 세워진 새로운
교회, 즉 개신교와 개신교회를 가리킨다. 그러나 프로테스탄트
라는 이름은 개신교인들 스스로 붙인 이름이 아니다. 실은 로
마 가톨릭 측의 비꼬는 조롱의 말이었던 것이다. 교황청을 지
지하고 사수하려는 왕권신수설의 황제와 절대 권력의 교황의
뜻에 '개기는 놈들', 개혁가 루터를 따르는 '보잘것없는 놈들'이
라는 비하의 뜻으로 쓰였던 것이다. 역사적 아이러니가 아닐
수 없다. 그러나 모든 것은 사필귀정되기 마련이다. 비록 누가
알아주지 않는다 해도 옳은 일을 위해 사명을 다한 오늘의 개
혁 주최자와 지지자들은 내일의 역사의 주인공이 된다는 것을
루터 생각을 통해 돌아보게 된다. 이 시대는 '정의로운 군자가
영웅'이라 했다.

다산의 목민심서와 호치민

나의 처녀시절 독서일기에는 많은 책 이름들이 등장하지만 그 중 애독한 독서목록에는 다산 정약용의 『목민심서牧民心書』가 단연 윗자리를 차지한다. 맨 처음 읽었을 때는 존경한 나머지 그의 18년의 유배지 강진을 찾아 다산초당에 가 봐야 한다고 생각했다. 마음만 먹고 벼르기만 하다가 어느새 반세기가 되었다. 그의 다른 책을 읽거나 연구서적을 대할 때마다 생각나지만 아직도 그곳 방문은 실현하지 못하고 있다.

이제 다산초당은 내 마음 속 고향처럼 오랜 그리움의 대상이 되어 아련한 상상의 공간으로 남아 있다. 전통차를 마실 때 문득문득 생각나는 이름이 되었다. 그러던 중 1990년대 잠시 북경에 가서 살게 되면서 우연히 중국판 『목민심서』를 보게 되었고, 중국 공산주의자들 중 애독자가 많다는 말도 들었다. 특히 베트남의 사회주의자 호치민胡志明(호지명)이 우리 다산선생의 저서 『목민심서』의 애독자였음을 알게 되었다. 일생을 머리맡에 두고 사숙하였다는 뜻밖의 사실에 감명 받아 여기저기 물어보았다.

호 선생과 『목민심서』와의 인연은 이렇다. 호 선생이 목민심서를 구할 수 있었던 것은 소련 유학생활로 거슬러 올라간다. 즉 모스크바 레닌공산대학에서 3년간 동문수학했던 조선의 사회주의 선구자 박헌영을 통해서였다. 그는 박헌영이 열심히 보고 있는 책에 호기심을 가지고 지켜보다가 빌려가서 읽고는 가져다 두고 하기를 여러 차례 하더니, 귀국할 때 "너는 고국에 돌아가면 다시 구할 수 있을 테니 나에게 선물하라"고 했다.

외국 청년이 우리나라 학자의 한문으로 된 책을 탐독하고 달라는데, 비록 소중히 간직하고 다니며 읽던 책이었지만 박헌영은 기꺼이 그에게 선물할 수밖에 없었다. 그 인연 속에는, 박헌영의 부인 주세죽과 호 선생이 오랜 친구이자 막역한 동지였던 믿음도 작용했으리라 생각된다. 비록 사회주의자였으므로 우리에게 잘 알려지지 않았지만, 주세죽은 김단야와 더불어 당시 신지식 3총사로 꼽힐 만큼 지성과 미모를 갖춘 여인이었음을 덤으로 알게 되었다.

호치민은 20세기 가장 위대한 민중의 지도자로 손꼽히는 인물이다. 프랑스 식민통치로부터 독립을 이뤄내고 미국의 공격을 받으면서도 전쟁을 승리로 이끌어 베트남통일의 근간을 이룬 그의 사상은 어디서 비롯되었을까? 왜 그토록 자신에게 철저하고, 평생을 오직 민중民衆 편에 서서 철저히 검소하게 살았는가? 진정한 사회주의자의 삶을 온몸으로 산 것이다. 놀랍게도 그를 평생 올바르게 가르친 스승이 다산 정약용 선생이었고 『목민심서』였던 것이다.

호치민은 가난한 선비의 아들로 태어나 아버지로부터 한문을 배웠다. 그의 중국 옥중생활 당시 직접 쓴 한시漢詩의 시집이 중국에서 출판된 것을 보고, 그의 한문 실력을 짐작할 수 있었다. 그러니 한문으로 된 다산의 대표 저작 『목민심서』를 아무런 지장 없이 읽을 수 있었을 것이다. 그는 외국어에 두루 능했다. 영어, 불어는 물론 중국어, 러시아어에도 능통했다. 미국과 영국에서 살았고 프랑스와 러시아에서 유학했기 때문이다.

역사학자 토인비는 일찍이 예언하기를, 베트남은 세계 강대국이 될 것이라 했다. 그 이유는 먼 곳에 있지 않다고 생각된다. 어느 나라도 이길 수 없는 미국을 이긴 유일한 나라가 바로 베트남이다. 그 승리의 원동력은 말할 필요도 없이 자타가 공인하는 호치민 자신의 지도력에 있었다. 그는 평생을 독신으로 검소하게 살았으며, 남긴 재산은 헌 옷가지 몇 벌과 낡은 구두, 그리고 다산의『목민심서』한 권뿐이었다. 그야말로 철저한 무소유의 실천자였다.

성형의 거리 압구정 풍속도

아름다움의 가치는 보는 자의 눈에 따라 다른 것이 아닐까 싶다. 그 눈이라는 것도 그 사람이 생각하는 사유나 철학적 시선의 높이에 따라 다를 수 있는 것이니, 결국 가치관의 문제이기도 하다. 각자의 눈높이가 심미의 기준을 좌우한다고 말한다. 그래서 심안心眼이라는 말이 있고 안목眼目이라는 말도 있다. 그 안목이 누리는 호사를 안복眼福이라고도 한다. 눈으로 누릴 수 있는 아름다움도 마음에서 비롯된 '맑은 복'임에는 틀림없다. 그래서 멋을 아는 자는 누구나 청복淸福을 추구한다.

모든 사람들은 아름다움을 추구하고 이미 가진 그것을 지키려 애쓴다. 특히 우리 여성들은 미적 조건과 표리의 결과에 있어 균형을 잃을 때가 종종 있다. 내면적인 것보다는 외면적인 것에 유별난 관심과 집착을 하는 경향이 있다는 말이다. 가치가 전도된 느낌이 있거나 과도하다고 생각될 때는 반성과 개선을 위해 자제해야 한다. 하지만 현대의 과도한 속도의 정보와 자본화된 물질적 상품의 광고시대에는 마음의 컨트롤이 생각처럼 잘 되지 않는 것도 사실이다. 견물생심의 탐욕 때문이다.

얼마 전 강남 압구정으로 이사 와서 새 풍속도를 직접 목격하게 되었다. 거리마다 건물마다 성형외과 간판이 즐비하다는 점이다. 어디 이 동네만 그런 것이 아니라 강남일대가 모두 비슷해 보였다. 강북에만 살아 소문만 들었시 그렇게 성형이 성행하는 줄은 나는 미처 몰랐었다. 21세기 새로운 풍속도가 아닐 수 없었다. 한류바람이 불어 생긴 풍속도라고는 하지만 그것을 주도한 것은 우리이다. 한 건물에 몇 개씩 붙은 성형 간판을 보고 놀라지 않을 수 없었다. 큰 거리에서 사방을 둘러보면 시야에 잡히는 것만도 수십 개가 넘는다.

중국뿐만 아니라 동남아에서 성형을 위한 여행객이 줄을 잇는다고 한다. 우리나라 여성들만 얼굴과 몸의 아름다움을 선호하는 것은 아님을 증명한다. 아름다움에는 국경이 없다는 말이 실감난다. 진정한 아름다움은 인류가 줄곧 추구해온 주요 과제었다. 예술이 그것을 말해준다. 하지만 진선미眞善美 가운데 겉으로 꾸미는 아름다움은 상대적인 선이나 절대적 진에 미치지 못한다. 그래서 참된 선과 참된 미를 말할 때 진선眞善과 진미眞美라는 표현을 쓴다. 아름다움은 그만큼 형식미에 치우치기 쉽다는 의미이다.

일반적으로 아름다운 만큼 자신감이 생기고 삶의 활력소가 된다고 말한다. 잘생긴 자신의 모습을 거울에 비춰볼 때 심리적으로도 만족감을 가질 수 있다면 행복한 일이다. 타고난 아름다움은 좋은 것이고 부모님께 감사할 일이다. 그 반대도 마찬가지 아닐까? 부모를 탓할 일은 아닌 것이다. 아름답지 못하다고 해서 삶에 방해되거나 나쁜 것은 아니다. 외형적인 아름다움이 부족하다고 해서 훌륭한 인물이 되지 못한다는 법도 없다. 내가 나일 수 있는 것은 어디까지나 내 마음에서 비롯되기 때문이다.

오히려 내면의 아름다움을 잘 가꾸어 나간다면 겉만 아름다운 것보다 더 낫지 않을까? 아름다움은 선천적인 것과 후천적인 것을 나누어 생각해 볼 수 있다. 본래의 천성과 그것의 회복은 자기 자신의 몫이다. 타고난 것과 가꾸어 나가는 것은 다를 수 있는 것이다. 즉 과보의 결과로만 보고 그칠 것이 아니라 문제의 핵심은 내가 얼마만큼 개선改善해 나갈 수 있느냐 하는 실천 의지이다. 자연스런 아름다움과 인공적 아름다움을 구분하는 것도 중요하지만, 안팎을 모두 아름답게 가꾸어 가질 수 있다면 금상첨화가 아닐 수 없다.

세상은 스스로 개척해 나가야 할 그 무엇이다. 자기 사명을 잠재워 숙명宿命으로 내버려두지 않고 스스로 그것을 개척해 나간다면 운명運命의 행복이 될 수 있는 것이다. 숙명과 운명은 엄연히 다르다. 결과로 타고난 것과 내가 삶을 개척해 나가는 것은 또 다른 것이다. 인연법에 의한 자업자득의 인과법칙을 불교의 것이라 하여 소홀히 하거나 무시할 일도 아니다. 자연의 법과 내가 지은 죄 앞에는 모든 중생이 평등한 것이다. 언제 어디서나 동일한 출발점에 설 마음의 준비가 되어 있어야 한다. 누구에게나 동일한 시간적 기회가 주어져 있기에 공정하고 공평한 것이다.

생각해보면 '공평하다'는 말은 이미 '공평하지 않다'는 말의 역설이기도 하다. 기회는 공평하나 몸소 실행 여부에 따라 다른 결과를 가져온다는 뜻이다. 실학의 비조 반계 유형원(1622-1673)

선생은 일찍이 '유각무조有角無爪'라고 했다. 즉 하늘이 뿔 있는 짐승에게는 발톱을 주지 않았다는 뜻이다. 반대로 발톱 있는 짐승에게는 당연히 뿔이 없다. 겉으로 솟은 뿔과 안쪽으로 감추어진 발톱은 그 모양은 다르지만 용도의 효용성은 공평하다. 그것이 진정한 하늘의 섭리이자 자연의 법칙이라 생각된다.

아름다움의 문제도 마찬가지라 할 것이다. 내게 주어진 미의 조건을 스스로 반성해 보지 않을 수 없다. 무엇이 뿔이고 발톱인지 성찰해 본다면, 둘 다 가지려고 하는 것은 나의 욕심이 아닐까? 욕심에는 끝이 없다. 남자의 뿔과 여자의 발톱이 될 수도 있고, 나의 장점인 뿔과 너의 장점인 발톱이 될 수도 있을 것이다. 각유소장各有所長인 것이다. 주어진 조건에서 감사와 지족의 즐거운 마음으로 심신을 건전하고 아름답게 가꾸어 가야 하지 않을까. 성형을 하면 그래서 결과적으로 더 아름다워지고, 정말 자신감이 생기고 행복하리만치 만족스러울까? 참된 아름다움은 자연과 자연스러움에 있지 인공적 꾸밈에 있는 것은 아니지 않는가 싶다.

서소문공원

동쪽 창문을 열면
오른쪽 염천교 방향으로
옛 목멱산이 한눈에 들어오고
왼쪽으로 고개를 돌리면
북한산과 인왕산이 보인다.

창 아래쪽으로
천주교기념비가 평면도처럼
자그맣게 내려다보이고
몇 해 전 교황이 다녀간
사적지가 탈바꿈 하고 있다.

산언덕 약현성당과 함께
순례의 길을 만든다.
조선시대 끝자락
수많은 천주쟁이들 처형된
피 흘린 그 자리라니.

믿음 앞에 순교한 그들
모두 저 높은 천당에 갔을까
소복입고 합장한 마지막 기도는
하늘나라 천주에게 가 닿았을까
산책하다 생각난 그 질문.

시 / 그림(클라라 슈만)
우향 안정숙 작

4부
빗소리와 빛소리

상록수 마을에서

상록수! 나에게 이름만 들어도 가슴 뛰던 시절이 있었다. 소설과 영화 그리고 노래를 통해 매번 감동을 받았던 나는 청소년 시절부터 상록수 마을에 가보는 것이 작은 꿈이었다. 특히 60년대 초 시골 공회당에서 보았던 흑백영화 한 편이 인상 깊게 내 마음에 오래 남아 있다. '상록수', 그 영화 한 편이 내가 최용신을 좋아하게 된 계기가 된 것 같다. 커서는 같은 이름의 소설을 읽고 더욱 감동 받았던 적도 있다. 한편 그 주인공처럼 멋진 이상이 마음에는 있어도 추구하고 실행하지 못한 것에 대한 자책 같은 미안함이 없지 않았다. 비록 암울한 일제 때였지만 열정에 넘치는 농촌계몽운동과 함께 순수한 사랑이야기가 너무나 아름답게 느껴졌던 그 현장에 가 보고 싶었다. 서울에 올라온 뒤로 여러 해가 되도록 꼭 한번 방문하고 싶었지만 뜻대로 되지 않았다.

신혼시절이었던 1975년 늦가을 남편을 졸라 상록수 마을을 함께 가게 되었다. 아침 일찍 도시락을 준비하여 서울 용산에서 기차를 타고 수원역에 도착한 다음 다시 수인선으로 갈아탔다. 지금은 없어졌지만 수원에서 인천으로 가는 철로는 좁다란 선로의 협궤로 되어 있어 그때까지도 옛날 증기기관차가 운행되고 있었다. 오랜만에 들어보는 기적소리와 함께 신기하게도 '칙칙폭폭' 화통의 연기를 뿜으며 열차는 그림책 속 동화처럼 천천히 달리기 시작했다. 처음 다보는 작은 열차가 징겹기 그지없었다. 나무로 된 객실이라야 무릎이 맞닿을 것 같은, 겨우 한 사람이 지날 수 있을 만큼 비좁아 다정다감한 공간이다. 그 사이로 시장을 다녀가는 아낙네들이 보따리를 바닥에 놓거나 안고 옹기종기 앉아 있었다. 한참 달리자 창밖으로는 황금들판을 가로질러 시골 신작로처럼 코스모스와 금잔화가 기찻길을 수놓고 있어 마치 어릴 때 친구들과 소풍가는 느낌이었다.

느린 열차는 달리고 쉬고를 반복하며 몇 번 정차한 다음 마침내 예쁘장하게 생긴 상록수역에 도착했다. 역의 건물은 영화에서 본 것 같이 낡고 작아도 소설의 주인공 채영신이 아니라 실제 그 소설의 모델이 된 최용신이 직접 오가던 곳이라 생각하니, 비로소 정겨운 상록수 마을 그 현장에 온 것을 실감할 수 있었다. 남편은 "이 역명은 심훈의 소설 『상록수』에서 명명되었으며, 우리나라에서 문학 작품명을 최초로 사용한 역"이라고 했다. 설명을 듣고 보니 이미 역사적인 그 장소를 우리가 지나가고 있었다. 그녀가 활동했던 샘골도 새마을사업으로 집도 고치고 길도 새로 닦고 하여 예외 없이 옛 모습은 아닌 듯 많이 변해가고 있었다. 하지만 꿈에서 본 듯 아담한 마을은 우리를 반겨주는 듯 따뜻했다.

구불구불 마을길을 돌아 언덕에 오르니 최용신이 몸소 지었다는 허름한 학교 건물이 하나 남아 있었다. 영화에서 본 수업시간을 알리는 작은 종도 그대로 건물 모퉁이에 매달려 있었다. 마치 어릴 적 추억의 이야기가 남아 있는 고향의 모교를 찾은 듯 반가웠다. 최용신이 어린 학생들과 치마에 돌을 담아 이 언덕으로 옮겨다 학교를 짓고 가르쳤던 곳이다. 일제 순사들의 눈을 피해가며 어렵게 야학을 열어 주민들에게 한글을 가르치기도 했다는 모습들이 활동사진처럼 눈앞에 펼쳐지는 듯했다. "겨레의 후손들아! 위대한 사람이 되는 데는 네 가지 요소가 있나니, 첫째는 가난의 훈련이요, 둘째는 어진 어머니의 교육이요, 셋째는 청소년 시절에 받은 큰 감동이요, 넷째는 위인의 전기를 많이 읽고 분발함이라"는 그녀의 교육철학이 떠오른다.

영화에도 나온 "배워야 산다. 아는 것이 힘이다" 그녀가 부르짖던 구호는 지금은 진부하게 들릴지 모르지만 당시는 절절한 선각자의 외침이었다. 나도 아이를 낳아 기르게 되면 이 말을 들려줘야지 다짐하면서 발길을 옮겼다. 그녀는 북쪽 원산 출신의 교육받은 신여성이었다. 단신으로 남쪽에 내려왔으니 이곳 샘골에는 일가친척 하나 없는 타향이었다. 1930년대, 자기 마음과 같지 않은 참혹한 시대의 어둠 앞에 험난한 일들을 겪으며 연약한 처녀 혼자의 몸으로 실천한 농촌계몽은 얼마나 힘들고 지칠 때가 많았을까 생각하니 마음이 아파왔다. 그러나 고결한 그녀의 뜻은 신병으로 너무나 일찍 꺾이고 말았다. 애석한 일이다.

한편 내가 꼭 와 보고 싶었던 오랜 상상 속 아름다워야 할 역사적인 장소는 소홀하게 버려지다시피 방치되어 있었다. 그로 인해 나의 마음은 너무나 실망스럽고 안타까웠다. 높게 자란 푸른 소나무는커녕 아무런 표시판 하나 없이 허술한 모습으로 겨우겨우 흔적만 남아 있는 황량한 붉은 언덕은 마냥 쓸쓸하기만

했다. 어린 상록수들은 자라서 다 어디 갔을까? 여기 이 언덕
은 다 잊었을까? 그래도 그녀의 피땀이 서린 황토 언덕을, 여
전히 손길과 발자취가 남아 있는 이곳을 늦게나마 찾아오길 잘
했다 싶었다. 지금도 들릴 것만 같은 푸른 종소리를 생각하며
한참 동안을 감동에 젖어 나는 작은 바윗돌에 앉아 쉬었다.

남편은 소설 『상록수』의 문학적 배경에 대해 말해줬다. 1870년
대 러시아에서 일어나기 시작한 지식인들의 '브나로드 운동'을
사상적 바탕으로 한 실제 상황을 감동적으로 그린 소설이라고
했다. 그것은 '민중 속으로 가자!'는 일종의 계몽운동이었다. 최
용신이 활동하던 시기에 우리나라도 같은 이름의 민간단체를
조직하여 문맹퇴치 등 농촌운동을 전개하기도 하였으나 일제
의 간섭으로 중단되었다고 한다. 『상록수』는 일본의 수탈로 피
폐해진 농촌의 참상을 보고 있을 수만 없어 농촌계몽운동을 전
개했던 양심적인 지식인의 단면을 보여준 감동적인 소설이라
고 부연설명까지 해주어 고개가 저절로 끄덕여졌다.

우리는 서쪽 언덕에 외롭게 누워있는 그의 묘소를 찾았다. "학
교가 잘 보이고 종소리가 들리는 곳에 묻어 달라"는 유언이 지
켜진 것일까. 잡초들이 우거진 그리 멀지 않은 곳에 그녀의 무

덤이 있었다. 아무도 돌보지 않는 듯 초라한 모습이었다. 봉분
에는 누런 가을풀이 높이 자라 있었다. 잠시 묵념을 하고 발길
을 돌려 언덕을 내려오며, 마을 사람에게 최용신이 살던 집이
아직 남아 있는지 물었다. 다행히 어렵게 찾은 그 집은 들판이
한눈에 내려다보이는 비탈진 언덕 한가운데 있었다. 높게 축대
를 쌓고 돌과 흙으로 지은 초가집이었는데 고희는 되었을 할머
니 혼자 살고 있었다. 자그마한 삼간초옥이 정답게 우리를 맞
아 주었다.

우리는 마루에 앉아 준비해온 도시락을 먹으며 이 샘골에 오래
살았다는 그 할머니에게 최용신에 대해 궁금했던 것을 물었다.
우리는 소설에서 읽지 못한 여러 이야기를 직접 들을 수 있었
다. 최용신을 사랑했던 남자가 죽으며 그녀 옆에 묻히고 싶다고
했으나 그의 후손들이 반대하여 뜻을 이루지 못했다고 한다. 그
러나 꿈에 자꾸 나타나 애원하여 할 수 없이 몇 해 전 그녀 무덤
가까운 곳으로 몰래 이장했다는 말을 들었다. 살아 못 이룬 사
랑을 죽어 내세에도 이룰 수 있는지는 알 수 없으나 끝내 무덤
까지 따라온 옛 남자를 그녀가 환영할 것 같지는 않았다.

이야기를 듣다 보니 어두운 하늘에서 갑자기 빗방울이 떨어지

기 시작했다. 가을비가 왠지 금방 그칠 것 같지 않았다. "어차피 비는 피해가야 할 것이 아니오?" 하며, 할머니는 무릎을 짚고 일어서더니 마루로 통하는 사랑방의 문을 열고 들어가 마당으로 향하는 지게문을 열었다. 그리고 "이곳이 바로 최용신이 임종한 방이니 들어와 좀 앉았다 가시오." 친절하게 안내해 주었다. 콩기름을 먹인 누런 장판의 방 안쪽 구석에 앉은뱅이책상이 하나 놓여 있을 뿐 아무 것도 없고 천장이 나지막한 작은 방이었다. 우리는 감회가 새로웠다. "다음에 오시면 하룻밤 묵어가도 되오." 이렇게 말하는 친절한 할머니를 보면서 최용신의 제자를 만난 듯했다.

최용신은 그녀의 할아버지 때부터 학교를 설립하고 영재를 키웠다는 가문의 맥을 이어 애국의 큰 뜻을 품고 일본 유학까지 감행했다고 한다. 그렇게 선각자가 되어 다시 돌아왔으나 지병으로 조국의 독립도 보지 못한 채 젊은 나이에 쓰러져간 한스런 모습이 눈앞에 보이는 듯했다. 처마에 떨어지는 낙숫물에 파인 흙 마당을 물끄러미 바라보던 나는 자신도 모르게 마음이 처연해짐을 느꼈다. 그녀가 살았을 적에도 저렇게 황토 마당에 빗물이 떨어져 파이고, 오늘처럼 언덕 아래로 아득한 수평선과 맞닿은 흐린 하늘이 내려다보였으리라!

나의 그림 수업

초등학교 2학년 가을로 기억된다. 미술시간에 도화지와 크레용을 준비해 가지고 운동장으로 나갔다. 그날은 교실에서 그리던 정물들이 아니고 운동장 가장자리에 서 있는 나무들을 직접 그리는 과제가 주어졌다. 각자 자기 앞에 보이는 크고 작은 나무들 중 하나를 선택해 그리라고 선생님이 말씀하셨다. 아이들은 저마다 자리를 잡기 위해 여기저기로 흩어졌다.

나도 가까이 있는 작은 벚나무를 택해 그리기로 했다. 처음으로 그려보는 살아 있는 나무를 어디서부터 어떻게 그려야 할지 엄두가 나지 않았던 것 같다. 연필로 먼저 그려보고 지우개로 지우고 하면서 마음에 들지 않으면 도화지를 구겨 던지고 다시 그리기를 반복했다. 구겨진 도화지가 내 무릎 앞에 수북이 쌓여도 끝내 나무그림을 완성하지 못했다. 왠지 나만 못 그리는 것 같았다.

수업을 마칠 시간이 다 되어 갔다. 할 수 없이 연필 스케치한 것 중에 하나를 골라 그 위에 크레용 물감을 칠하기 시작했다. 연필선과는 다르게 크레용의 선은 굵기도 하거니와 나무줄기와는 다르게 여러 빛깔의 잎들을 표현하려니 더욱 어렵기만 했다. 당황한 나머지 칠한 것 위에 다시 덧칠을 하자 내가 생각하기에도 어디서도 찾아볼 수 없는 이상한 나무가 되었다.

선생님이 보시고 "이건 무슨 나무냐?"고 물으셨다. "저기 서 있는 벚나무입니다." 대답하자 선생님은 고개를 저으며 다음부터는 자세히 보고 그리도록 하라고 말씀하셨다. 나는 스스로 그림에 소질이 없다고 생각하고 있었는데, 선생님마저 내가 그린 나무가 실제 나무와 닮지 않아도 너무 닮지 않았다는 표정을 지으시니, 마음속으로 더욱 실망하지 않을 수 없었다.

그 후로도 미술시간이 되면 재미가 없었다. 아예 그리고 싶은 마음이 없어져 어영부영 시간을 보내고 말았다. 선생님은 그런 나에게 야단을 치지도 않고 그냥 내버려 두었다. "쟤는 미술에 소질도 관심도 없는 아인가 보다" 이렇게 취급하는 것 같았다. 나는 음악시간과는 달리 미술이 점점 싫어지고 수업 때가 되면 딴짓을 하며 시간만 보내곤 했다.

그리고 중·고등학교에서도 미술에 취미를 가져 본 적이 없이 오랫동안 미술은 잊고 살았다. 대신 음악에 더 많은 관심과 집중을 하게 되었다. 세월이 흘러 나도 아이를 가진 엄마가 되었다. 음악을 좋아하는 딸에게는 가르칠 수 있는데, 아들이 좋아하는 미술은 그렇지 못했다. 미술 감상은 좋아하려 했지만 실기는 어려운 것이라고 생각하며 늘 부정적이었다.

그러던 어느 날『수업』이란 책을 읽게 되었다. 책 속엔 나처럼 그림을 못 그리고 항상 스트레스를 받고 있는 한 학생이 있었다. 어릴 적 내 모습을 발견한 듯했지만 공감보다는 오히려 측은한 생각이 먼저 들었다. 책 속의 미술 선생님은 그 아이에게 왜 그림을 그렇게 그리느냐면서 야단을 치고, 점점 더 이상하게 그린다고 매번 혼을 내고 있었기 때문이다.

그 아이는 미술시간만 되면 괴롭고 선생님이 점점 두렵기까지 했다. 나의 담임선생님처럼 포기하고 그냥 내버려 두지 않았던 것이다. 그러던 어느 날 그 학생은 새 학년을 맞았다. 다른 선생님이 오신 것이다. 그분은 모든 학생들에게 관심을 가지며 소질을 따지지 않고 평등하게 대해 주었다. 자라나는 나무는 언제 어떤 꽃을 피워 아름다운 열매를 맺을지 아무도 모른다는 철학으로 학생들을 이해시키고 교육하였다.

책을 읽던 나는 깊은 감명을 받았다. 잠시 책을 덮고 혼자 박수라도 치고 싶었다. 새 선생님은 이상하게 그린다는 그 학생의 그림을 보고 놀라워했다. 오히려 개성 있고 특이한 그림이라며 칭찬을 아끼지 않았다. 새로운 발견이었다. '나도 그림에 소질이 있구나!' 하고 희망을 갖게 된 것이다. 그 아이는 용기를 얻어 더욱 열심히 그림을 그리게 되었고 마침내 성장해서 유명한 화가가 되었다는 내용이다.

마치 내가 그 아이인 양 칭찬을 받아 즐거워진 기분이었다. 그 학생만큼 개성이 두드러진 그림을 그릴 수 있었을지는 모르겠지만 나도 훌륭한 선생님을 만났더라면 최소한 미술에 대한 절망과 포기는 하지 않았을 것이라는 생각에 아쉬운 마음이 들었다. 하지만 나는 다시 그림공부를 해야겠다는 자신이 생겼고 곧바로 미술수업에 등록했다.

때마침 덕수궁미술관에서 취미반 수강생을 모집하고 있었다. 우리나라 마지막 황제가 거처하던 서양식의 우아한 석조전 건물 계단을 오르는 순간 서양의 유수한 미술대학이나 아카데미에 들어서는 기분이었다. 그때도 가을이었는데 고궁의 나무들은 울긋불긋 단풍으로 물들어가고 있었다. 어릴 때 내가 그리려고 했던 운동장 귀퉁이에 서 있던 벚나무와 나의 창조적인 화폭 속의 이름 모를 나무도 함께 떠올랐다.

한 해 뒤 덕수궁미술관이 국립현대미술관의 분관이 되면서 미술수업은 중단되었으나 가끔 국내외 작가들의 기획전시가 있을 때마다 찾아가는 나에게는 익숙한 장소가 되었다. 어린 아이들처럼 호기심을 가지고 정물화와 인물화 그리고 풍경화를 배우던 1년여 시간들이 내게는 소중한 추억이 되었다. 동서양의 문명이 만나고 현대적인 빌딩들과 고풍스러운 건축물들이 함께 자리한 역사적인 장소에서의 그림 수업은 잊을 수 없는 기억으로 남아 있다.

북경에서 온 편지들

북경 하면, 펄벅 여사의 『북경에서 온 편지』가 먼저 생각난다. 내게도 감수성 많던 소녀시절에 읽은 그 소설의 이국적 정서가 가슴을 설레게 했던 때가 있었다. 중국과 미국으로 헤어져 간절히 편지를 기다리는 여주인공처럼 뜻밖에 우리 가족도 그렇게 편지를 기다리며 지내야 했던 때가 있었다. 중국과 국교가 이루어지기도 전에 남편이 북경으로 유학을 갔기 때문이다. 3년은 헤어져 있었고 3년은 거기서 함께 지냈다.

90년대 초는 아직 서울-북경 직항도 없었고, 홍콩으로 돌아서 가야 했다. 홍콩에서 몇 날을 기다려 임시 비자를 받은 다음에야 겨우 입국절차를 거쳐 대륙에 들어갈 수 있었다. 방학 때 남편이 서울에 오지 못하면 온 가족이 홍콩에서 만나 휴가를 보내기도 했다. 그때만 해도 아직 수교도 없이 '중공中共'이라는 적성국가로 분리되어 있어 마음대로 오갈 수 없는 매우 불편했던 시절이었다. 지금 돌이켜 보면 어느새 옛날이야기가 되었다.

붉은 공산당마크가 그려진 우표가 붙은 편지를 처음 받았을 땐 이상한 느낌이 들었다. 시어머니께서 "그 많은 나라 다 두고 왜 하필이면 빨갱이 나라에 공부하러 가야 하니?" 하셨던 말씀이 떠올랐다. 군인의 가족으로 6·25 참상을 몸소 겪은 체험에서 하신 말씀이었다. 나도 한때나마 우리의 적이었던 공산국가이니 위험한 곳은 아닌지 때로는 두려운 마음도 지나갔다. 『북경에서 온 편지』에서도 여주인공이 남편을 두고 온 북경이 공산주의로 적화되면서 통신이 끊기고 불안해하는 장면이 계속 나오던 기억이 있기 때문이다.

전화도 안 되고 편지에 의해서만 소식을 겨우 주고받던 답답한 때였다. 뿐만 아니라 바로 그 전해만 해도 6·4 천안문사태로 대학생들이 세계에서 가장 넓다는 그 광장에 쏟아져 나와 몇 달을 살다시피 했던 기억이 떠오르기도 했다. 다행히 아무런 일은 없었고, 1992년 정식 국교가 트인 다음 해가 되어서야 우리가족도 마침내 북경으로 이주할 수 있게 되었다. 그렇게 1993년 7월 유난히 무더웠던 여름에 우리 가족은 홍콩을 거쳐 북경에 도착했다.

우리는 북경대학의 유학생 전용 기숙사인 샤오위엔勺園 연구생 동 3층에 거주하게 되었다. 그곳은 본시 명나라 서화가 미만종米萬鍾의 별장이었던 곳으로 당시의 장원을 그린 화폭이 지금도 북경대도서관에 소장되어 있다. 주위에 우거진 숲과 붉은 연꽃이 활짝 핀 아담한 연못이 있고, 창문을 열면 그 연못 한가운데 고건축의 회랑으로 연결된 정자 하나가 보인다. 고전적 원림의 아름다운 흔적이 아직 많이 남아 있는 그윽한 곳이다. 때마침 매미소리가 절정을 이루고 있었다. 뙤약볕이 내리쬐는 한여름에 말매미들이 수천 마리 떼를 지어 울어댄다. 바람결 따라 파도치듯 매미 울음소리가 몰려오고 몰려간다. 이국적인 오케스트라 연주를 듣는 것 같다. 이곳에서는 매미들도 집단적으로 크게 우는구나 싶어 중국답다는 생각이 들기도 했다.

북경대학은 본시 명 왕조와 청나라 때의 황실, 그리고 귀족 사대부들의 원림園林과 호수가 그대로 남아 있는 거대한 별장지대였다. 이같이 북대 캠퍼스는 역사적인 장소로도 유명하다. 따라서 규모면에서도 압도적이다. 자전거를 타고 한 시간은 족히 걸려야 캠퍼스를 대충 둘러볼 수 있다. 실로 광대한 면적이다. 사회주의 교육 시스템으로 3~4만 명이 한 울타리 안에서 공동생활을 한다. 모든 재학생과 교수와 직공이 함께 주거하고 있는 거대한 공동체 공간이다. 교실과 도서관, 기숙사와 식당 등의 시설 외에도 옛 원림의 시설과 자취가 많이 남아 있어 멋진 산책로를 자랑한다.

작은 섬이 있는 커다란 미명호수未名湖와 석방石舫(돌로 된 배), 사원이 있던 자리엔 호수에 그림자를 드리운 높다란 11층 석탑이 남아 있고, 아름드리 백송 숲과 용트림하는 거대한 석주가 한 쌍을 이뤄 석교 앞에 버티고 서 있다. 그 무지개 돌다리 앞으로 전통 건축의 붉은 대문이 하나 서 있다. 일본 동경대학에 그들의 자존심인 적문赤門(아까몽)이 있다면 북경대학에는 홍문紅門이 있다. 거기엔 20세기 중국의 10대 명필에 든다는 마오쩌둥(모택동)의 특이한 서체로 눈에 띄는 현판北京大學이 걸려 있다. 마오체 글씨는 특히 좀 괴팍한 점이 돋보인다. 홍문은 북경대학의 서쪽 문인데 차가 통과할 수 있는 남문(정문)과는 달리 보행으로만 통과할 수 있다.

100년이 되도록 긴 세월 동안 얼마나 많은 석학과 학생들이 이 문을 드나들었을까 생각해 보면 복잡다단하게 흘러간 지난 한 세기가 떠오를 것 같다. 붉은 혁명의 회오리바람이 폭풍처럼 지나간 중국 근대사가 눈에 선하다. 10여 년간의 문화혁명(1966–1976)시절에는 이곳 지식분자들을 시골로 내쫓아 소위 하방下放이라는 이름 아래 사상개조를 한다며 고된 노동을 시키기도 하였다. 많은 서적과 서화들이 불태워졌다. 진시황의 분서갱유 속편인 셈이다. 대학은 그 무서운 홍위병이 차지하고 있었으니, 아직도 모택동 어록과 구호의 흔적이 여기저기 교실 벽과 담 위에 희미하게 남아 있다.

우리는 학교 안에 살면서 점차 불어나기 시작한 한국 유학생들과 북한에서 온 유학생들 그리고 각기 피부색이 다른 세계 여러 나라 학생들과도 어울리며 재미있게 지낼 수 있었다. 캠퍼스 안에 세계적인 노학자들馮友蘭 等의 주택들이 모여 있는 곳이 연남원燕南園이다. 그곳으로 가는 중간 지점에 작지 않은 복숭아밭이 하나 있어 크고 맛있는 것을 싼값에 사먹을 수 있었던 추억도 새롭다. (그 뒤 몇 해 지나지 않아 거기 도원은 사라지고 그 자리에 학생운동 기념탑이 들어섰다.) 돌이켜 보면 그때만 해도 북경은 물가도 싸고 사람들 인심도 후하고 공기도 지금보다는 훨씬 맑았던 것 같다.

마오쩌둥의 친구 에드가 스노우의 무덤이 있는 미명호와는 별도로 원명원의 담과 도로 하나로 사이를 두고 있는 북쪽 호숫가에 교수들의 숙사가 여러 동 둘러서 있다. 그 북원北園 4층 아파트에는 유명 교수들이 살았다. 남편의 박사지도 교수湯一介도 거기 살고 있었다. 그 옆 호반 오솔길을 따라 대숲에 이르면 아담한 기와집 한 채가 정겹게 들어서 있다. 거기에는 외국인 교수였던 남편과 사별한 부인이 홀로 쓸쓸히 살고 있다. 저녁 무렵 늦은 산책길에서 만나는 그 죽림정사에는 이색적인 분위가가 감돈다. 어둑한 숲속에 등불이 켜지면 작은 창에 비친 할머니 그림자가 어른거린다. 전설 속에 나오는 이야기 주인공이 살고 있는 것 같다. 눈 내린 대숲의 정겨운 풍경은 마치 한 폭의 수묵화 같은 운치로 아름답기 그지없다.

펄벅의 『북경에서 온 편지Letter from Peking』의 원제에서 북경은 '베이징'이 아니라 '페킹'으로 표기되어 있다.(북경대학 영문표기도 Peking University로 되어 있다.) 페킹Peking은 병음식 발음이고 영어식으로는 베이징Beijing이다. 북경의 옛 이름은 연경燕京이었으나 중화민국 시절 베이징北京을 베이핑北平이라 부른 데서 연유된 것이다. 북경에서 온 편지를 받아 보던 나는 어느새 그곳에서 한국에 있는 부모형제와 친구들에게 보내는 편지를 쓰는 입장이 되기도 했다. 오늘날은 편지와 엽서를 주고받는 일이 거의 사라지고 없다. 전화기로, 문자 메시지로 가볍고 손쉽게 안부를 주고받는다. 정성스레 편지를 쓰고 가슴 떨리는 기다림에 봉투를 뜯어보던 고전적 낭만마저 사라진 시대이다. 옛 편지를 꺼내 볼 때마다 그때의 정겨운 모습들과 이야기들이 보물처럼 소중하게 느껴진다.

쎄시봉 음악감상실의 추억

얼마 전 김현석 감독의 영화 '쎄시봉'이 개봉되어 관람한 적이 있다. 김윤서, 정우, 김희애, 한효주 등이 출연해 열연했다. 한국음악계에 포크 열풍을 일으킨 윤형주, 조영남, 송창식, 이장희, 김세환 등을 배출한 60년대 음악감상실 쎄시봉이 그 영화의 배경이었다. 물론 영화의 스토리가 전부 다 실화는 아니지만 실제 내용을 바탕으로 한 영화였다. 그들 우정 사이에 감초처럼 등장하는 홍대 미대 출신 사회자 이상백도 나온다. 스토리는 그 배경을 미국으로까지 확대하여 오랜 세월 묵혀 있던 오해의 진실을 풀어낸다. 영화의 감동을 극대화하기 위한 연출 같다.

한효주가 연기한 그 인물이 누구일까? 나이든 우리 세대들은 궁금할 수밖에 없을 것 같다. 배우 윤여정이 아닐까 추측하기도 한다. 가수 조영남과의 러브스토리는 생존자들 간의 감정을 고려해 생략하는 대신 가상인물을 등장시킨 것 같다. 대부분 그렇게 추측할 수 있을 것이다. 실제로 극 중 오근태(정우)와 민자영(한효주)의 관계는 실화가 아닌 가상적인 내용이다. 둘의 사랑이야기는 다루기가 애매했던지 어쩔 수 없이 가상적인 내용으로 각색하지 않았을까 싶다. 영화는 당시의 분위기와 같은 배경음악으로 잔잔한 옛 향수에 젖게 하기에 충분했다.

영화뿐만 아니라 최근에는 그때 주인공이기도 했던 현역 가수들이 반세기 만에 '쎄시봉 콘서트 - 우리들의 이야기'라는 이름으로 전국투어를 하고, 『쎄시봉의 추억』이라는 책이 출간되기도 했다. 다시 쎄시봉 붐이 이는 듯하다. 쎄시봉C'est si bon은 1947년 프랑스인 앙드레 오르네즈가 작사하고 앙리 베티가 작곡한 샹송인데, 불어로 '매우 멋지다'는 뜻이다. 내가 전공한 불어 강의시간에 지도교수가 그 노래를 유창하게 불러주었던 기억 또한 새롭다. '매우 멋진' 청춘은 속절없이 지나가고 아름다운 사랑의 슬픔은 추억이 되어 오래 남기 마련이다. 젊은 날 나에게도 옛 쎄시봉 시절의 잊을 수 없는 아픈 추억이 있다.

무더운 8월 어느 날, 친구들 8명이 단체로 피서여행을 떠났다. 모두들 설레는 마음으로 서울역에서 밤기차를 탔다. 전주행 특급열차는 검은 밤공기를 헤치며 쉬지 않고서 서남쪽을 향해 달렸다. 우리 일행은 차창 유리에 젊음을 비춰보며 이야기꽃을 피우느라 잠을 설쳤다. 7월 보름달도 밤새 우리를 따라오고 있었다.

첫 도착지 전주에서 비빔밥을 먹고 다시 남해로 향했다. 그로부터 열흘간의 긴 남도여행은 본격적으로 시작되었다. 나는 결혼하기 전에 가 보고 싶은 곳은 다 가 봐야겠다는 오랜 꿈을 가지고 있었다. 당시로는 해외여행은 꿈도 꿀 수 없었지만 국내는 어디든지 갈 수 있다고 생각했다. 나는 특히 기차여행을 좋아한다. 깨어 있는 밤의 정적 한가운데를 헤치고 속 시원히 달릴 수 있기 때문이다.

일행 중에는 유일하게 우리보다 어린 남학생이 하나 끼어 있었다. 휴가 기간이 맞지 않아 누나를 졸라 따라나섰다고 했다. 그는 잘생긴 청일점이었다. 그 학생 누나의 소개에 따르면 음악대학에서 트럼펫을 전공하는 새내기라 했다. 말이 없고 조용하여 착한 모범생 같았다. 버스에서 그가 우연히 내 옆자리에 앉게 되어 우리는 음악에 대해 이야기를 나누고 고향얘기도 주고

받으며 즐겁게 바닷가에 도착했다. 그는 내게 누나라고 하지 않고 언니라고 부르며 나를 곧잘 따랐다. 먹는 것도 챙겨주고 무거운 짐도 들어 주며 다른 친구들과는 달리 유독 나에게 배려하는 마음이 여실해 보였다.

나는 위로 오빠와 언니 그리고 여동생만 있다. 처음으로 남동생이 하나 생긴 듯 의젓한 그의 모습에 나도 동생처럼 대했다. 그는 점차 누나들 일행 속에서 어색함 없이 잘 지냈다. 우리는 남해 상주 해수욕장 모래사장에서 모래찜질을 하고 수영도 하며, 모처럼 서울을 벗어난 해방감에 모두 신이 났다. 금산 보리암 등산에선 바다가 한눈에 내려다보이는 절경에 매혹되기도 했다. 옛날 해상사호 신선이 살았다는 어느 소설의 이야기처럼 독특한 풍광에 우리 모두 반했다. 작은 고탑에 둘러앉아 친구들과 함께 웃고 노래 부르며 즐거운 시간을 보냈다. 다시 바닷가로 내려온 후에는 불편한 텐트 속에서 모기에 뜯기며 잠을 설칠 때도 많았지만 조용한 달밤의 은파와 안개 속에 밀려오는 비릿한 아침바다 냄새도 싱그러웠다. 도시에 비해 모든 것이 유쾌했다. 특히 싱싱한 은갈치 회를 초고추장에 찍어먹던 그 맛이란 어디에도 비할 수 없는 별미였다.

우리는 그렇게 여러 날을 함께 보내고 서울로 돌아오기 위해 시골 어느 기차역으로 왔다. 열차를 기다리는 시간 동안 나는 철길 옆 시멘트 바닥에 앉아 아무 생각 없이 혼자 노래를 불렀다. "집을 멀리 떠나서 외로운 밤 여러 날, 오늘은 남쪽바다 섬들을 찾아왔네. 지난 일 생각하면 3년이 흘렀구나! 그리운 친구여! 지금 친구는 어디 있나…" 노래를 부르고 있는데 어느새 그 애가 옆에 와 "언니, 그 노래 무슨 노래야?" 하고 조심스럽게 물었다. 나는 노래를 멈추고 "어느 청년이 해군에 입대해서 옛 친구를 생각하며 부른 노래란다." 하고 답했다. 그는 아무런 대꾸도 없이 무언가 골똘히 생각하는 듯했다.

그리고 상경한 후 3일째 되는 날, 그 친구를 만나기 위해 그가 아르바이트하고 있는 쎄시봉으로 갔다. 내게 꼭 한 번 보여주고 싶은 곳이라며 꼭 들르라고 졸랐던 장소였다. 이름만 들었을 뿐 그 유명한 음악감상실 쎄시봉은 분명 이색 지대의 낯선 공간이었다. TV에서 디제이가 하는 일은 가끔 보았지만 실제로 음악에 얽힌 이야기를 들려주고 가수와 노래를 소개하는 장면은 신기하고 낯설었다. 이런 곳도 있었구나, 하고 놀랐던 것 같다. 젊은 가수로부터 직접 생음악을 듣는 것도 물론 처음이었다. 나는 차를 한 잔 주문한 뒤 호기심에 찬 어조로 요즘 유행하는 국내외 곡들에 대해 묻기도 했다. 그는 음악전공 디제이답게 거침없이 친절하게 설명해주었다.

그날 그 만남이 우리의 마지막이었다. 작은 무대가 있는 그 특별한 공간을 한 번 더 가보고 싶었지만 그렇게 하지 않았다. 그 아이의 마음에 상처를 줄 수도 있겠다 싶어 더는 가지 않았다. 사람의 인연은 숙명처럼 어쩔 수 없는 것인가. 몇 달이 지났다. 남해 여행을 같이 간 친구로부터 그 아이가 해군 군악대로 입대한다는 소식을 들었다. 나는 아무런 말도 하지 않았다. 그러나 그 소식통이 한 바퀴 돌아 내게 다시 전해졌을 때는 예사롭지 않은 느낌이었다. 입대하기 전에 한번 만나고 싶다는 전언일 수도 있다는 생각이 들었다. 친구의 친동생이라 그녀마저 내게 직접 말할 수 없었을 때는 그런 정황으로 내게 느껴졌다.

다시 반년이 지나서였다. 한 친구가 전화로 확실치는 않지만 해군 UDT함정 하나가 바다에서 침몰했다고 말했다. 뉴스를 보면서 그 배에 그가 타지 않았을 것이라 믿었다. 아니 믿고 싶었다. 탔을지라도 그는 꼭 살아있을 거라고 생각했다. 그는 수영을 잘했기 때문이다. 그러나 전원 사망이라는 뉴스와 함께 명단이 TV모니터에 올라오기 시작했다. 안타깝게도 거기 그의 이름이 있었다. 갑자기 숨이 막힐 듯 눈앞이 캄캄해졌다. 우리의 슬픈 데이트는 단 한 번의 쎄시봉에서 끝나고 말았다. 그의 트럼펫 소리도 들어보지 못한 채. 나는 며칠을 두고 후회했다. 그날 기찻길 옆에서 내가 해군의 노래를 부르지 않았더라면, 해군 군악대에 입대한다고 했을 때 전화해서 가지 말라고 했더라면…. 오랜 회한이 내 가슴속 반성과 함께 아픈 기억으로 남았다. 하지만 이 글로 그의 명복을 빌며 내 마음속 오랜 짐을 내려놓으려 한다.

나무야 나무야 넌 어디 가니?

나는 시골에서 태어나 자라서 도시로 나온 뒤에도 고향의 유년 시절이 자주 떠오른다. 나이가 들수록 꿈도 고향 산천이 배경이 되기 일쑤다. 꿈에서 내가 주인공일 때는 그 배경은 어김없이 고향집과 이웃 동네이거나 정든 산과 들이 된다. 누구나 마찬가지이겠지만 고향은 거역할 수 없는 내 어머니 같은 곳이다. 생각만 해도 따뜻한 온기와 시원한 바람이 내 두 볼을 어루만져 주는 듯 깊은 정감이 느껴지기 때문이다.

나의 고향은 자연의 풍광이 아름다운 곳으로 제법 이름난 곳이다. 산과 물이 맑고 냇가에 멋진 정자들이 많기로 소문났으며 전통문화가 뿌리 깊은 곳이다. 그만큼 예로부터 시인묵객과 가객이 많이 찾아오던 풍류의 고장으로 알려져 왔다. 그러나 내가 어릴 때, 즉 50년대는 그렇지 못했던 것 같다. 전쟁이 지나가고도 지리산 빨치산 소탕작전이 여러 해 지속되고 있었으니, 풍류와 아취를 즐길 만한 마음의 여유가 없었을 것으로 생각된다.

나는 그 지리산과 덕유산 기슭에 자랐다. 봄이 오는 길목에 서면 논밭에 보리들이 웃자라 푸른빛이 더욱 짙어만 가고 종달새 높이 날아가는 하늘은 맑고 푸른데 따뜻한 바람결의 대지는 더욱 향기로웠다. 얼음이 풀리고 시냇물 흘러가는 소리는 봄밤의 내 귀를 기울이게 했다. 잔잔한 음악처럼 들리던 그 빛나는 소리는 반세기가 지나 오랜 시간이 흘렀음에도 시냇가 버드나무 연녹색 빛과 함께 어제 같아 영영 잊을 수 없다.

시골생활은 학교와 집을 오가는 것과 가끔 부모님 따라 교회에 가는 일 외엔 별다른 오락거리라곤 없어 단조롭기 마련이다. 초등(국민)학교 때나 중·고등학생 때도 변함이 없었다. 나는 친구들과 어울려 뒷동산이나 시냇가 정자에 올라가 노래를 부르거나 방과 후 독서를 하는 것밖엔 다른 취미도 없었다. 혼자 가만히 화단의 꽃을 바라보거나 적막한 밤엔 하늘의 무수한 별들을 쳐다보며 사진과 책에서 본 도시의 야경을 동경하기도 했다.

중학 시절 학교 운동장 가장자리엔 나이 많은 아름드리 플라타너스 나무들이 둘러서 있고 그 옆 동쪽 한편에는 잔디가 제법 넓은 면적을 차지하고 있었다. 나는 그곳을 거닐며 어린 꿈에 부풀어 혼자 기뻐했던 기억이 있다. 계속 반복되는 생활이 지루하다는 생각이 들 때도 있었지만 왠지 그곳은 내게 평온함을 가져다주었다. 나는 조용히 혼자 있기를 좋아하는 아이였다. 어떤 때는 걸으며 노래도 흥얼거리고 벤치에 앉아 사색에 빠지기도 했다. 교정은 오랜 세월이 지나서도 추억의 그림자처럼 나를 따라다니는 공간이다.

친구들이 몰려오거나 운동장이 시끄러워지면 소나무 숲을 지나 고등학교 뒷동산에 올라가기도 했다. 한적한 곳에 나지막한 무덤이 하나 있고 고개 숙인 자줏빛 할미꽃들이 무더기로 피어 있는 대지는 봄 내음이 물씬했다. 칼바람이 씽씽 불던 겨울이 언제 있었느냐는 듯 온 들녘은 아지랑이 속에 그저 조용하기만 했다. 높은 곳에서 바라보는 신록의 읍내 풍경은 또 색다른 느낌이다. 저 멀리 하늘이 맞닿은 산모퉁이를 돌아 학교 앞과 읍내 사이 널따란 들판을 가로지르는 신작로는 평행선의 가로수와 함께 시원스럽게 쭉 뻗어 있다. 한눈에 들어오는 광경이 한 폭의 수채화 같이 멋진 구도를 하고 있다.

그 가로수 길을 보고 있자니 어머니로부터 들은 동시 한 구절이 떠올랐다. "나무야 나무야 넌 어디 가니? 난 외갓집 간다." 이 동시 한 구절은 겨우 여덟 살 된 어린이가 지은 것이다. 버스를 타고 외갓집 가는 길에 차창을 통해 뒤로 밀려가는 가로수를 보고 지은 것이라니, 처음 들었을 때 참으로 대단한 아이라고 생각되었다. 알고 보니 한때 우리 중학교 교장선생님으로와 계셨던 청마 유치환 시인의 외손녀가 지은 동시였다. 외갓집 오는 길 그 가로수 길에서 지은 것이라는 말을 듣고 중학생이었던 나도 부러운 마음이 스쳐갔다. '시인의 핏줄은 어딘가 다르구나!' 감탄하던 언니의 말이 생각난다.

나도 음악만큼은 아니지만 시를 좋아했다. 쓰는 것은 자신이 없어도 시 낭독은 좋아했다. 학교 도서관에서 빌려 읽기도 하고 언니들이 읽던 시집을 몰래 가져다 보기도 했다. 특히 미국으로 이민 가 살고 있는 둘째 언니는 형제들 중에서도 유별나게 그림과 시를 좋아했는데, 김소월 시를 죄다 외워 내게 들려주던 기억이 난다. 나도 따라 외우곤 했던 추억이 새롭기도 하고, 지금도 가끔 생각나는 아름다운 시와 멋진 수필의 문장이 더러 있다.

하루는 교무실에 갔더니 전교생 백일장에서 선발된 시와 수필들을 복도의 벽에 나란히 붙여 놓은 것을 감명 깊게 읽은 적이 있다. 글 쓰는 친구가 좋아보였다. 나도 언젠가는 시나 수필을 써야겠다는 마음속 다짐을 하기도 했다. 만약 내가 재주가 부족해서 못 쓰는 경우는 시인이나 작가를 배우자로 만났으면 좋겠다는 소망을 기도처럼 꿈꾸기도 했다. 만약 가난한 예술가를 만난다면 내 힘으로 물질적 여유를 만들어서라도 그를 지원하고 싶다는 막연한 생각을 친구들에게 말한 적도 있다.

말이 씨가 된다더니 시를 쓰는 남편을 만났다. 그는 이미 시집 正坐(1974)을 한 권 낸 시인이었다. 데이트를 시작한 지 몇 달이 지나 부모님께 소개했다. 처음 만남인데도 어머니는 손을 덥석 잡으며 우리 사위 하자고 맘에 들어 했으나 시골에서 올라오신 아버지는 인사가 끝나자 "직업이 무엇인가?" 단도직입적으로 물으시고는 대답을 듣기도 전에 "듣자니 시를 쓴다지?" 하시는 것이었다. 상대방이 "네" 하고 답하자마자 아버지는 "시인에게는 딸 못 주네" 하고 말을 자르셨다. 남편 될 사람도 "시 때문이라면 그만두겠다."며 그만 자리를 박차고 나갔다.

이후 어머니께서 아버지가 친구인 청마 유치환 시인의 사생활을 직접 목격하고 걱정한 것이라고 해명했다. (시인의 부인이 어머니와 같은 교회에 다녔는데 그 무렵 유치환 시인이 이영도 시인과 주고받은 서간집 『사랑했으므로 행복하였네라』가 출판되어 시인의 가정에 큰 풍파가 있었다는 말을 어머니로부터 들었다.) 아버지는 두 번째 만난 자리에서 "한 번 떠 본 것일 뿐…"이라고 남편 될 사람을 달랬다. 마침내 나의 소녀 때 꿈이 이루어지는 것이라고 좋아할 수만은 없었다. 대다수 시인과 사는 아내의 삶은 녹록하지만은 않았던 것이다. 그러나 나 스스로 각오한 일이니 어찌 하겠나 생각하고 마음을 다잡을 수밖에 없었다.

남편은 결혼 후에도 네 권의 시집을 더 내었고 나는 더러 그를 뒷바라지할 때도 있었다. '사람은 마음먹은 대로, 말한 대로 된다'는 것이 실감난다. 남편의 유학시절에는 대신 내가 직접 원고를 들고 김지하 시인을 찾아가 서문을 받아 오기도 했으니 말이다. 눈썹이 먹구름처럼 짙게 위로 뻗친 '저항의 시인'은 보기보다 마음이 너무 선하고 따뜻했다. 역시 시인과 결혼하기를 잘했다는 생각이 들었다. 가난해도 정직하게 사는 시인은 역시 멋있게 보였다. 그날 일산에서 돌아오는 가로수 길 버스에서 내 소녀시절 가슴에 품었던 꿈을 되돌아보며, "나무야 나무야 넌 어디 가니? 난 외갓집 간다." 그 동시를 다시 떠올렸다. 누구나 떠난다. 나무도 사람도 생명 있는 것은 모두 어디론가 향해 계속 가고 있다. 시적으로 간결하게 살 일이다. 예술은 그래서 영원히 아름답다!

빗소리와 빛소리

나무들이 바람에 흔들린다. 이윽고 나무들의 어깨가 한쪽으로 휩쓸리는 모습과 동시에 개울 건너 숲이 물결친다. 그리고 비가 내리기 시작한다. 차가운 빗방울은 조용하게 하늘에서 떨어지지만 땅에 도달해 부딪치는 사물에 따라 각기 다르게 소리가 난다. 잎사귀에 떨어지는 소리, 아스팔트 위에 떨어지는 소리, 물 위에 떨어지는 소리, 양철지붕 위에 떨어지는 소리가 모두 다르다. 다름으로 하나의 화음을 내며 즐거운 음악이 되어 내 귀에 들어온다.

가을이 오는 길목이었다. 친구와 영화를 보러 갔던 생각이 떠오른다. 제목이 '가을'이었던 것 같다. 오래되어 기억은 잘 나지 않지만 그때 하나의 영상은 내 가슴에 선명하게 각인되어 있다. 문득 창밖에 펼쳐진 가을 경치가 액자 속의 그림처럼 너무나 아름다웠다. 강원도 산골 어느 작은 절간의 풍경이 더없이 쓸쓸한데 비스듬히 내리는 맑은 빗줄기들은 천지가 하나로 이어지고 있는 듯했다. 안개가 피어오르는 먼 산봉우리가 한 폭의 산수화인가 싶더니 카메라는 어느새 처마에 떨어지는 빗소리에 머물러 있었다.

눈을 지그시 감고 창문에 기대어 절 마당에 떨어지는 빗소리를 듣고 있던 주인공 아가씨의 모습이 소박하게 빛나던 한 장면이 거기 있었다. 나는 관객이 되어 스크린을 보고 있는데 빗소리를 듣고 있는 주인공은 어느새 나와 하나가 된 것 같았다. 그리고 서로 감정이입이 되어 갔다. 내가 비를 보고 있는지 듣고 있는지 알 수 없게 시공의 경계마저 흐릿해진 것이다. 그렇게 영화 속의 빛과 소리는 하나가 되어 빗물처럼 내 마음 속으로 스며들었다. 말하자면 은은하게 울려 퍼져가는 빛소리, 한 줄기 광음光音이 지나가고 있었다.

불교에서는 '소리를 본다'는 의미의 관음觀音이라는 말을 쓰기도 하는데, 그 순간 내가 곧 관음의 세계에 빠져든 것 같았다. 비록 세상의 소리를 굽어보고 구제의 손길을 내미는 보살도를 닦는 삶은 못 된다 해도 아름다운 자연에 몰입된 찰나와 같은 그 시간만큼은 영원처럼 느껴지던 더없이 소중한 감정을 그때 비로소 느껴 볼 수 있었다. 소리와 빛이 한 몸이 되는 뜻밖의 체험에서 작은 깨달음이 있었기에 잊히지 않고 선명하게 남아 있는 것이리라.

오늘도 창밖에 비가 내리고 있다. 그것을 소리로 느낀다. 듣는 소리가 아닌 보는 소리이다. 비에 대한 이야기를 하지니 10여 년 전의 일이 생각난다. 남편이 읽고 있던 시집 표지를 보니 '비는 수직으로 서서 죽는다'(허만하 시집)라는 제목이 박혀 있었다. 한마디로 소름 돋는 충격이었다. 비의 죽음을 선언한 글은 아직까지 본 적이 없기도 하지만 어떻게 이런 표현을 할 수 있었을까! 비는 수직으로 지상에 꽂히는 순간 죽음을 맞는다는 것을 시인 말고 또 누가 알 수 있었을까. 앉아서 죽은 스님은 있었다지만 장엄한 직립의 죽음은 그 어디에서도 나는 듣지 못했기 때문이다.

그 시집에 있는 '프라하 일기'에는 '비는 고독과 같은 것'이라는 표현이 있었다. 창살같이 달려와 수직으로 지상에 박히며 망설임 없이 죽음을 맞이하기 때문일까? 장좌불와長坐不臥한 수도승

보다 더 꼿꼿이 선 채로 죽음을 맞이하는 때문일까? 비가 고독한 것은 아닐 것이다. 그것은 바라보는 자의 마음일 것이다. 군소리하지 않고 즐거이 최후의 운명을 맞을 수 있다면 그것만으로도 지족을 얻은 삶이 아닐까. 흔한 일은 아니지만 소리와 하나 되는 빛의 체험은 내게 너무나 소중한 것이었다. 비의 죽음을 바라보며 관음의 깊이를 다시 한 번 생각하게 한다. 대상으로 바라보는 관조觀照의 경계를 넘어 빛소리의 청정세계에 들 수 있다면 얼마나 좋을까!

박수근 그림전시회

내가 좋아하는 박수근 그림 전시회가 열린다고 하기에 딸을 데리고 삼청동에 위치한 어느 화랑을 찾았다. 5월의 화창한 봄날에 고궁을 찾는 관광객 인파가 광화문 앞을 가득 메우고 있었다. 도착하고 보니 1975년 결혼하기 전 남편과 데이트를 겸해 들렀던 화랑이었다. 그때는 파리에 거주하고 있던 이응로 화백의 전시였는데, 같은 갤러리였으나 위치만 인근으로 바뀌었을 뿐이었다.

세월이 한참 흘렀구나 싶었다. 딸의 나이가 서른이 넘었으니 강산이 세 번도 더 변했다. 그런 저런 생각을 하다 보니 '인생은 짧고 예술은 길다'는 말이 실감나는 듯도 했다. 내가 처음으로 박수근 작품을 본 것도 그 무렵 인사동 어느 화랑이었다. 자그마한 공간에 10여 점의 보석 같은 소품들이 고향의 달빛처럼 은은하게 빛났던 기억이 난다.

전시 제목은 '국민화가 박수근'이었고 45주기 기념전으로 꾸민 것이다. '절구질하는 여인', '골목 안', '나무와 두 여인' 등 그의 대표작을 포함한 40여 점이 전시되었다. 이미 본 작품도 몇 점 있었으나 대부분 처음 보는 그의 주요 작품들이어서 반가운 전시였다. 흙벽처럼 따스한 화폭 앞에서 발길이 떨어지지 않았다. 딸은 어디 갔는지 옆에 없고 나 혼자 그림 앞에 우두커니 서 있었다. 그의 그림을 보고 있으면 '아름답다'는 느낌보다는 '진실하다'는 느낌이 먼저 든다.

그래서인지 박수근 그림은 아무리 보아도 싫증이 나지 않는다. 그림의 주제가 말해주듯 옛날 우리 조상들이 그랬고 내가 어렸을 때 시골 생활 풍속이 그랬듯, 그의 화폭에는 서민들의 삶의 일상이 꾸밈없이 그대로 녹아 있다. 어머니가 아이를 업고 절구질하거나 빨래를 하는 모습, 머리에 물건을 이고 쉬엄쉬엄 가는 아낙네의 모습, 아이들 공기놀이와 할아버지들 장기 두는 모습 등 하나같이 지금은 찾아보기 어려운 정겨운 옛 풍경이다.

밭일을 하는 농부들과 장마당의 군중들 모습 또한 하나같이 조용하기만 하다. 흰 바지저고리나 검은 무명치마에 검정고무신의 주인공들은 아무 말이 없다. 묵묵히 각자 자기 일만 하고 있다. 그리고 움쩍 않고 제자리를 지키고 선 쓸쓸한 겨울나무와 우물까지 모두 침묵 속에 잠긴 듯 차분한 분위기를 하고 있다. 나는 그림을 보며 화가는 잔혹했던 일제시대와 동족상잔의 후유증을 앓고 있었던 것은 아닐까 하는 생각이 들기도 했다.

모두들 가난하여 살기 힘들고 고단하였던 시절에도 말없이 단단하고 끈질기게 살아가는 서민들의 생활모습을 그려내기 위해 그는 조금도 가감 없이 소박하게 표현했던 것 같다. "인간의 선함과 진실함으로 작품을 그려내야 한다."고 믿었던 박수근은 평범하지만 정직한 예술적 견해를 가지고 있었던 같다. 단순한 선과 구도, 회백색의 화강암 같은 독특한 표면처리로 우리 고유의 정서를 잘 함축시킨 작품을 그려 냈다는 평에 수긍이 간다.

1914년 강원도 양구에서 태어난 그는 겨우 보통학교를 마칠 수 있었을 뿐, 어머니를 일찍 여의고 동생들을 돌보며 성장했다고 한다. 우물에 가서 물동이로 물을 길어 와야 하고 맷돌에 밀을 갈아 수제비를 끓여야 했던 고단한 생활이었단다. 하지만 그가 어릴 때부터 좋아했던 그림만큼은 결코 포기할 수 없었기에 독학으로 꾸준히 정진해서 자신만의 세계를 구축할 수 있었던 것이다. 가난과 고독이 오히려 전화위복이 된 것이다.

소년 박수근이 밀레와 같은 훌륭한 화가가 되게 해달라고 하나님께 기도를 드렸다는 것을 어딘가에서 읽은 듯하다. 그 생각에 미치자 나도 어릴 때 비슷한 기도를 드린 것 같아 웃음이 절로 나왔다. 기도만으로 되는 일이 어디 있을까 싶다. 모진 고난의 길에서도 화가에 대한 희망과 믿음을 놓지 않고 인내력을 길러온 그에게 국민화가로서의 성공이 찾아온 것이다.

또 다른 이야기도 떠오른다. 피난길에 화가의 부인이 급히 집을 떠나면서 그림들을 액자에서 뜯어 장독 속에 담아 땅에 묻었다는 것인데, 그곳이 어딘지 아무도 모른다고 했다. DMZ 부근 어디쯤인데 주위가 온통 지뢰밭이라 접근조차 할 수 없다고 했다. 어서 통일이 되어 그 보물 같은 그림들을 찾을 수 있었으면 좋겠다. 전시장을 나서며 화가의 고향집터에 마련한 그의 미술관을 찾아보고 싶었다. 딸의 요청으로 나는 전시포스터 앞에서 기념촬영을 하고 돌아섰다.

딸의 바이올린들

우리 집엔 도·레·미·파·솔·라·시·도, 음계 수만큼이나 다양
한 바이올린들이 소장되어 있다. 어린이용 작은 것부터 성인용
까지 국산은 물론 외국 것들도 있을 뿐만 아니라 비올라도 섞
여 있다. 모두 30여 년 동안 딸이 사용한 것들이다. 케이스 안
에 들어 있어 사용하지 않는 악기들이 드레스 룸에 차곡차곡
쌓여 있는 것을 볼 때마다 악기 주인인 시집간 딸 못지않게 어
미인 나에게도 많은 것을 생각하게 한다.

바이올린들이 존재하게 된 이유와 그 악기들을 사용해 딸이 음
악을 전공하게 된 직접적인 원인 제공자가 바로 나이기 때문이
다. 동기부터 돌이켜 보면 기억 속에 아득하기만 하다. 내가 중
학생 시절이었던 어느 날 공회당에서 7살 어린 소녀가 바이올

린 연주를 한다기에 호기심에 공연을 보러 갔다. 레이스 달린 흰 원피스를 곱게 차려 입고 무대 위에서 작은 바이올린을 턱에 괴고 활을 쓰는 모습이 너무 예쁘고 처음으로 직접 보는 연주라서 신기하기까지 했다.

나는 성악가를 꿈꾸고 있던 터이라 그날 바이올린 연주에 남다른 관심을 가져서인지 그 소녀가 부럽기조차 했다. 그때 나는 이런 다짐을 하였던 것 같다. 다음에 결혼을 하게 되면 여자 아이를 낳아 꼭 바이올린을 가르쳐야지 하고. 동시에 예쁜 딸을 낳게 해 달라고 하나님께 지성으로 기도를 드렸던 것 같다. 소원이 있으면 하나님께 간절히 원하고 기도하면 다 이루진다고 교회에서 그렇게 가르쳐 주었다. 물론 지금 생각해 보면 기도하고 비는 것은 미신행위로서 그것만으로 소원이 이루어질 일은 아닌 것이다. 난관을 헤치고 실천을 하지 않으면 이룰 수 없는 것이다.

결혼을 해서는 처녀 때부터 지니고 다녔던 서양 명화에 나오는 소녀상 사진을 부엌 한쪽에 붙여 두고 보면서 늘 그런 소망을 가졌었다. 그림과 닮은 딸을 낳게 해달라고. 이사 갈 때마다 그림을 가지고 다니는 것을 보다 못한 남편이 그림을 액자에 넣어 주방과 거실 통로에 걸어 주었다. 간절한 마음이 하늘에 이르렀던 것일까. 결혼 5년 만에 바라던 딸을 낳았다. 수녀들이 운영하는 병원에서 출산했는데 '딸입니다'라는 소리를 듣는 순간 이 세상을 다 가진 것처럼 너무 기쁘고 행복했다. 사랑하는 딸에게 6살부터 바이올린을 가르쳤는데, 다행히 싫은 기색 없이 곧잘 엄마 뜻에 따라 주어 고마웠다.

한때 나는 피아노학원을 운영하면서 딸의 음악공부를 위해 나름은 열심히 뒷바라지를 했다. 유치원과 초등학교를 부산에서 마치고 서울로 이사 와서는 오래지 않아 아빠 따라 가족이 중국으로 가게 되었다. 거기서도 중국인 중학교를 다니며 같은 공산주의 국가인 옛 소련에 유학한 교수를 찾아 바이올린 레슨을 받았다. 레슨시간에 맞춰 내가 동행하다가 먼저 귀국한 뒤로는 아빠와 함께 다니기도 했다. 딸은 중국어를 익혀가며 갑작스런 낯선 환경에 적응하느라 힘든데, 게다가 음악공부까지 별도로 해야 하니 마음의 갈등을 겪는 듯했다.

유학 중인 아빠가 박사논문을 쓰는 기간 동안은 압록강변 도시 단동과 심양에서 한 철씩 살았다. 북경이 공기가 탁하고 여름엔 너무 건조하여 우리나라 기후와 흡사한 동북지역으로 임시 거처를 옮긴 것이다. 잠시 동안 심양음악학원 부중에 다닐 때는 노신미술학원(대학)에 특별히 등록하여 그림을 배우기도 했다. 다시 북경으로 돌아와서 다른 교수에게 지도를 받았다. 그리고 귀국해서는 예고에 진학하고 대학에 진학해서는 바이올린 대신 비올라 전공으로 바꾸었다. 2학년 때는 철학과에 편입해 음악과 철학을 복수전공 했다. 기악 연습에 치우쳐 논리가 부족할까 싶어서 아빠가 권유했다. 그리고 대학원에서는 음악학을 택해 이론을 공부했다.

다만 한 가지 아쉬운 점은 딸 스스로 좋아서 음악을 선택한 것이 아니라는 점이다. 중간에 바꿀 수도 있었을 텐데 의사조차 묻지 않은 것도 내 잘못이다. 초등학교 때 음악학원 말고 미술학원에 다니고 싶다고 방문을 잠그고 울면서 졸랐던 적이 있었다. 그러나 두 가지를 한꺼번에 시킬 수 없어서이기도 했지만 선뜻 미술학원으로 바꿔서 보낼 수가 없었다. 본인 스스로 좋아하는 분야를 전공으로 택해야 즐기면서 공부할 수 있을 것인데 우리 딸의 경우 그렇지 못했던 것 같아 늘 마음이 편치 않았다. 딸은 아빠 닮아 음악보다 미술에 더 소질이 있었던 것 같은데, 재능을 키워 주지 못하고 음악에만 집중토록 한 것 같다. 내 뜻대로 교육시켰으니 결과적으로 강요한 것은 아닐까 해서 더러는 미안한 마음이 들기도 한다.

중국에서 딸에게 바이올린을 가르치던 심양음악대학 왕더롱 교수의 말이 생각난다. "음악은 즐거운 마음으로 해야 한다. 슬프고도 아름다운 이야기를 대화하듯, 할머니의 이야기를 듣는 것 같이 그렇게 연주해야 한다." 당시에는 그 말을 예사로 듣고 그냥 지나쳤다. 지금 생각해보니 우리 딸의 마음을 읽고 한 말인 듯해서 더욱 잊히지 않는다. 너무 늦은 깨달음 속 딸과 함께 동행해온 크고 작은 악기들이 나에게 문득 말을 걸어온다. "이제 그만 됐다"고. '좋아하는 것은 즐기는 것만 못하다'는 옛 성현의 말도 자책처럼 떠오른다. 딸의 레슨 시간을 기다리며 쳐다보던 별이 총총 빛나던 북간도 땅 추운 겨울밤이 이젠 먼 그리운 추억으로 남았다.

매일 이별하며 살고 있구나!

오늘 거실에서 청소를 하다가 귀에 익은 노래를 들었다. 부엌 싱크대 위 붙박이장에 붙어 있는 손바닥만 한 TV에서 흘러나오는 김광석의 '서른 즈음에'이다. "머물러 있는 사랑인 줄 알았는데, 또 하루가 멀어져 간다. 매일 이별하며 살고 있구나!" 시적 노랫말이 다른 때와 달리 들린다. 음악평론가들에 의해 최고의 노랫말로 선정된 가사답다.

이 노래가 세상에 나와서 한창 유행하고 있을 때 나는 남편 따라 북경에 가 있었다. 귀국하여 알게 된 이 노래는 가수 특유의 소박하고 호소력 짙은 음성 못지않게 가사가 더 내 마음에 와 닿았다. 젊은 날 나에게도 그 내용과 닮은 추억이 있기 때문인지도 모르겠다. 그 노래가 나온 때로부터 꼭 30년 전 풋풋한 청춘의 일이다.

하루는 용산에서 만난 남자와 여의도로 데이트를 갔다. 가을의
여의도는 섬이 아니라 흐르지 않는 샛강의 늪지대로 이어져 있
었다. 갈대숲과 코스모스길이 그날따라 노을빛과 어우러져 무
척 아름다웠다. 우리는 오솔길을 걷다가 제방의 돌 축대 위에
걸터앉아 주위 풍경을 바라보며 미래를 위한 대화를 나누었다.
가을은 작별의 계절이라 했던가!

대회가 궁해지자 분위기 탓이었는지 상대방은 침묵 끝에 천천
히 굵직한 음성으로 한 마디 읊었다. "언젠가 떠나고 없을 이
자리에 그대와 내가 있구려!" 그리고 그는 곧장 자리에서 일어
섰다. 처음엔 시를 쓰는 청년답다 싶어 그 의미를 곰곰이 되새
겨 보며 혼자 앉아 있었는데, 저만치 걸어가는 그를 바라보며
내 마음이 조금은 이상하다는 것을 느끼기 시작했다.

그 말뜻이 내게 이별을 고한 것처럼 들렸다. 그때 나도 오늘이
마지막 데이트가 될지도 모른다는 생각을 하고 있었던 것 같
다. 그래서인지 석양 속에 걸어가는 그의 뒷모습이 더욱 쓸쓸
하게 보였다. '언젠가 떠나고 없을 이 자리'가 무겁게 내 마음을

짓누르는 것 같았다. 방금 나와 그가 함께한 자리가 반이 비워진 만큼 존재의 무게가 새삼 느껴진 것일까?

김광석의 '매일 이별하며 살고 있다'는 노래 가사처럼 생각이 이별에 미치자 내 마음 한구석에 숨겨져 있던 아쉬움 같은 것이 되살아났는지도 모를 일이다. 노래처럼 '점점 더 멀어져 간다.'고 생각하니 내 마음이 다시 움직였던 것 같다. 그가 지금 내 남편이다. 그때 헤어졌으면 우리는 영영 이별하고 말았을지도 모른다. 그리고 아쉬움은 또 그리움처럼 한 자락 추억이 되어 내 가슴에 영원히 남았을지도 모르겠다.

인연이려니 하고 살아온 날들과 살아갈 날들도 이젠 담담하게 생각될 나이지만 그날 여의도 샛강 갈대숲 길의 데이트는 여전히 청춘으로 남아 있다. 떠나왔어도 떠나온 것이 아닌데, 그 자리는 그대로 남아 있는데 세월만 반백의 여기까지 용케 달려온 것이다. 아직도 은하수처럼 흐르는 한강변의 용산에 함께 살고 있으니 운명처럼 감사할 일이다.

남편의 표현대로 '언젠가 떠나고 없을 이 자리에' 우리는 40여 년을 함께 살아오고 있다. 이렇게 살다 또 각자 떠날 것이다.

누가 떠나보낸 것도 스스로 떠나온 것도 아닌데, 그런 날을 우리는 맞게 될 것이다. 요절한 가수의 툭 터진 음성에서 삶의 무상함이 묻어난다. 텅 빈 거실에서 혼자 듣는 김광석의 노래가 오늘따라 새롭게 들린다. "점점 더 멀어져 간다. 머물러 있는 청춘인 줄 알았는데…"

오늘도 압록강은 흐른다

이미륵의 소설 『압록강은 흐른다』를 읽고 언제 나도 압록강에 가 볼 수 있을까 생각한 적이 있다. 통일이 되어야 갈 수 있으리라 생각했는데 뜻밖에 그날이 내 눈앞에 먼저 오게 되었다. 경의선을 탔다면 몇 시간이면 올 수 있는 거리를 홍콩과 북경을 거쳐 멀리 몇 만 리를 돌아서 왔다. 북경에서 기차를 타고 반 하루가 지나서 신의주를 마주하고 있는 국경도시 단동에 도착하였다. 압록강에 가까이 올수록 산세도 논밭의 들녘 풍경도 기후마저 우리나라와 매우 닮아 있어 조금도 낯설지 않았다. 우리 옛 조상들이 살던 고구려 땅임을 단박에 알 수 있었다.

강 위에 놓인 녹슨 철교를 보니 지난 세월 무수한 독립투사들과 나라를 잃고 이주한 백성들이 생각이 난다. 소설의 작가도 여기 이 다리를 건넜으리라. 이 소설의 자전적 주인공은 구한 말 근대화에서 식민지시대에 이르는 역사적인 변혁기를 배경으로 어린 시절 서당에서 한문공부를 한 인물이다. 이러한 주인공의 인생을 통해 이 책은 자연을 통해 동양사상을 가르쳐준 아버지, 서울 유학과 식민지 학생으로서의 억울함, 3·1운동과 낙향, 그리고 상해 망명과 독일 유학, 유럽생활과 고국의 어머니에 대한 그리움을 담고 있다. 독일에 유학한 전혜린의 번역으로 유려한 문장에 감동적으로 읽었던 생각이 난다.

단동丹東은 중화인민공화국(중공)이 성립되기 전까지는 지명이 안동安東이었다. 인근에 고려촌이 있고 우리 귀에 익은 지명이 많이 남아 있다. 옛날 사신들이 지나가던 길목에 자리하고 있는 아름다운 형세의 봉황산에는 고려성이 그대로 남아 있다. 역사에서 배웠던 이성계의 위화도威化島 회군의 현장인 그 섬도 눈앞에 보인다. 넓은 강의 하류에 토사의 퇴적으로 이루어진 큰 규모의 섬이다. 강을 거슬러 올라가면 교과서에서 배웠던 그 유명한 수풍댐이 나온다. 1937년 당시 만주국과 합작으로 건설을 시작하여 1943년에 완공된 압록강댐은 당시 우리나라 최대 수력발전 시설이었다. 지금은 중국과 공동 관리로 운영하고 있다.

우리는 가을 겨울 두 계절을 거기 압록강변에서 살았다. 1년 전부터 남편이 단동사범학교에 강사로 출강하여 그 먼 곳을 오 갔던 인연으로 우리 가족은 그의 제자들과 지인으로부터 여러 모로 도움을 받았다. 나는 중국어도 잘 못했지만 겨우 시장을 보거나 물건을 살 수 있을 정도는 되었다. 시장에 가면 우리나 라 재래장터에 온 것처럼 없는 것이 없이 다 있다. 일찍 일어나 는 습관도 새벽은 물론 밤늦은 거리에서도 구수한 목소리로 물 건을 파는 풍습도 우리와 같았다. 어릴 때 시골에서 듣고 보았 던 추억이 되살아나는 듯 정겨웠다. 대체로 사람들은 소박하고 밝아 인심 또한 후하였다. 북경과는 많이 다르다는 것을 쉽게 알 수 있었다.

딸은 9월 학기 입학에 맞춰 단동에서 가장 오래되었다는 제1 중학에 들어갔다. 북경에서 중국어를 공부하고 와서인지 학교 생활에 곧잘 적응했다. 학급친구들과도 빨리 친해졌다. 전교에 외국인 학생이라야 하나뿐이었고 남조선(한국, 국교 후에도 그렇게 불 렀다.) 서울에서 온 학생이니 신기하기도 하였으리라. 딸아이의 말에 의하면 그들은 한국은 자기들보다 잘사는 나라인 줄 이미 잘 알고 있었다고 한다. 더구나 그들이 함께 피를 나눈 형제나 라라고 믿었던 가난한 조선민주주의인민공화국(북한)과는 비교할 수도 없이 부자 나라인 것도 알고 있었다고 했다. 어떻게 알게 되었는지 묻자 '가난한 나라가 어떻게 88올림픽을 개최할 수 있겠는가' 하며 당연하다는 태도였다고 한다.

중학생들도 사교춤을 배우고 친구들과 자연스럽게 어울려 춤을 춘다. 우리와는 많이 다른 풍경으로 서양에서나 볼 수 있다고 생각했었다. 중국인들은 새벽과 저녁을 가리지 않고 광장에 나와 음악을 크게 틀어 놓고 운동하듯 남녀가 함께 춤을 춘다. 노래하고 춤추는 것은 나쁠 것이 없겠으나 때와 장소는 가려서 하면 좋을 것 같았다. 시회주의 국가 풍속이라서 그런지 이성에 대해서도 생각보다 무척 개방적이다. 여성들은 술도 잘 먹고 남성보다 더 씩씩해 보인다. 우리가 생각하는 유교국가의 중국이 아니다. 예의도덕도 마찬가지다. 이미 되돌릴 수 없이 멀리 지나 온 느낌이다. 서구적 사회주의의 영향이라지만 전통적 미풍양속을 낡은 것으로 여겨 쓸어버리듯 내버린 것은 결코 좋아 보이지 않았다. 10년을 문화혁명의 광풍이 그렇게 지나갔다.

이듬해 우리는 다시 심양으로 이사를 가게 되었다. 딸아이의 친구들이 "인실이는 데리고 가지 말아 달라"며 섭섭해하였다. 파티도 열고 선물도 주고 편지를 적은 앨범을 정성스럽게 만들어 주기도 했다. 헤어지기 너무 아쉬운 딸 친구들과의 작별에 나의 마음도 편치 않았다. 김치와 한국음식을 만들어 주면 잘 도 먹던 모습들이 오래 기억에 남을 듯했다. 그곳을 떠나던 날 은 같은 반 학생들이 역으로 나와 울며 손을 흔들었다. 기차가 움직이자 몇몇 학생들은 쫓아오며 창밖 시선에서 점점 멀어져 갔다. 순수한 아이들과의 작별을 지켜보며 정겨웠던 나의 학창 시절 생각과 윤동주의 시 '별 헤는 밤'이 떠올랐다. "소학교 때 책상을 같이했던 아이들의 이름과 패佩, 경鏡, 옥玉 이런 이국 소녀들의 이름"을 북간도北間島에 남겨 둔 채 떠나온 시인처럼 나도 딸의 심정이 되어 차창 밖을 오래 돌아다보았다.

짧은 시간이었음에도 돌이켜 보면 거기 압록강 변경도시에 두 고 온 많은 이야기가 떠오른다. 특히 북경에 유학 온 북쪽 남학 생과 남쪽 여학생의 사랑이야기는 영 잊히지 않는다. 북쪽 남 학생은 귀국하여 신의주에 근무하게 되었고, 그 소식을 알게 된 남편은 위험을 무릅쓰고 여학생의 소원대로 1박 2일 신의주 를 다녀오도록 주선하였다. 돌아올 때까지 우리 가족 모두 마 음을 졸였다. 돌아오지 못하고 무슨 일이 생길까봐 조마조마했 던 일이 지금 생각해도 두려운 일이 아닐 수 없다. 아는 공안국 사람에게 부탁해 임시비자인 도강증을 받아 압록강을 건널 수 있었지만 만약 한국 학생인 것이 탄로 나면 그 책임은 피할 수 없을 것이기 때문이다. 그 북한 학생 역시 귀국하기 전에 탈북하려는 것을 남편이 설득하여 돌려보낸 것이다. 분단의 새로운 비극이 아닐 수 없었다. 그 여학생이 들고 간 삶은 계란과 남학생의 선물이라며 들고 온 뱀술도 잊을 수 없는 물건들이다.

우리가 북경으로 돌아와 곧 귀국한 뒤 그들 남녀북남의 애절한 사랑 이야기는 다시 듣지 못하고 말았다. 편지도 전화도 마음대로 할 수 없는 21세기 마지막 분단국의 비극의 현장을 목격하고 돌아온 것이다. 하루 속히 통일이 되어 사랑하는 연인과 가족들이 자유롭게 압록강을 건널 수 있게 되기를 바랄 뿐이다. 6·25전쟁 때 미군의 폭격으로 끊어진 압록강 철길 입구에는 '조중우의교朝中友誼橋'라는 쇠글자가 새겨져 있다. 그리고 중국은 그 전쟁을 미국에 항거하여 조선을 도운抗美援朝 전쟁이라 부른다. 도시 언덕 위 커다란 기념탑에도 그렇게 새겨져 있다. 압록강을 사이에 두고 오랜 역사에 걸쳐 얼마나 많은 전쟁이 지나갔을까. 아픈 상처와 슬픈 이야기를 안고 지금도 압록강은 흐른다. 통일의 그날을 기다리며 오늘도 압록강은 말없이 흐르고 있다.

토란밭과 나의 호 우향

서양에 작가에게 필명 즉 펜네임이라는 것이 있듯, 동양에도 그와 비슷하게 문필가나 서화가에게는 흔히 아호雅號라는 것이 있다. 학자에게는 별명이고 예술인에게는 일종의 예명藝名인 셈이다. 젊은 날 러시아문학을 좋아해 독서할 때가 생각이 난다. 긴 이름과 별명들을 외우느라 무척 힘들었다. 호號도 마찬가지다. 역사적인 인물을 외울 때 위인의 이름과 함께 따라다니는 호는 헷갈릴 때가 많다.

누구나 학창시절 나와 같은 경험이 있을 것이다. 고운, 원효, 퇴계, 율곡, 서산, 다산, 백범, 도산, 소월, 만해 등 수많은 인물들이 대부분 본명보다 그들의 호가 먼저 떠오른다. 그때 나는 호라는 것은 훌륭한 사람들만이 갖는 별명別名인 줄로 알았다. 본명 외에 갖는 또 다른 이름인 호는 자기보다 나이 많은 사람이나 친구가 지어 주기도 하지만 자신이 흥취로 지어 쓰기도 한다는 것을 결혼 후에 알게 되었다.

학자나 예술가들이 별호로 쓰는 아호는 글자 그대로 운치 있는 아름다운 말이거나 지명과 관련되거나 자기가 지향하는 바를 표현하기도 한다는 것을 뒤늦게 알게 되었다. 호는 본이름 외에 허물없이 부를 수 있도록 지어 썼던 것 같다. 어른(임금, 부친, 스승 등)의 이름은 휘명諱名이라 해서 함부로 직접 부를 수 없었으나 호는 그렇지 않았다. 특히 친구 사이에는 이름 대신 호가 무난하여 반말처럼 애용했다고 한다.

예로부터 중국과 한국에서는 호 말고도 남자가 성인이 되었을 때 붙이는 '자字'라는 것이 있었다. 본명은 태어났을 때 부모가 지어주는 데 비해 자는 윗사람이 본인의 기호나 기대하는 바를 고려하여 붙인 이름이란다. 자가 생긴 다음에는 본명을 별로 사용하지 않았던 풍습도 호와 같은 이유에서 비롯되었던 것이다. 태어날 때 태명이 있듯 자랄 때 집안에서 아명兒名을 부르다가 성인이 되어 부를 수 있는 무난한 이름이 '자'였던 것 같다.

공자의 본명은 구丘이고 자는 중니仲尼였던 것과 같다. 원효의 아들 설총은 자가 총지聰智였다. 인문학 서적이나 소설을 읽다 보면 주인공의 본명보다 별명이 더 편하게 쓰이는 것을 알 수 있다. 자는 아명 다음에 쓴 성인이 된 자의 이름이니, 역사적 기록에 많이 남아 있는 것도 사실이다. 아호와 자字는 그만큼 부르기 쉽고 개성이 담긴 이름임에 틀림없는 듯하다.

호는 한 사람이 여러 개를 갖기도 해서 조선시대 명필 추사 김정희는 평생 250여 개나 지어 썼다고 하니 그 기록에 감탄하지 않을 수 없다. 주인공의 연륜과 더불어 시간과 공간의 인연에 따라 멋진 의미가 담긴 호를 지어 썼으며, 그 호의 종류도 다양하다. 서재와 거처의 종류에 따라 당호堂號, 혹은 옥호屋號가 있고 사용 공간에 따라 실호室號 등이 있다. 용도마저 제각각 다른 것이다. 나는 시인이자 서예가인 남편 덕에 어깨너머로 보고 배워 조금 알게 되었다.

나의 아호이자 필명인 우향芋鄕은 남편이 지어 준 것이다. 결혼 전에 그에게 잠시 서예를 배운 적이 있었는데, 하루는 내 호라며 먹 글씨로 적어 보여 주며 그 의미를 설명해 주는 것이었다. 작호의 이유인즉 이랬다. 그가 보기에 내가 튤립을 닮았는데,

그에 대한 한자를 찾다가 비슷한 음의 '토란'을 생각하게 되었다고 했다. 그래서 생각하다가 '토란 밭이 있는 고향(토란 芋, 고을 鄕)'이라는 뜻을 담아 두 글자를 합성해 지었노라고 했다.

설명을 듣고 보니 의미와 발음이 싫지는 않았다. 하지만 누가 불러 주는 사람도 없는데 그다지 쓰일 것 같지는 않아 공부하던 서예 법첩의 책갈피에 접어 넣어 두었다. 처음에는 나에게 호라는 것이 낯설고 사치스런 것 같기도 하여 그냥 관심과 호의로 받아 두었다. 하지만 결혼 후 지금까지도 변함없이 그 호를 불러주는 사람이 있으니, 내 남편 라석羅石(그의 서예 스승 소전 손재형 선생이 지어 주었다고 한다), 단 한 사람이다. 그리고 나에게는 스승께서 주신 또 다른 이름 영화지英和智도 있다.

라석의 세 번째 시집 『지상에 머무는 동안』(1995)에는 '토란밭'이라는 산문시가 실려 있다. "내 어릴 적 피난 가 살던 경북 영양군 일월산 기슭 선영이 있는 활명리, 초간삼간 뒤안 곁 토란밭에 어머님 날마다 부어주는 뿌연 구정물 뒤집어쓰고 토란은 무럭무럭 잘도 자랐네. 분홍 꽃이 피려나 하마하마 피려나, 난 처음 그것이 연꽃인 줄 알았네. 채송화 맨드라미 접시꽃 피는 봄날 널따란 토란잎 꺾어다 고깔지붕 만들고 뒷집 분순이는 내

색시가 됐네." 대구에서 태어난 그도 잠시나마 시골 피난생활을 하며 토란을 좋아했던 것이다.

우향은 나의 고향이기도 하지만 토란밭이 있는 그의 제2의 고향이기도 했다. 그의 표현대로 나도 어릴 때 토란잎과 연잎을 분간하지 못한 적이 있다. 넓은 잎에 빗방울이 도르르 은구슬처럼 굴러 떨어지던 모습이 똑같아서 달라 보이지 않았으나 꽃이 핀 뒤에는 분간이 되었다. 그의 같은 시 한 대목을 읽어 보면 그가 왜 우향이라는 호를 지어 주었는지 알 것 같다. "할머니 무릎 베고 누워 한양가 회심곡 따라 외든가 사랑방 사촌형 서당 글 읽는 소리 듣기 좋지만 토란잎에 흐득이는 빗소리 더욱 좋았네. 어느새 감나무 잎 붉어지는 가을이 오고 토란은 죄다 베어져 헛간 시래기나물 두름 옆에 매어 달리고 토란밭엔 겨울 내내 얼음만 꽁꽁 얼고 있었네." 그의 유년의 서정이 나의 호 우향에 배어 있어 그가 부를 때마다 고향의 정감이 묻어나니 어감 또한 따뜻해서 좋다.

딸의 글을 읽고

딸은 친구처럼 말벗이 되어 줄 때가 가장 좋다. 탄생 그 자체 만으로도 기쁨이자 행복이었던 때도 물론 좋았다. 하지만 어 릴 때는 키우느라 즐거움보다는 힘들었던 기억이 먼저 떠오르 기도 한다. 딸이 한 숙녀로서 성장한 어엿한 모습에서 또 다른 나를 발견한 듯 대견스러울 때도 있다. 무엇보다 딸과 엄마로 서보다 같은 여자로서 친구 같은 느낌의 순간이 더 좋다. 아들 과의 대화보다는 여자들끼리 수다를 떨듯 사소한 이야기도 함 께 나눌 수 있어 기쁘다.

딸은 성장 기간 대부분의 시간을 음악공부에 할애할 수밖에 없 었다. 자신의 의사보다는 엄마의 의견이 더 많이 작용한 것 같 아 때로는 미안할 때가 있었다. 미술이나 문학을 공부할 수도 있었을 텐네 하는 생각이 미칠 때마다 더욱 그런 심정이 된다. 음악을 전공하면서 어려운 철학을 복수전공하여 힘들어하는 딸을 보며 또다시 마음이 무겁던 때도 있었다. 대학원에서 음악이론을 전공할 때도 그랬다. 어느새 다 지나간 일이 되었다. 모든 것은 지나간다. 지금 있는 그대로의 딸이 좋다.

딸은 음악뿐만 아니라 미술과 문학에도 소질을 보였다. 중국에 있을 때부터 그림공부를 한 적도 있고 귀국하여서도 내가 다니는 미술원에 함께 다니기도 했다. 가끔 글쓰기 공모에 당선되어 상품을 타기도 했다. 어느 날 딸의 SNS를 보게 되었다. 뜻밖에도 아빠에 대한 글이자 우리 가족에 관한 내용이었다. 읽고 나서 마음이 여느 때와 달랐다. 철학적인 깊이가 있는 내용이었기 때문이다. 다음은 딸의 SNS에서 퍼온 글 일부이다.

> "아침에 엄마와 식탁에 앉아 애기를 하고 있는데 아빠
> 께서 방에서 나오시더니 병원에 들렀다가 출근하신다
> 며 부엌에 들러 서신 채 사과 한 쪽을 드시고 나가셨
> 다. 얼마 지나지 않아 핸드폰이 울렸고 아빠였다. 갑자
> 기 전화기를 들고 베란다 쪽으로 나와 보라고 하시며,
> 그리고 권익위원회 빌딩 쪽으로 바라보라고 하셨다. 난

무슨 말씀인가 해서 엄마와 함께 권익위원회 건물 아래쪽을 내려다보고 있는데 아빠께서 '아빠 보이니?' 그러셨다.

열심히 아빠를 찾아보니 인도에 작은 점으로 손을 흔들고 계신 아빠가 마침내 보였다. 우리가 사는 집이 고층이라 정말 작은 점으로 유동하는 모습만 겨우 보이는 상황에서 아빠를 찾기란 여간 쉽지 않았다. 출근길 사람들도 여럿 보였기 때문이다. 엄마는 한참을 찾지 못하시다가, 내가 아빠가 서 계시는 위치를 설명한 후에야 마침내 알아보셨다. 그렇게 우리는 아빠를 향해 열심히 손을 흔들었고 더 작은 점으로 멀어져 가는 아빠를 바라보았다. 창 너머로 우리는 그렇게 아침인사를 다시 나누었고 엄마와 나는 나머지 수다를 떨기 위해 다시 식탁에 앉았다.

그리고 몇 분 뒤 긴 한 통의 문자가 도착했다. '소멸되어 가는 하나의 존재의 점으로서의 아빠를 우리 딸에게 보여주고 싶었다. 가까이 있어 오히려 잊고 사는 믿음들…누구나 마찬가지겠지만 가족은 그래서 더 소중한 것이겠지. 엄마의 '신기하다'는 표현도 맞는 말이야. 나를, 가족을 객관해서 볼 수 있어야 할 때가 있어야 하듯, 그것이 깨침의 이로움일 때가 있는 법이란다. 철학을 공부한 딸에게. 병원 검사 가는 길 아빠가.' 이 문자를 읽으면서 나도 모르게 눈물이 식탁 위로 뚝뚝 떨어졌다.

아빠에 대한 미안함과 고마움에… 가족은 너무 편안하다는 이유로 함부로 말하고 행동했었는데, 딸로서 미안한 마음과 함께 이런 소중한 시간들을 순간순간 느끼지 못하고 살고 있었음을 되돌아보는 계기가 되었다. 그리고 부모님이 살아 계심이 얼마나 감사한지를 또 한 번 느끼게 되는 순간이었다. 그리고 살아 계실 때 잘 해야지, 하는 생각도 다시금 하게 된 반성의 시간이었다."

딸의 섬세한 표현과 성찰의 글에서 나도 작은 떨림의 감동을 느꼈다. 언젠가 우주에서 찍은 지구의 사진을 본 적이 있다. 지구도 보일 듯 말 듯한 하나의 작은 점인데, 그 속에 살고 있는 인생은 얼마나 작고 보잘것없는가 싶었다. 그러나 또 얼마나 위대한 존재의 인생인가 싶기도 했다. 나도 '소멸되어 가는 하나의 존재의 점'으로서의 삶을 다시 되돌아보는 계기가 되었다.

물론 딸의 글 솜씨는 나보다는 아빠를 많이 닮은 것 같다. 그러
나 음악적 소질은 나의 영향이 직접적으로나 간접적으로도 더
클 수밖에 없다고 믿는다. 딸은 음악공부를 하면서 많이 지친
듯 어느 때부턴가 연주자의 삶을 포기하고 그냥 음악을 좋아하
고 사랑하는 음악인으로 남고 싶다고 했다. 경제적으로 어려운
환경에서 뒷받침을 제대로 못해준 탓도 있을 것이다. 엄마로서
딸에게 강요한 것은 아닌지 싶거니와 적극 도와주지 못한 것이
후회되기도 하지만 예술을 이해하고 즐기면서 실 수 있다는 것
만으로도 하나의 축복이 아닐 수 없다. 딸과 아들의 글을 함께
모아 언젠가 네 식구의 인연을 기념하는 책을 한 권 내자고 누
군가 제안한 적이 있다. 그날이 어서 왔으면 좋겠다.

만해시인의 심우장을 찾아

삼청동 터널을 지나 성북동 내리막길을 따라 내려가면 심우장으로 가는 입구가 나온다. 차가 멈춰선 곳에 '만해 한용운 옛길'이라는 표지판이 보인다. 그 아래 작은 공원처럼 꾸며진 공간이 있다. 벤치에 걸터앉은 스님의 동상과 그 옆에는 '님의 침묵' 시비가 놓여 있다. 공원 옆 계단을 따라 비탈길을 오르면 난간에 글판들이 여럿 걸려 있다. 방문자의 시선을 끌어 잡는 시구와 어록들이 발길을 잠시 멈추게 한다. 하나씩 읽으니 어느새 발길이 심우장 대문 앞에 닿았다.

> 잃은 소 없건 만은
> 찾을 손 우습도다.
> 만일 잃을 시 분명하다면

찾은들 지닐 소냐.

차라리 찾지 말면

또 잃지나 않으리라.

위의 인용글은 거기 걸린 것 중 하나이다. 집 이름堂號이 심우
장이니, 그 '심우尋牛'에 대한 내용임을 알 수 있다. 각자 자성自
性 가운데 있는 내 부처를 찾아가는 과정을 잃어버린 소 찾기
에 비유한 것이다. 소牛는 자기 본성 혹은 불성을 말한다. 만해
스님은 내가 나를 찾아가는 수행의 장소로 집을 정했고 그래서
그 이름을 심우장으로 택한 것 같다. 사찰에 가면 대웅전 외벽
에 글과 그림으로도 표현된 것을 볼 수 있는데, 그것이 '심우도'
다. 만해스님이 만년(1933–1944)을 보낸 택호를 심우장으로 지은
것은 또 다른 깊은 뜻이 있을 것 같다.

심우장은 가파르고 좁다란 언덕길을 따라 한참 오른 다음 산
중턱쯤에서 만날 수 있다. 아름드리 소나무 아래 대문을 들어
서니 아담한 마당 왼쪽에 소박한 기와집 한 채가 반갑게 맞아
주었다. 여기가 바로 40여 년 전부터 와보고 싶었던 심우장이
구나! 첫 만남의 감회가 가슴 벅찼다. 책과 사진으로만 보아온
그 현장에 마침내 온 것이다. 서울에서 오랫동안 살면서 벼르

기만 하고 와 보지 못하고 있다가 얼마 전 서대문형무소를 방문했을 때 스님이 계시던 옥사가 없어진 것을 보고 새삼 이곳 심우장이 떠오른 것이 방문을 서두른 계기가 되었다.

보존이 잘된 탓에 80여 년 된 기와집은 아직도 건재했다. 총독부 '그 돌집'(옛 중앙청)이 싫어 북향으로 지었다고 하는 한옥은 주인의 성격을 닮은 듯 일직선의 곧은 형태로 절제미를 잘 나타내고 있었다. 좁은 마루가 딸린 사랑방 하나와 지금은 벽을 헐어 인쇄물 자료를 보여 주는 진열장이 놓인 작은 중간 방 둘, 그리고 부엌이 딸린 네 칸의 소박한 민가였다. 주인이 집필하거나 좌선하고 손님을 맞던 사랑방은 스님의 초상화와 자필 붓글씨로 옮긴 오도송悟道頌이 걸려 있었다.

무엇보다 두루마기를 벗어 걸던 횃대가 아직도 정겹게 남아 있어 옛 모습을 그대로 보여 주고 있었다. 들어가도 되는지 관리인에게 물어본 뒤 섬돌에 신을 벗고 조심스럽게 사랑방에 들어가 봤다. 뵙고 인사를 드리듯 책상 위에 걸린 존경하는 분의 초상화 앞에서 목례를 했다. 횃대 위에 손을 얹자 남편이 그 장면을 사진에 담았다. 얼마나 많은 독립지사와 애국자들이 이 사랑방을 찾았으며, 얼마나 많은 시간을 밤낮으로 나라 걱정에

노심초사하셨을까! 잠시 TV와 영화에서 본 장면들이 내 머릿
속을 지나간다.

그것은 상상하기 어렵지 않았다. 만해문학 연구로 박사학위를
받은 나의 친구로부터 익히 들은 바가 있다. 당시 스님의 벗이
자 동지였던 최린, 오세창, 홍명희, 여운형, 안재홍, 정인보,
이광수, 염상섭, 이태준, 김병로 등 독립운동가와 문학가들 그
리고 당대 고승들이 이곳을 자주 찾았다고 하니, 이 작은 방이
예사롭지가 않아 보였다. 스님은 일찍이 불교청년회를 창립하
고 초대 회장을 지낸 뒤 불교청년회 총재를 역임하였다. 자연
히 스님을 따르는 젊은이들도 그곳을 자주 찾았다고 한다.

중간 방 진열장에는 스님의 저서와 직접 발행한 잡지 『유심唯
心』, 신문기사, 옥중공판기록 등 여러 자료들이 있었다. 그 밖
에도 시, 소설, 수필, 논문, 논설 등 많은 집필 활동이 이곳에서
이루어졌다는 기록이 보인다. 전통 한옥 구조의 부엌엔 크지도
작지도 않은 가마솥 둘이 정갈하게 놓여 있다. 부엌을 보니 스
님의 만년 살림살이를 엿보는 듯하다. 정지 뒤로 반 칸 정도 곳
간 같은 곳이 있었으며, 뒤뜰로 연결된 작은 문이 나 있었다.

지금은 개방되어 많은 사람들이 찾는 명소가 되었지만 오래전 스님 소생의 따님(한영숙)이 혼자 살고 있을 때, 흑백TV에서 마당에 꽃과 콩을 심어 가꾸던 모습이 눈에 선하다. 그녀의 회고에 의하면 "어머니더러 늘 꽃을 사랑하라고 말씀하셨대요. 꽃이나 나무와 친하면 사람은 자연히 보살의 마음을 일으킨다고…" 스님은 시인이었으니까 당연히 꽃 가꾸기를 좋아하셨을 것 같다. 당신은 나라 일에 그럴 시간조차 없었겠지만…마당 가장자리에는 스님께서 심었다는 나무가 곧게 자라 깃대처럼 서 있다.

세월과 더불어 많이 달라진 심우장을 돌아보며 진즉 찾아오지 못한 것이 아쉬웠다. 나는 시인 중 누구보다 한용운을 좋아했다. 시뿐만 아니라 혁명적인 곧은 성격을 더욱 존경한다. 해방 이후 교육을 받은 사람은 누구나 마찬가지이겠지만 나도 교과서에서 '님의 침묵'을 배우고 나서 만해스님을 알게 되었다. 그리고 스님을 연구한 친구를 통해 그분의 애국심을 더욱 이해하게 되었으며, 남편의 서재에서 발견한 『한용운평전』을 읽고 새로운 사실들을 알게 되어 스님을 무척 존경하게 되었다.

그분은 한 마디로 정리할 수 없는 인물이다. 종교인이자 독립

운동가요 예술가이며 혁명가였다. 그냥 승려이고 보통 시인이
아니었다. 3·1독립운동을 주동한 위대한 애국자였다. 그의 친
구 위당 정인보가 한 "인도에 간디가 있다면 조선에 만해가 있
다"는 말은 결코 과장된 말이 아니다. 만해 식의 비폭력은 일본
인들도 벌벌 떨게 했다고 한다. 서대문형무소 시절 "한용운은
감옥에 갇혀 있으면서도 능히 천하를 뒤흔들고 있다"거나 "이
형무소가 생긴 이래 저런 죄수가 있었던 적이 없다"고 할 정도
로 기개와 지조의 영향력이 대단했던 것이다.

스님의 인간적인 면도 참 아름답게 느껴진다. 세상에 잘 알려
지지 않은 스님의 비밀스런 사랑도 흥미롭다. '님의 침묵'의 시
적 표상의 '님'은 가상적이거나 추상적인 님이 아니라고 한다.
실제 주인공으로 서여연화徐如蓮華라는 보살이 존재했다는 사실
이다. 그녀는 속초의 돈 많은 선주와 결혼했으나 남편을 잃은
여인으로 멋을 아는 매우 교양 있고 아름다운 인물이었다고 한
다. '님의 침묵'을 집필할 무렵의 외설악 신흥사에서부터 그 시
집의 산실인 백담사와 오세암 그리고 서대문형무소 옥바라지
에 이르기까지 바늘과 실처럼 영롱하게 엮여져 있었다는 깊은
인연은 스님의 상좌(이춘성)에 의해 증거 되고 평전을 통해서도
밝혀진 바 있다.

시집 첫머리에 자서로 실린 '군말'은 그야말로 사족과 같은 군말로 읽혀져도 무방할 듯하다. 그녀와의 사랑과 이별의 연가를 다시 읽으며 승려였지만 동시에 한 인간일 수밖에 없는 다정다감한 시인의 모습을 그려보면서 만해 선생은 위대하고 존경받아 마땅하다고 생각했다. 심우장을 나서며 스님의 시 한 편이 다시 떠올랐다.

> 님은 갔습니다.(중략) 푸른 산 빛을 깨치고 단풍나무 숲을 향하여 난 작은 길 걸어서 차마 떨치고 갔습니다.(중략) 제 곡조를 못 이기는 사랑의 노래는 님의 침묵을 휩싸고 돕니다.

심우장, 모두 떠나고 없는 침묵의 그 자리가 결코 공허한 정적의 공간이 아니었다.

내가 존경하는 세 분

나는 할아버지와 아버지의 영향으로 어릴 때부터 이야기로 익힌 애국자들 중에서 세 분 선생님을 특별히 존경해 왔다. 세 분은 모두 신앙인인데다 공교롭게도 나와 성씨가 같은 분들이다. 즉 안중근 의사와 안창호 선생 그리고 안익태 선생이다. 어릴 때의 영향은 커서도 쉽게 바뀌지 않는다. 나는 학창시절 세 분의 전기를 읽고 관련 자료를 찾아보며 많은 감명을 받았다. 그때마다 왠지 세 선생은 나와 특별한 관련이 있는 것 같고 나도 그 정신을 본받아 실천하는 사람이 되어야 하겠다는 다짐을 하곤 했다.

생각해 보면 나 같은 범인이 역사상 위대한 업적을 이룬 영웅과 독립운동가와 천재예술가의 이름을 감히 거론할 자격조차 없겠지만 후손 된 국민의 한 사람으로서 마음으로 기리고 따라 배우는 것마저 포기할 수는 없다. 세 분의 공통점은 모두 독보적인 애국자이면서 철저한 신앙인이었다는 점이다. 나라와 민족을 위한 애국자이기 이전에 옳은 일에 자기를 희생할 각오가 된 큰 얼의 사상가였고 동시에 예술가였다. 그분들의 발자취를 살펴보면 볼수록 진리 앞에 겸손하고 양심에 부끄럽지 않게 정직하며 성실한 삶을 살고자 했던 공통점이 발견된다.

I

우리 가족이 지난 90년대 심양에 잠시 머무를 때 여순에서 하얼빈까지 요동반도를 달리는 기찻길을 보며 문득 한 생각이 났다. 안중근(1879~1910) 의사께서 이 길로 하얼빈 역에 도착하였으며 침략의 원흉 이토 히로부미伊藤博文(이등박문)를 처단한 후 포승줄에 묶여 다시 이 길을 통해 여순 감옥으로 가서 순국하셨구나. 그 역사적인 현장에 꼭 가 봐야지 벼르기만 하고 가까이 있으면서도 실천하지 못한 것이 후회된다. 여순旅順을 여러 차례 다녀온 남편은 사진과 유묵집 그리고 그의 짧은 삶의 연대기가 담긴 책자를 통해 현장에 가본 듯 내게 자세히 설명해 주었다. 여러 붓글씨 중 "국가안위 노심초사國家安危 勞心焦思(나라의 안위를 위해 마음으로 애쓰고 속을 태움)"란 글이 감명 깊었던 기억이 있다.

가장 감동적인 것은 안 의사의 어머니(조 마리아)께서 아들에게
보낸 마지막 편지였다. 이 세상 어떤 편지가 이보다 더 거룩하
고 빛나는 슬픔일 수 있을까?

> 네가 만약 늙은 어미보다 먼저 죽은 것을 불효라 생각
> 한다면 이 어미는 웃음거리가 될 것이다. 너의 죽음은
> 너의 한 사람 것이 아니라 조선인 전체의 공분을 짊어
> 지고 있는 것이다. 네가 항소를 한다면 그것은 일제에
> 목숨을 구걸하는 짓이다. 네가 나라를 위해 이에 이른
> 즉 딴 맘먹지 말고 죽으라. 옳은 일을 하고 받은 형이니
> 비겁하게 삶을 구걸하지 말고 대의에 죽는 것이 어미에
> 대한 효도이다. 아마도 이 편지가 어미의 너에게 쓰는
> 마지막 편지가 될 것이다. 여기 너의 수의를 지어 보내
> 니 이 옷을 입고 가거라.

옷깃이 저절로 여미어진다. '왕대밭에 왕대 나는' 이치처럼 더
무슨 말을 할 수 있을까! 마지막 가는 아들에게 보내는 추상 같
은 언명에 나도 모르게 눈물이 절로 났다.

귀국하여 효창공원에 청소봉사를 다니며 늘 가슴 아프게 생각되던 것은 사의사묘의 허묘虛墓이다. 삼의사(윤봉길, 이봉창, 이정기) 무덤 옆에 비석도 이름도 없이 봉분만 있는 안 의사의 가묘 앞에 섰을 때이다. 해방이 되자 김구 선생은 해외에 있던 삼의사의 유해를 손수 모셔와 안장하며 안 의사의 유해를 찾지 못한 것을 한스럽게 생각하셨다고 한다. 결국 빈 무덤으로 남겨 둔 채 김구 선생 역시 같은 효창공원에 묻히셨다. "국권이 회복되면 나의 유해를 고국에 묻어 달라"고 하신 안 의사의 유지를 받들지 못한 남북한 7천만 동포 모두의 잘못이다. 유묵에 찍혀있는 손도장의 네 번째 손가락 한 마디처럼 삼의사 옆 네 번째 묘의 주인은 아직도 돌아오지 못하고 허공처럼 비어 있다. 참으로 부끄럽고 슬픈 일이 아닐 수 없다.

II

압구정 전철역에서 10분 거리에 도산공원이 있고 한적한 공원 숲 안에 도산 선생의 묘소와 안창호기념관이 함께 있다. 강북에 효창공원이 있다면 강남에 도산공원이 있다는 것은 남다른 인연처럼 느껴진다. 평소 존경하는 분의 묘소가 이웃하고 있는 곳에 살게 되어 자주 찾아 볼 수 있게 되어 감사한 일이다. 의도하지 않았는데도 15년 전 효창동에 살았고 얼마 전 압구정 논현

동으로 이사와 살게 되었으니, 감사할 일이 하나 더 생긴 것이다. 틈날 때마다 조용한 도산공원으로 산책을 간다. 핸섬한 정장차림의 선생 동상이 방문객을 반갑게 맞아 주는 듯 기념관 옆 길목을 지키고 서 계신다. 정겨운 학교 선생님 같으시다.

도산 안창호(1878-1938) 선생 유해가 강남의 번화가 인근 도산공원에 모셔져 있는 줄 대부분의 서울 시민들은 모른다. 선생은 상해의 윤봉길 의사 사건으로 검거된 후 국내로 압송되어 서대문형무소에서 거듭된 옥고를 치르셨다. 이로 인해 병을 얻어 1938년 조국의 독립을 못 보시고 눈을 감고 나섰다. 도산 선생의 묘소는 묘비도 없이 쓸쓸히 망우리 공동묘지에서 광복을 맞았다. 전쟁이 끝나고 나서야 선생과 절친했던 춘원 이광수가 미리 지어 두었던 비문과 서예가인 소전 손재형의 글씨로 묘비가 세워졌다. 비문에는 "배우고 가르침에 끊임없이 애쓰시고, 슬기와 덕을 바로 세워 사시니 우리나라와 겨레를 위함이셨네. 바르고 사심 없이 사람을 대함에 봄바람 같고, 일을 행하심에 가을 서릿발 같으셨네."라는 내용이 새겨져 있다. 짧은 글이지만 선생의 업적을 압축적으로 보여 준다.

그 묘비는 도산공원의 기념관 지하에 40년 넘게 보관되어 오다가 다시 망우리로 돌아갔다. 미국에서 1969년 사망한 선생의 부인(이혜련 여사)의 유해를 1973년 한국으로 옮겨 오면서 지금의 도산공원에 합장하게 되었다. 옛 묘비가 망우리에 있는 선생의 제자(임시정부 시절 선생의 비서였던 유상규)의 무덤 옆으로 돌아간 것도 사연이 있었다. 도산 선생이 먼저 간 자식같이 아끼던 제자이자 독립운동가였던 '유상규 옆에 묻히고 싶다'는 유언을 받들기 위함이다. 뜻대로 되지 않았던 독립운동처럼 자신의 장지와 묘비 또한 안착하지 못하고 떠돌다 43년 만에 원래의 자리를 찾았다.(2016)

교과서에서 배운 대로 도산 선생은 겨레의 스승 같으신 분이다. 선생은 교육자이며 웅변가로도 유명하다. 선생의 말씀 가운데 다음 문장이 감명 깊게 기억난다. "묻노니 여러분이시여, 오늘 대한사회에 주인 되는 이가 얼마나 됩니까? 자기 민족사회가 어떠한 위난과 비운에 처하였든지, 자기의 동족이 어떻게 못나고 잘못하든지, 자기 민족을 위하여 하던 일을 몇 번 실패하든지, 자기의 지성으로 자기 민족사회의 처지와 경우를 의지하여 그 민족을 건져 낼 구체적 방법과 계획을 세우고 그 방침과 계획대로 자기의 몸이 죽는 데까지 노력하는 자가 그 민족사회의 책임을 중히 알고 일하는 주인이외다."(1925. 1. 25. 동아일

보) 인용문에서 보듯 선생은 웅변의 대가답게 사람을 감복시키고 설득하는 크나큰 힘을 갖고 있었다.

Ⅲ

70년대 말 부산에서 알게 된 젊은 작곡가 박철홍의 소개로 안익태 작곡 '코리아판타지'를 처음 듣게 되었다. 그날 오디오를 통해 우리 애국가를 외국인 합창단이 부르는 것을 듣고 믿어지지 않을 만큼 비장함을 느꼈던 기억이 난다. 나는 그때까지 내가 존경하는 분의 대표곡도 모르고 있었다. 스메타나의 '나의 조국'을 알고 있으면서 선생의 '코리아판타지'를 모르고 있었더니 매우 부끄러웠다. 학창시절 음악선생으로부터 '한국환상곡'이 있다는 말을 들은 것 같기도 하지만 그 곡이 바로 코리아판타지인 줄은 몰랐다. 들어 보지 못했으니 알 길이 없었다. 한편으로는 70년대까지만 해도 선생의 음악이 국내에 제대로 소개되지 않은 또 다른 원인이 있었음을 듣고 마음이 씁쓸했다.

안익태(1906-1965) 선생은 우리 애국가의 작곡가로 영원히 남으실 분이다. 그분은 일찍이 일본과 미국에서 유학하고 다시 헝가리로 가서 작곡(석사)을 공부하고 독일로 가서 지휘자가 되었다. 부다페스트와 베를린 그리고 스페인에 살다 바르셀로나에서 사망하였으며 일찍부터 다재다능했던 글로벌 예술가였다. 당시 안익태 선생은 국내보다 유럽에서 더 널리 알려져 있었다고 한다. 작곡가뿐만 아니라 첼리스트 연주가로 활약하였으며 특히 돋보이는 것은 세계적인 지휘자로서의 역할이다. R. 슈트라우스에게 지휘를 배우고 부다페스트교향악단, 런던 로열필하모니, 베를린 필, 로스앤젤레스 필하모니, 일본 NHK 등 200여 세계적인 유명 교향악단을 지휘했다니 정말 놀라운 경력이다.

한편 애국가와 코리아판타지에 대해 최근 새로 밝혀진 내용을 찾아 읽으며 여러 고증과 시비에서 자유로웠으면 하는 마음이 들기도 한다. 1935년 12월 28일 시카고 한인 교회에서 안익태 작곡의 '대한국애국가'가 처음으로 연주되고 1936년 1월 안창호 선생이 발간하던 샌프란시스코의 한인 신문 '신한민보'에 이 연주 내용이 소개되었다. 그리고 같은 해 3월 4일 조선에서는 조선총독부가 치안방해를 이유로 이 노래를 금지가요 목록에 올렸다. 하지만 5년 후 상하이 대한민국임시정부에서는 이 새로운 곡을 공식적인 애국가로 채택하게 되었으니, 파란만장한 국가의 탄생을 새로 알게 한다.

그의 '한국환상곡Korea Fantasy'도 하숙비 낼 돈이 없어 뉴욕교

향악단 주최의 작곡 콩쿠르에 응모한 곡(당시는 현재의 절반밖에 안 되는 소품)이었으며, 1935년 11월 카네기홀에서의 발표가 있었으나 불성실한 연주에 화가 난 안익태 선생이 지휘하다 중간에 내려오고 말았다는 에피소드가 담긴 곡이다. 그 뒤 작곡을 완성하여 1938년 그의 지휘로 아일랜드 국립교향악단에 의해 초연되었다.

선생은 1957년과 1961년 두 번 귀국하였는데, 처음 귀국하였을 때 부산시민회관에서의 지휘를 맡은 적이 있었다. 그때 한 원로 시인艸丁 金相沃이 참석하고 당시의 감동을 내게 전해준 바 있다. 전후의 낡은 악기와 오합지졸의 연주자들을 모아 훌륭한 음악을 만들어 내는 진정한 마에스트로의 모습을 봤다고 했다. 스페인에 가면 우리나라에는 없는 '안익태거리'가 있다고 한다. 나도 언젠가 애국가를 부르며 그 거리를 걷고 싶다.

비 오는 저녁

온 종일 비가 내린다.
장마 비가 내린다.
고층건물 위에도 내리고
학교 둥근 운동장에도
공원 나무숲에도 내린다.

이윽고 어두움이 내린다.
아파트 청문마다 불이 켜지고
빗방울이 창변에 부딪히는
차가운 빛깔의 저 소리
더없이 투명한 빛 소리

한줄기 번개가 어둠을 찢고
천둥소리 이따금 들리다 만다.
정적 속 흰 빗줄기는
어느새 비스듬히 눕고
나는 먼 추억 속에 잠긴다.

시 / 그림(설산)
우향 안정숙 작

신의주와 마주한 국경도시 단동

늦가을 아침 단동의 거리는 안개가 자욱하다. 중국의 변경도
시 단동丹東은 압록강을 사이에 두고 신의주와 마주 보고 있다.
그래서 더욱 조용한 느낌이다. 구신의주의 풍경은 사람이 살
지 않는 폐허처럼 죽은 듯 고요하다. 공장 굴뚝들은 언제 문을
닫았는지 연기가 나지 않는다. 한편 이성계가 주둔했던 위화도
쪽으로 바라다 보이는 강 숲은 한 폭의 그윽한 수묵화와 같이
물안개 속에 아름답게 피어날 때도 있다.

11월의 북쪽 국경도시는 남쪽 서울의 한겨울과 비교할 수 없이
춥다. 새벽이면 개 짖는 소리와 함께 인기척이 나고 자전거 지
나가는 소리부터 들린다. 그 어둠을 뚫고 들리는 소리가 또 있
다. "한구어더~ 한구어더~" 하고 나지막하면서도 힘 있는 목

소리가 긴 여운을 남기며 골목길을 지나간다. 그것이 뭘까 매우 궁금했다. 내게 '한구어더'는 마치 중국어 발음으로 '한국의', '한국적'이라는 의미처럼 친근하게 들린다.

우리가 어렵던 시절 늦은 밤 도시의 거리를 "찹쌀떡~" 하고 지나가던 소리와 흡사하게 겹쳐 들리기 때문이다. 못살고 배고프던 시절의 긴 겨울 밤 정경과 함께 '한구어더'가 무엇일까 궁금하지 않을 수 없었다. 하루는 외투를 걸치고 그 소리가 나는 골목길에 나가봤다. 중년 아저씨가 털모자를 쓰고 천천히 지나갔다. 나는 딜려가서 무엇인지 살펴보았다. 리어카보다 작은 나무 손수레 위의 상자에선 따뜻한 순두부와 또 다른 먹을 것을 팔고 있었다.

그 '한구어더'는 밀가루를 기름에 튀겨 만든 막대기처럼 생겼다. 호기심에 잔뜩 기대를 하고 쫓아간 나는 다소 실망했다. 특별한 음식도 아닌 북경에서도 본 적이 있는 기름에 튀긴 막대기 빵이었다. 마치 '유티아오'와 비슷한 것으로 두유나 훈돈과 함께 출근길 아침식사 대용으로 먹는데, 이곳은 순두부와 곁들여 먹는 것이 달랐을 뿐이다.

중국은 반세기에 걸쳐 사회주의의 집단노동에 길들여진 탓인지 아침 식사는 간단히 한다. 남녀 구별할 것 없이 출근하는 도시의 노동자들은 아침밥을 해 먹을 겨를이 없다. 하나뿐인 아이를 출근길에 탁아소나 유치원에 맡기고 퇴근길에 부부 둘 중 시간적으로 여유가 있거나 거리가 가까운 부모가 데리고 온다. 점심은 대부분 직장에서 때우고 저녁은 시장을 보든지 해서 요리를 만들어 푸짐하게 먹는다.

개혁 개방 이후 지금도 공산당 간부가 아닌 기층 인민들이야 턱없이 낮은 인건비로 검소하게 살림을 꾸려갈 수밖에 없다. 덩샤오핑(등소평)의 개혁정책 이전에는 집단농장에서 일하고 배급제로 겨우 연명할 정도였으니, 굶지 않을 수만 있어도 행운이었던 시절이었다. 문화대혁명(명칭과는 반대로 사회를 개혁하는 혁명이 아니라 전통문화를 극단적으로 파괴하였다.)이라는 그럴듯한 깃발 아래 10년간 굶어 죽은 인민의 수가 수천만으로 당시 우리나라 인구 수에 이르렀다니 도저히 믿겨지지 않는 일이다.

그 믿을 수 없는 일이 강 하나 사이에 두고 지금도 한반도 북쪽에서 일어나고 있음을 직접 목격하게 되었다. 북한은 다 같이 가난한 낡은 이념의 사회주의 궁핍경제를 아직도 포기하지 않고 있다. 몇 사람들을 위한 독재적 폐쇄정책으로 일관하고 있다. 근간에 공산주의 종주국인 구소련과 동유럽의 붕괴로 국제적 고립 상황에 직면한 데다 설상가상으로 농업은 자연재해의 흉작까지 겹쳐 극도의 어려움을 겪고 있다고 들었다. 뒷날 알게 된 것이지만, 90년대 중반 이후 소위 '고난의 행군' 시절 수백만 인민의 아사자가 발생한 비극이 있었다고 한다.

배를 타고 북한 쪽 강안을 끼고 가까이 가 보면 물가에 나온 아이들의 헐벗은 모습들에서 가난의 실상이 그대로 드러난다. 젊은 보초병들 또한 마찬가지다. 여윈 얼굴에 검게 탄 모습에서 궁색을 엿볼 수 있다. 국가가 백성의 먹는 것도 해결 못 한다면 국가라 할 것도 없을 것이다. 강 따라 상류로 올라가면 산도 붉은 민둥산인데다 아이들은 못 먹어 깡마르고 노동에 시달린 어른들 얼굴은 새까맣게 타 차마 바라볼 수 없다. 강기슭으로 빨래 나온 아낙네나 처녀들도 마찬가지다. 같은 피를 나눈 형제이자 동족으로서 가슴이 미어지는 것을 느끼게 된다.

어쩌다 친척방문을 위해 압록강을 건너온 북한의 화교 아이들은 그래도 좀 나아 보인다. 오고 갈 수 있는 자유라도 있으니 경제적으로 그들의 세계에서는 상위 수준인 것이다. 우리도

60~70년대 일본교포 친척이 있는 사람들이 부러운 때가 있었던 것처럼 우리의 60년대와 비슷한 상황임을 알 수 있다. 언제 통일이 될지 녹슨 압록강 철교를 바라보며 저 다리를 통해 서울과 평양을 오갈 날을 손꼽아 기다린다. 서울에서 기차를 타고 개성과 평양을 거쳐 이곳 단동을 다시 와 보고 싶다.

다시 북경에서

북경을 떠난 지 12년이 지났다. 나는 만 3년을 채우지 못하고 서울로 돌아왔다. 그때가 어제 같은데 벌써 강산이 변하는 10 여 년 세월이 흘렀다. 북경은 90년대보다 몰라볼 만큼 많이 변했다. 2008 북경올림픽 개최를 2년 앞두고 도시 전체를 새롭게 바꾸고 있었다. 거리 미화와 공지 녹화사업이 한창이다. 그러나 공기는 그때보다 확실히 나빠진 것 같다. 미세먼지의 스모그가 연일 태양을 가려 하늘을 어둡게 하고 있다.

몽골의 지배를 받던 원나라 때부터 천년수도였던 북경은 강도 산도 없는 허허들판의 평원이다. 그래서 북쪽 평원이라는 뜻에서 한때 북평北平, Peking이라 했다. 3월인데도 바람이 차고 서울의 한겨울 같다.

전에는 남편 따라 왔었지만 이번엔 아들 공부를 위해 잠시 오게 되었다. 아들이 중국어를 공부하고 있는 북경어언문화대학은 여러 명문대학들이 모여 있는 해정구의 대학로學院路 우타오커우五道口에 위치하고 있다. 남편도 한때 여기서 공부한 적이 있었는데, 그때는 북경어언문화대학이 아니고 북경어언학원이었다. 본과와 대학원의 유학생들이 건의하여 대학으로 명칭을 바꿨다고 한다. 4년제 단과대학을 중국에서는 대학이라 하지 않고 학원이라고 이름 붙이는 경우가 있다. 하지만 한국과 일본에서는 학원이라는 이름이 사설강습소 같다는 이유로 명칭에 불만이 있었던 것이다. 본래는 1962년 북경대학에서 분리된 중국어 국제교육기관으로 국내외 180여 개 국가 및 지역에서 온 유학생들과 중국 재학생들이 함께 공부하고 있는 곳이다.

대학 캠퍼스엔 세계 각 지역에서 온 피부색과 세대가 다른 남녀학생들이 모여 함께 생활하고 있다. 지구상에서 보기 드문, 사회주의 국가에서나 볼 수 있는 이색 지대임에 틀림없다. 과거 냉전시대 때 이 대학은 어언학원이라는 명칭 그대로 사회주의 국가들만이 서로 교환학생을 파견하는 어학전문교육기관이었다. 90년대 초 아직 국교가 있기 전 남편이 '남조선' 국적의 신분으로 공부할 때만 해도 북한유학생들만 100명이 넘었다고 한다. 그의 말에 의하면 당시 구소련에서 유학 온 같은 반의 다섯 학생이 겨울방학을 마치고 돌아왔을 때는 뜻밖에도 러시아, 우크라이나, 우즈베키스탄, 카자흐스탄 등 각기 다른 4개국 국적으로 나눠졌다고 한다. 개혁 개방의 격동기를 지나 지금은 국교가 없는 이스라엘을 제외하고는 모든 나라에 개방하고 있다고 한다.

이렇게 냉전이 끝나고 세기가 바뀌어 남편이 외롭게 공부하던 곳에 아들과 같이 생활하게 되니 나에게는 감회가 새로울 수밖에 없다. 나는 그때 북경대에서 생활하였기에 이곳은 낯선 장소였다. 그러나 캠퍼스 곳곳 어딘가가 본 듯한 풍경이었다. 남편이 이곳에서 공부할 때 사진이나 편지를 보내 설명해 주었기에 그다지 낯설지가 않았다. 본관 건물과 유학생들을 위한 고층기숙사며 동쪽 정문의 마오쩌둥(모택동) 동상이 그대로 서 있었다. 낮은 기숙사동 앞 공터에서는 새벽에 태극권을 배운다며 자랑하던 남편의 사진 속 모습이 떠오르기도 한다. 외국어로 소리 지르며 농구와 배구를 하고 있는 세계 여섯 대륙에서 온 피부빛깔이 다른 젊은이들이 한데 어울려 씩씩하고 즐거운 시간을 보내는 모습에서 평화로움을 느낄 수 있다. 미국과 프랑스에서 공부하고 다시 이곳에 온 내 아들도 그들과 함께 있는 모습이 자랑스럽고 대견하게 느껴진다.

무엇보다 90년대 초보다 물가가 많이 높아졌다. 유학생의 학비와 생활비도 그때와는 비교할 바가 아니다. 일당 독재국가인 공산당 정부는 '사회주의 시장경제'의 수익창출을 우선적으로 고려하는 듯하다. 글자 그대로 흑백논리의 경제정책이다. '흰 고양이든 검은 고양이든 쥐만 잘 잡으면 된다.'는 덩샤오핑의 말처럼 돈이면 다 된다는 배금주의가 만연하다. 중국어를 배우러 오는 학생들은 해마다 늘어나고, 그들을 다 수용할 수 없어 기숙사뿐만 아니라 부득이 학교 밖에서도 생활하도록 조치를 취하고 있다. 하지만 학교 밖의 생활은 그 비용이 많이 든다.
90년대 초는 개혁 개방의 초기로 외국인들에게 아직 개방할 수 없었던 제한들이 너무 많았다. 외국 학생들은 무조건 기숙사에서 생활해야 했다. 사용하는 화폐도 인민폐와는 달리 '태환권'을 사용토록 강제했다. 인민폐보다 환율이 높아서 외국인들은 바가지 쓰는 기분이었다. 중국어를 조금 익힌 다음에는 나도 인민들과 같은 돈을 쓴 적이 있다.

다시 이곳에 온 지 한 달이 지나자 황사의 어두운 하늘 아래에서도 봄은 말없이 찾아왔다. 서울에서 온 반가운 소식처럼 기다려지던 봄이었다. 교정에는 북쪽을 향한 하얀 봉오리의 목련이 피고 화단에도 갖가지 이국의 꽃들이 피어났다. 키다리 나무의 늘어진 가지마다 보라색 등처럼 크고 아름다운 꽃봉오리들이 짙은 향기를 내뿜는다. 꽃나무 아래 잠시 서 있으면 기분이 좋아진다. 우타오커우五道口로 연결되는 남문 쪽 철책을 돌아가면 가끔 땅바닥에 좌판을 벌이고 있는 가난한 나라에서 온 학생들을 발견한다. 팔찌와 반지, 목걸이 등 자기 나라 고유의 액세서리를 같은 유학생들에게 팔고 있다. 그들은 샀던 물건을 다른 것으로 바꾸기도 하고 때로는 물물교환도 한다. 공부하는 틈에 아르바이트를 하는 유학생들이 내 아들딸 같이 모두 의젓해 보인다. 언젠가 유심히 지켜보고 서 있자니 남미의 페루에서 온 귀여운 여학생이 나를 쳐다보더니 기분 좋게 방긋 미소 짓는다. 세계 어디서나 젊은이들은 자유와 개성 그 자체로 아름답다. 옷차림과 머리스타일도 각양각색으로 다양하고 독특하여 멋지다.

남문을 나서면 우타오커우 식당거리로 나오게 되고 바로 그 옆에 시장이 연결되어 있다. 북경대학에 거주하던 시절 가끔 와본 곳인데, 이젠 전혀 낯선 거리로 바뀌어 있었다. 남편이 자주 갔다던 극장은 없어지고 외국학생들을 상대로 돈을 벌기 위한 컴퓨터 오락실과 유흥가로 변해 있었다. 가끔 찾았던 한국식당은 그대로 있었으나 우리 시골장터처럼 과일과 채소, 생선과 고기를 팔던 난전은 없어지고 상가가 들어섰다. 소고기가 돼지고기보다 싸고, 소뼈와 꼬리는 채소 값에 불과하던 시절은 그야말로 아득한 옛날 같았다. 정육점에서 사골을 한 자루 사서 곰탕을 만들어 외국인 기숙사의 이웃한 한국 유학생들과 푸짐하게 나눠먹던 즐거운 때도 있었다. 자기 방으로 돌아갈 때 포식을 했다며 절을 꾸벅 하던 학생들이 생각난다. 그들 중에는 지금 우리나라 스타교수도 있어 생각만 해도 고마워진다.

아들과 함께 있는 두 번째 북경생활은 모처럼 쉬면서 책을 읽거나 글을 쓰기도 했다. 잠시나마 내 자신을 돌아보는 성찰의 시간이었다. 그동안 자신에게 소홀했던 삶이 여러모로 반성되었다. 너무 바쁘게만 살아온 나머지 삶의 의미를 망각하고 산 것 같다. 비록 짧은 기간이지만 나에게는 소중한 기회였다. 나 또한 펄벅 여사처럼 북경과 인연이 매우 깊은 듯하다.

오늘은 남편으로부터 안부 매세지가 도착했다. '북경에서 온 편지'가 아니라 '서울서 온 문자'이다. 편지 대신 음성과 문자로 바뀐 시대이니 격세지감이 든다. 20년 사이의 격변이다. 무엇보다 자신에게 휴식을 준다는 것은 그 어떤 선물보다 귀한 것임을 깨닫는 계기가 된 시간이었다. 남편이 공부하던 교정을 아들과 함께 나란히 걸으며, "가족은 물론 사람 사이에 오가는 정감의 소중함을 놓치지 않고 살기 바란다."고 아들에게 말해 주었다. 창조적인 삶은 이성보다 감성에 의한 좋은 정서로부터 비롯되기 때문이다.

상해 임시정부청사를 방문하고

나는 딸과 상해를 가고 있다. 운해 위로 하루의 해가 지고 있는 노을의 장엄한 광경을 보며 황해를 건너니 어느새 중국 대륙의 하늘이다. 비행기에서 내려다보이는 상해의 야경은 끝없이 넓은 초원 위의 별세계 같다. 버스를 타고 시내 중심가로 진입하며 와이탄에서 황포강 건너 포동의 야경을 구경했다. 금융의 거리 와이탄은 19세기 외세 침입으로 이루어진 중국 근대사를 볼수 있는 반면에 강 건너 풍경은 20세기 초고층 현대문명으로 야경마저 서로 대조적이다. 상해는 사회주의 국가 같지 않게 모든 것이 가려진 채 화려하게 빛나고 있었다.

세계에서 인구밀도가 가장 높은 최대의 도시답게 듣던 대로 상해는 가는 곳마다 인산인해이다. 상해는 꼭 와 보고 싶었던 곳인데, 90년대 초 중국에서 3년간 살고 있었을 때도 못 와 본 곳을 마침내 오게 되어 기뻤다. 내가 상해를 기억하고 언젠가 꼭 가 보고 싶다는 막연한 꿈을 가졌던 것은 어릴 때 외할아버지로부터 들은 독립운동가들 이야기 때문이다. 무엇보다 임시정부가 있던 곳과 교과서에서 배운 윤봉길 선생 의거지 홍구虹口공원을 가 보고 싶었다.

사실 80년대까지만 해도 중국 대륙을 가 본다는 것은 거의 불가능한 꿈이었다. 죽의 장막으로 표현하기도 했던 폐쇄된 공산 국가였던 중공은 6·25전쟁을 통해 우리에게 무서운 적국으로 인식되었던 국가이기도 했다. 반공교육은 어릴 때부터 우리를 그렇게 가르치고 있었다. 그러나 개혁 개방 정책이 시작되고 급속도로 자본화 되어 가는 중국은 날로 몰라보게 바뀌고 있다. 남쪽 심천에 이어 상해가 그 대표적 사례로 손꼽힌다.

다음 날 우리 일행은 상해임시정부 유적지를 찾았다. 좁다란 골목 안에 위치한 청사의 입구 외벽에 '대한민국 임시정부 유적지'라는 한글과 한자의 공용 표지판이 반갑게 눈에 들어왔다. 1919년 3·1운동 직후 조국의 광복을 위해 도산 선생과 김구 선생 등 여러 독립운동가들이 이곳에 망명정부를 세웠다고 조선족 안내원이 큰 소리로 말했다. 나라의 주권을 잃은 이후 해외에서 유일하게 '대한민국' 국호를 가진 정부가 있던 역사적인 장소이다.

좁은 나무 계단을 통해 2층으로 올라가는데 삐걱삐걱 소리가 났다. 낡고 비좁은 공간이었지만 독립운동의 현장이 이렇게라도 보존되어 있다는 것만으로 감사했다. 오래된 태극기와 당시 국무위원들 사진이 걸려 있고 김구 선생의 작은 집무실이 있었다. 임시정부의 국무위원실이라야 작은 방 하나였을 뿐이다. 하지만 『백범일지』를 통해 상상했던 공간이 현실로 눈앞에 전개되다니 꿈만 같았다. 미니정부의 축소판 전시를 보는 듯했다.

당시의 역사를 보듯 다양한 사진 자료와 귀중한 유품의 설명들이 진열장과 벽에 다닥다닥 붙어 있어 발걸음을 쉽게 옮길 수가 없었다. 특히 윤봉길 의사가 간직했던 회중시계와 도시락 폭탄의 모형을 진열장에서 발견하고 한참 그 자리에 서서 바라보았다. 회중시계는 김구 선생께서 선물한 시계로서 1932년 4월 29일 거사 당일, 윤봉길 의사가 홍구공원으로 가면서 "저승에서 다시 뵈겠습니다."는 작별인사와 함께 되돌려드린 그 시계이기도 하다. 진열장 속 유품에서 맞잡은 두 손길의 온기가 느껴지는 듯했다.

당시 중국 국민당 주석 장개석은 윤봉길 의사의 의거소식을 듣고 "1백만 중국군조차 하지 못한 일을 단 한 명의 조선청년이 해냈다"며 조선인의 독립운동과 의거에 감명을 받고 김구 선생을 만나 중국정부 스스로 대한민국 임시정부를 적극 지원하겠다고 약속했다고 한다. 한국인의 기개를 천하 만방에 보여준 의거였다. 우리는 임시정부청사를 뒤로하고 안내원을 따라 1932년 4월 29일 역사의 현장으로 향했다. 윤봉길 의사가 일본군들을 향해 도시락폭탄을 던진 그 홍구공원은 뜻밖에도 이름마저 노신공원으로 바뀌고 노신의 묘와 기념관이 들어서 있었다.

중국에서 자국의 문학가를 중요시하는 것에 비해 대한민국의 사적지는 도외시되고 있는 것 같아서 왠지 마음이 씁쓸해졌다. 다행히 최근에 다녀온 지인의 얘기를 듣자니 공원 한쪽에 '매헌梅軒(윤 의사 아호)' 선생을 기념하는 한옥 건물 '매정梅亭'과 '매원梅園'이라는 정원도 조성되고 그날의 의거를 알리는 비석도 세워졌다고 했다. 당연히 우리가 기념하고 지켜 가야 할 역사적인 장소인 것이다. 기회가 닿는다면 남경과 중경 등의 임시정부

사적지도 가 보고 싶다.

소주와 항주를 거쳐 여행에서 돌아와 한때 이웃해 살았던 곳, 효창공원의 김구 선생과 윤봉길 의사의 묘소를 참배하였다. 효창동에 살 때 정기적으로 묘역의 청소 봉사에 참여하였던 터라 낯익은 곳이다. 삼의사 묘원 앞에 서자 문득 상해임시청사에서 보았던 사진 한 장이 떠올랐다. 윤봉길 의사의 유해를 일본에서 본국으로 이장할 때의 사진이었다. 일부 유골을 볼 수 있었는데, 이곳에 안장되었을 것을 생각하니 감회가 깊었다. 겨우 25세의 짧은 생애가 내게 많은 의미의 가르침을 전해 주었다.

서대문형무소 역사관을 찾아

서울에 살면서 오래전부터 서대문형무소를 찾아보려 마음먹었다. 그러나 매번 마음뿐 뜻대로 발길이 옮겨지지 않았다. 여러 해 전 인왕산 자락으로 이사 온 뒤 자주 그 앞을 지나다니면서도 실행을 하지 못하고 있었다. 꼭 한번 들어가 봐야지 다짐했으나 도무지 용기가 나지 않았다.

한번은 3·1절을 맞아 문 앞까지 갔지만 음산한 기운이 느껴져 발길을 돌리고 말았다. 그날 이후 혼자서는 마음이 내키지 않았다. 하지만 일제에 항거해 싸웠던 많은 애국지사와 독립투사들이 그곳에서 옥고를 치르며 고문당하고 순직한 곳임을 알면서 더는 지나칠 수 없다고 생각되었다.

마침내 올해 현충일을 맞아 다시 용기를 내었다. 참관인파 속에 나도 끼어든 셈이다. 아픈 역사를 간직한 형무소 앞에는 단체로 온 아이들과 함께 초여름의 나무들이 푸르게 줄지어 서 있었다. 입구엔 높다랗게 쌓은 빛바랜 붉은 벽돌담과 감시탑이 인고의 세월을 말해주듯 아직도 견고하게 버티고 있었다.

역사교과서에서 배운 훌륭한 분들이 나라를 위해 고통 받고 헌신하신 것을 생각하며 무거운 발길을 옮겼다. 건물 외벽에 걸려 있는 대형 태극기를 보는 순간 나도 모르게 눈시울이 뜨거워지는 것을 느꼈다. 잠시 묵념을 했다. 입구에 내걸린 '자유와 평화를 향한 80년(1908~1987)'이라는 활자가 그곳 현장의 역사를 대변해 주고 있었다.

지하실로 들어서자 일제시대의 경성감옥 모형과 서대문형무소 전경 사진자료들이 전시되어 있어 축소되고 공원화된 지금의 모습과는 크게 다름을 알 수 있었다. 수많은 옥사들이 사방의 높은 벽 안에 가득 펼쳐져 있어 당시의 규모를 짐작하게 했다. 얼마나 많은 애국지사와 순국선열들이 그곳에서 뼈아픈 고초를 겪었을까 생각하니 가슴이 먹먹해졌다.

일본 고등계형사들의 취조실이 있고 고문실의 악독한 장면들을 재현한 모형과 흉측한 고문 도구들이 진열되어 있어 관람자인 나에게는 차마 바로 볼 수 없는 참혹함 그 자체였다. 머리를 물에 처박는 물고문은 물론 몸을 거꾸로 매달고 코에 고춧가루 물을 붓고, 날카로운 꼬챙이로 손톱 밑을 찌르는 등 온갖 만행을 다 저질렀던 일본인들도 거기 있었다.

비록 불편하지만 그분들이 겪은 고초를 생각하면 눈길을 피할 수 없었다. 의로운 선인들이 겪은 수난과 희생을 정면으로 직시하지 않을 수 없었다. 안내 길을 따라 1, 2층의 옥사들이 줄지어 있는 감방 안의 모습을 관람하였다. 2층에 올라가니 녹음기에서 들려오는 고문에 울부짖는 고통에 찬 신음소리에 발걸음을 옮길 수 없었다. 얼어붙은 듯 한참 동안 서 있었다.

수많은 독립투사와 애국지사들이 저렇게 고초를 겪었을 것을 상상하니 속이 메슥거리고 가슴이 뛰기 시작했다. 그 날카로운 비명소리를 들으며, 내 마음속으로부터 '죄송합니다. 참으로 죄송합니다. 옳은 일을 위해 열심히 살겠습니다!' 이렇게 스스로 다짐하는 목소리가 들려왔다. 발길을 옮겨 실제 작은 방(감방)에 들어가 보았다. 거기는 독립열사들이 어떻게 생활하였는지 당시의 상황을 직접 느껴 볼 수 있게 꾸며 놓았다.

그날따라 단체로 온 초등학생들이 선생님의 설명을 자세히 듣고 있는 모습들이 무척 인상 깊었다. 숙제 때문인지 온 가족이 함께 오거나 학생들끼리 와서 열심히 적고 있기도 했다. 엄마와 단둘이 온 학생도 있었다. 우리나라가 일제에 어떻게 침략당했고 독립운동을 위해 어떤 피나는 노력들을 했는지 뼈아픈 역사를 그대로 전해 주고 있어서 미래의 우리나라가 매우 희망적이라는 생각이 들었다.

반대편 옥사로 자리를 옮기자 그곳은 민족열사들의 활동경력과 그분들이 사용했던 유품들이 전시되어 있었다. 이름 모를 수많은 애국지사들의 흑백사진이 벽을 가득 메우고 있는 곳도 있었다. 유관순 열사가 19세의 나이로 여기서 돌아가시고, 수많은 지사가 거쳐 간 이곳은 광복 후 1987년까지 서울구치소로 사용되었다. 민주화운동 인사들이 고초를 겪은, 우리 현대사의 아픔을 지닌 곳이기도 했다.

한편 서대문형무소가 역사관으로 바뀌고 공원화되면서 독립투사들이 주로 투옥되었던 건물들이 헐려서 사진으로만 볼 수 있다는 것이 못내 아쉬웠다. 발길을 돌리면서 직원에게 한용운 선생이 계셨던 옥사가 어디였는지 물었으나 그는 고개를 저으며 잘 모른다고 했다. 1933년 『삼천리』 10월호에 실린, 이곳에서 쓴 한용운 선생의 한시 '옥중유감獄中有感'이 생각났다. (원문은 생략한다.)

> 내 마음 티끌 하나 없고
> 창으로 새로 드는 달빛이여
> 근심과 즐거움 본디 비어서
> 여기 오직 마음이 있을 뿐
> 차라리 석가부처도
> 본래 예사 사람이어라.

이 시와 더불어 같은 잡지에 시인은 당시 이곳 옥중생활의 한 단면을 다음과 같이 회상하고 있다. 다소 길지만 그날 시인의 옥중 정서를 이해하는 데 도움을 주고자 여기에 인용한다.

"벌써 10월이로구면. 우리들 33인이 기미년 사건으로 서대문 감옥에 갇혀 있던 것이. 나는 그때 수년 옥중생활을 하는 사이에 정서적으로 충동을 받아본 적이 한두

번이 아니다. 그러나 모든 것이 맘대로 못 되는 생활이
므로 말하자면 이 정서조차 조각조각 바숴져 버리는 때
가 어떻게 많았는지 모른다.

그것은 가을날 밤이었다. 그때는 연일 쾌청, 그야말로
호천일벽이라. 신선하고도 명랑한 가을날 밤이었다. 한
가한 몸이라면 수풀 사이를 거닐면서 한무제의 추풍사,
그렇지 않으면 소자담의 적벽부나 외고 싶은 때, 나는
철창 바깥으로 고요히 흘러들어 오는 달빛에 홀리어 똥
통 위로 머리를 올리어 하늘을 쳐다보았다. 무어라 말
할 수 없이 심신이 상쾌하여진다. '저 달을 베어 내 마음
만들고자' 하는 시조가 떠올랐다. 소동파의 적벽부도 생
각난다.
나는 참을 길이 없어 달을 두고 시 한 수를 지었다. 그리
고는 그날 밤 늦게까지 달빛을 바라보면서 지냈다. 달
이야 산에 들에 장안에 시골 마을에, 어느 곳인들 명월
이 없으랴마는 그때 그 철창 밑에서 바라보던 달, 나는
영원히 그것을 잊지 못한다."

이 희귀한 시작 노트는 우리들에게 시인의 맑은 서정과 독립투

사로서 고독한 포부를 동시에 읽을 수 있게 해 준다. 한무제의 '추풍사'와 소동파의 '적벽부'를 통해서. 그리고 부처님도 본래 중생과 평등하다는 철학을 통해서.

백범 선생이 돌아가신 경교장

서대문 부근으로 이사 온 후 나는 강북삼성병원에 건강검진을 가끔 간다. 높다란 본관 건물 아래 나지막한 2층 건물이 하나 보인다. 신축 건물과 부조화를 이루지만 잘 지어진 서양식 저택의 모습에 그냥 지나쳐지지 않는다. "이곳은 왜 비어 있지?" 함께 간 남편에게 지나가는 말로 물었다. "이 건물에서 김구 선생께서 돌아가셨어요." 뜻밖의 말에 나는 발길을 멈추었다.

그곳이 바로 경교장이었다. 병원에 올 때마다 그 앞에 이르면 나는 잠시 고개를 숙여 묵념을 하고 지나간다. 오래 전에 감명 깊게 읽은 『백범일지』가 생각나기도 한다. 백범 선생이 계시던 그곳에 들어가 보고 싶었지만 내부 수리 중이라 들어갈 수가 없었다. 어느 날 수리를 마친 경교장을 일반인에게 공개한다는 안내 현수막이 병원 입구에 걸려 있어 들어갔다.

봉사하는 여성분의 안내를 받아 먼저 지하실로 내려갔다. 진열장 속 선생께서 마지막 입고 계셨던 흰 옷 저고리의 핏자국을 보는 순간 가슴이 몹시 떨리고 온몸에 전율을 느낄 만큼 섬뜩했다. 무어라 형용할 수 없는 놀라움과 함께 죄송스런 마음도 들었다. 평생을 독립을 위해 외국에서 고생하시고 해방되어 귀국하였는데 여기서 어이없는 저격에 돌아가시다니 생각만 해도 끔찍했다.

2층에 올라가니 선생께서 사용하시던 집무실과 회의장이 있고 한쪽에는 평범하고 작은 침실이 하나 있었다. 생애 최후의 날에 계셨던 집무실 앞에 이르자 안내 아주머니는 친절하게 1949년 6월 26일 안두희의 흉탄에 의해 서거하신 그때의 상황을 자세히 설명해 주었다. 하필 선생을 저격한 사람이 나와 같은 성씨여서 더욱 죄송스럽기도 했다.

돌아가신 그날 아침에도 선생께서는 책을 읽고 계셨다고 한다. 집무실 실내의 가구는 사진을 통해 당시 그대로 재현되어 있었다. 세 번의 흉탄에 의해 유리창이 산산조각이 났는데 총알이

뚫고 나간 위치도 사실적으로 표시해 놓았다. "김구 선생님은 저기 저 자리에서 서거하셨습니다." 안내원의 말이 들리는 듯 마는 듯 나는 그곳을 물끄러미 바라보며 한참이고 서 있었다.

무거워진 발걸음을 차마 옮길 수 없었다. 그날은 참관인이 별로 없어 실내는 한적했다. 내 머릿속엔 여러 가지 상념들이 지나갔다. 여러 해 전에 가본 상해 대한민국 임시정부 유적지와 효창동 살 때 자주 찾았던 공원 내 김구 선생 묘소가 떠오르기도 했다. 천천히 참관하고 있는 나에게 안내 봉사원은 "독립유공자의 후손이냐?"고 묻기도 했다. 그 말에 할아버지 생각이 나기도 했다.

현관을 나서며 '나는 왜 그분께 빚진 느낌일까?' 하는 자문과 함께 애국이 무엇인지 다시 한번 곰곰이 생각해 보지 않을 수 없었다. 출입구에 새로 마련한 안내표시판에는 '경교장 사적 제465호'라고 되어 있었다. 21세기에 이르러서야 겨우 서울유형문화재(제129호)로 지정되고 2005년에 국가 사적지로 승격되었다니, 이 또한 부끄러운 일이 아닐 수 없었다.

나라 잃고 망명정부(대한민국 임시정부)의 주석을 지낸 백범 김구 선생이 해방 후 귀국하여 1945년 11월부터 1949년 서거하시기까지 집무실과 숙소로 사용했던 이곳, 선생께서 노심초사하며 반탁과 건국, 그리고 하나 된 민족의 통일을 주도했던 이 역사적인 장소를 우리는 오랫동안 방치하고 잊고 살았다. 선생이 더 오래 사셨으면 우리의 역사가 더 나은 방향으로 바뀌고 우리 문화가 더 발전되지 않았을까 해서 더욱 안타까웠다. 발걸음을 돌리며 『백범일지』의 '나의 소원'에서 읽은 '문화의 힘'이 생각났다. 언제나 우리에게 큰 울림을 주는 말씀이라 다시 찾아 봤다.

> "나는 우리나라가 세계에서 가장 아름다운 나라가 되기를 원한다. (중략) 오직 한없이 가지고 싶은 것은 높은 문화의 힘이다. 문화의 힘은 우리 자신을 행복되게 하고, 나아가서 남에게 행복을 주겠기 때문이다. 인류가 현재 불행한 근본 이유는 인의(仁義)가 부족하고, 자비가 부족하고, 사랑이 부족한 때문이다. 이 마음만 발달이 되면 현재의 물질력으로 20억이 다 편안히 살아갈 수 있을 것이다. 인류가 이 정신을 배양하는 것은 오직 문화이다."

민족과 인류를 사랑하는 국조 난군의 홍익인간弘益人間 정신과 풍류사상으로 점철된 유불선 합일의 공통된 마음을 동시에 엿볼 수 있다. 인의와 자비와 사랑이 그것이다. 인류사회는 도덕사회가 되지 않으면 편안히 살아갈 수가 없다. "도의정신 문화시설"이 시급하다. 백범 선생은 과연 선각자답게 '문화의 힘'을 미리 깨닫고 또 강조해 말씀하셨다.

밖으로 나와 안내판을 보며 다시 한번 송구스런 마음 금할 길이 없었다. 김구의 경교장은 이승만의 이화장, 김규식의 삼천장과 함께 대한민국 정부수립 이전에 건국활동의 중심을 이룬 3대 요람이었다고 한다. 이 경교장은 1938년 금광으로 돈을 번 최창학이 지은 저택으로 8·15광복 후 김구 선생의 거처로 제공한 것이다. 본래 죽첨장竹添莊이었으나 김구 선생 스스로 근처에 있던 경교京橋라는 다리 이름에서 따서 개명했다고 전한다.

선생께서 서거하자 원래의 주인 최창학에게 반환되었고, 그 후 다시 타이완(중화민국) 대사관저로 사용되어 오다가 6·25전쟁 때는 미군이 거처하는 등 여러 차례 주인이 바뀌었다니, 우리 근현대사의 단면을 보는 듯하다. 1967년 삼성재단이 매입해 병

원의 본관으로 사용되다가 서울시와 협의하여 소유는 그대로
하되 해방 후 임시정부가 사용하던 모습을 복원해 2013년 3월
2일 시민에게 개방하였다.

와이키키 해변

여러 해 전부터 하와이 여행을 계획하였으나 가족이 함께 가기 위해 일정을 맞추기란 쉽지 않았다. 그곳에 아이들 아빠의 친구가 살고 있어 초대를 받고도 몇 년을 더 미루었다. 더 이상 미룰 수 없었던 것은 딸의 결혼 때문이다. 혼사가 이루어지게 되면 벼르던 그곳 여행을 함께하기 어려워질 것 같아 서두르지 않을 수 없었다. 가족이 흩어지기는 쉬워도 모이기는 어려운 현대를 살고 있으니 네 식구가 함께 여행하기도 힘들다.

9월 하순 준비를 하고 떠나려는데 공항에 도착하니 남편의 여권기간 관련 문제가 생겼다. 부득이 우리들만 먼저 떠나고 남편은 다음 날 도착하였다. 호놀룰루 공항에 도착한 우리를 마중 나온 친구의 도움으로 예약한 호텔에 여장을 풀고 가까운 거리의 와이키키 해변으로 나갔다. 거리엔 온갖 인종이 다 모인 듯 피부색이 다양했다. 사진과 이야기로만 보고 듣던 곳에 발길이 닿고 보니 역시 기후가 좋다는 것이 피부로 직접 느껴졌다. 햇볕은 따뜻하지만 덥기보다는 바람이 유난히 맑고 시원해 기분이 상쾌했다.

딸이 수영하는 사진을 찍어 주며 모래사장 야자수 그늘에 앉아 수평선을 바라보았다. 가까이는 젊은 서퍼들이 파도타기를 열심히 하고 있다. 그 너머 짙푸른 수평선이 아득히 펼쳐져 있어 와이키키 해변의 아름다운 풍광이 한눈에 들어왔다. 하지만 나의 기억 속에서는 하와이 섬 하면 도산 안창호 선생이 먼저 떠오른다. 20대 초반 서울 제중원에서 결혼하고 대망의 미국유학의 길을 떠난 도산 선생이 배를 타고 일본을 거쳐 하와이에 도착하게 된 이야기다.

여객선이 하와이 진주만에 가까워지자 낯선 이국땅의 섬을 바라보며 선생은 자신의 가슴속에 품고 떠난 청운만리의 꿈을 다시 다짐하였던 것 같다. '꿈적하지 않고 수천 길 깊은 태평양 한가운데 외롭게 버티고 서 있는 저 섬처럼 나의 뜻도 변함없이 움직이지 않으리라'고 한 번 더 마음에 새기며 스스로 지은 이름이 평생 간직한 '도산島山'이라는 호였던 것이다. 자립심이 유독 강하고 오직 조국독립운동으로 생애를 마친 도산정신을 생각하게 된다.

언젠가 책에서 읽은 이야기지만 애국지사이자 독립투사 중 누구보다 신사였던 도산 선생의 훌륭한 인품이 느껴지는 대목이었다. 안창호 선생의 아호 '도산'이 여기 이 섬으로부터 비롯되었다는 것을 다시 생각하니 청년 안창호의 기개와 호연지기를 보는 듯 감회가 새로웠다. 돌아서서 둘러보았으나 호텔 숲에 가려 산들은 보이지 않고 다만 해변의 왼쪽 끝자락 그다지 멀지 않은 곳에 다이아몬드 마운틴이라는 분화구만이 솟아 있을 뿐이었다.

하와이 하면 또 한 분의 위인이 떠오른다. 우리 대한민국 건국의 아버지이자 초대 대통령이었던 우남 이승만 박사이다. 4·19 학생의거로 대통령직에서 스스로 하야하여 이곳으로 와 여생을 외롭게 보내다 서거하였다. 한국 현대사 거인의 발자취를 이 섬에서 다시 찾아 볼 수 있다니, 겹겹이 밀려오는 파도소리에 많은 이야기가 실려 있는 것 같았다. 그리고 타국생활의 어려움 속에서도 독립운동에 정성과 힘을 보탰던 여기 거류민

동포들도 절로 생각난다.

지금은 하와이가 부자들이 쉬어 가는 휴양지와 관광지가 되었지만 19세기에는 가난했던 동아시아와 미지의 아메리카 대륙을 이어주는 역사적 가교이기도 했다. 이는 다음 날 찾은 국립 하와이박물관에서도 확인할 수 있었다. 100여 년 전 미국에 통합된 하와이 왕조의 독특한 전통예술과 서양문화의 영향이 뒤섞인 박물관 건축양식도 독특하지만 전시품 또한 색다른 면이 많았다. 하와이 원주민의 유물, 폴리네시아 예술과 수공예품 그리고 사탕수수밭에서 일하기 위해 이곳에 온 한·중·일의 노동 이민자들에 의해 수집된 동아시아의 예술과 민속품들도 함께 전시되어 있어 볼거리가 많았다.

우리는 다른 섬으로 관광 가지 않고 1주일을 한 섬에서 느긋하게 구경하며 휴식을 취하기로 했다. 특색 있는 식당을 찾아 그곳 고유의 음식을 먹어 보기도 하고 이곳저곳 쇼핑을 다니기도 했다. 딸은 사귀는 남자 친구와 SNS를 하느라 시차만큼이나 밤낮이 바뀌어 있었다. 통신의 발달은 모든 생활을 바꿔 놓았다. 어딜 가나 다를 바 없는 여행자의 풍속 또한 많이 달라졌음을 실감하지 않을 수 없다. 음성, 문자, 사진이 실시간으로 지구촌 어디에나 전달되는 세상이니 상상력이 미치지 못하리만치 바뀌어도 너무 급속히 바뀌었다.

전망대가 있는 언덕과 화산 분화구도 가보고 해변도로를 따라 두 차례에 걸쳐 본섬을 일주했다. 오바마 대통령이 다녔다는 고등학교를 지나 그가 유년시절 서핑을 즐겼다는 샌디비치를 거쳐 마지막 다다른 곳은 하나우마 베이였다. 아주 오래전 분화구가 아름다운 반달모양의 비치로 바뀐 곳이다. 그곳에서 딸이 준비한 장비로 수영을 했다. 물이 얕고 잔잔하여 사람들이 많이 찾는 곳이다. 햇볕도 뜨겁지 않고 바람은 유난히 시원했다.

또 다른 날엔 전날의 반대쪽 코스로 열대우림 같은 골짜기를 지나 '바람계곡'에 이르렀다. 특수한 지형 탓인지 강한 바람이 미친 듯 불어 와서 딴 세계에 와 있는 기분이었다. '바람산'이라고도 불리는 누우아누 팔리의 전망대에서 본 전경은 탁 트인 자연 풍광 그대로여서 원시시대로 온 것 같았다. 안내판을 보니 이곳은 하와이 섬들의 원주민을 통합해 최초의 통일왕조를 세운 빅 아일랜드 추장 카메하메아 1세(1758~1819)가 최후의 전투를 치렀던 격전지이기도 했다.

다시 시내로 들어오자 이올라니 궁전 앞 킹 스트리트에 황금 케이프 차림의 대왕 동상이 높이 서 있다. 역사를 모르고는 생소한 느낌과 형태의 기념물이었다. 그 주인공은 '태평양의 나폴레옹'으로 불리며 빛나는 업적으로 하와이 역사상 가장 존경받는 대왕이었다. 미국은 어디를 가나 전쟁의 역사로 점철되어 있다. 그들에 의해 복속된 하와이에도 평화로운 원주민의 왕조가 있었다. 그들이 세운 아름다운 이올라니 궁전은 미국에서 유일한 것으로 남아 있다. 왕조시대의 역사는 미국의 50개 주에서 하와이밖에 없기 때문이다.

이 섬의 또 하나의 슬픈 역사는 태평양전쟁의 시발점이 된 일본군의 진주만 공격이다. 영화로도 만들어진 소위 '가미가제神風'는 죽음을 불사한 일본 해군 항공특공대라 불리는 육탄공격대이다. 진주만 항구는 당시의 상황을 잘 보여 준다. 생각해 보면, 원주민의 입장에서는 자신들의 땅에서 다른 대륙 종족들끼리 싸운 셈이다. 산 위에는 전사자들의 넓은 묘역이 있었다. 이 평화로운 섬에도 전쟁은 어김없이 지나갔다니, 언제나 사해동포가 형제처럼 진정 사랑하는 태평성대가 될지 태평양 한가운데 하와이를 여행하면서도 그 생각이 머리에서 떠나지 않았다.

사람 사는 냄새 그윽한 인도

인도는 누구나 한번쯤 가보고 싶은 곳이다. 콜럼버스가 아메리카 대륙에 도착하여 그곳을 자기의 목적지 인도로 착각하고 그곳 주민을 인도 사람(인디오·인디안)으로 불렀다고 하듯, 인도를 다녀 온 친구들은 특이한 세상을 새로 발견이라도 한 것처럼 얘기하곤 했다. 비슷비슷한 말을 들을 때마다 나도 호기심이 생겨 인도인의 삶과 문화가 궁금했다. 마침내 여름휴가를 통해 딸과 단 둘이 인도를 향했다.

우리가 처음 도착한 곳은 인도 북부의 델리였다. 8시간 가까운 비행으로 닿은 그곳은 고온다습한 기후인 한여름이었다. 갠지스 강의 지류인 야무나 강의 서쪽 기슭에 자리한 델리는 과거 몽골의 후예인 무굴제국의 수도였다. 영국의 지배하에 있을 때도 인도 전체의 수도로 발전한 곳이었다. 현대에 와선 20세기 초 남쪽 교외의 새로운 도시 뉴델리가 정식 수도가 되어 있었다.

시내구경을 하고 다음 날 먼저 찾은 곳은 시티팰리스였다. 거기에 지아프르 왕조의 화려한 궁전이 잘 보존되어 있다. 그리고 뉴델리에서 남쪽 교외로 약 15km 떨어진 곳의 꾸뜹미나르에는 유네스코 세계문화유산으로 지정된 인도 최대의 아름다운 탑이 있다. 12세기 유적들과 함께 넓은 평야에 우뚝 솟아 있는 이 탑은 델리 최고의 볼거리였다. 우리는 항공시간에 쫓겨 아쉽게 국립간디박물관을 들리지 못하고 델리에서 바라나시로 가는 국내선 비행기를 탔다.

바라나시는 인도 북부 우타르프라데시 주 남동부의 갠지스 강 중류 연안에 위치한 종교의 도시였다. 옛날 카시Kasi로 불리던 인구 100만의 힌두교 대성지로 알려져 있다. 시바신을 모신 황금사원과 두르가 사원, 자이나교 사원, 시크교 사원과 불교의 성지 등이 어울려 하나의 거대한 종교타운을 이루고 있다. 특히 석가부처가 녹야원에서 득도한 후 처음 설법을 했다는 사원 등이 있어 종교인들의 순례지로 유명하며, 한국의 승려와 불자들이 많이 찾는 곳이기도 하다.

바라나시에 도착하니 특별히 생각나는 불상이 있었다. 우리나라 국보 제83호인 금동미륵반가사유상과 쌍둥이처럼 닮은 일본의 국보 제1호 목조미륵반가사유상이다. 그 불상의 주인공 미륵보살이 여기 옛 바라나시국의 바라문 출신이라는 사실을 일찍이 들어 알고 있었기 때문이다. 그는 석가모니의 설법을 들으며 수행을 정진하던 중 "미래의 부처가 될 것"이라는 수기를 받았다고 한다. 미륵은 미래불로 삼국시대부터 우리나라와도 인연이 깊다.

무엇인가 골똘히 생각하며 명상에 잠긴 모습의 반가사유상은 미래에 부처가 되면 중생들을 어떻게 제도할 것인가 생각하는 것이라 한다. 미륵불로 용화세계에 태어나기 위해 도솔천에 올라가서 보살로 지내며 그곳 생명들에게 설법을 계속하고 있다는 내용이 '상생上生'과 '하생下生'의 불경에 전한다. 우리나라의 경우 불교 도입 초기부터 미륵신앙이 전파된 특이한 경우이기에 미륵부처님의 전생 고향에 오니 감회가 매우 새롭기도 했다.

나와 딸은 바라나시에 도착한 다음날 갠지스 강 일출을 보러갔다. 숙소가 강변에서 멀리 떨어져 있지 않기 때문에 일찍 일어나 일출을 볼 수 있었다. 날이 밝아 오자 많은 사람들이 강물에 몸을 담그기 시작했다. 그 광경은 아무리 생각해도 내 눈을 의심할 만큼 낯설기만 하다. 비록 그들의 성스런 강이라지만 시체를 태우고 버리는 혼탁한 그 물에 몸을 담그고 세수를 하고 다시 그 물을 마시는 모습은 도저히 이해가 되지 않는다. 관습은 통제하는 법보다 무서울 때가 있는가 보다.

그들은 강물에 몸을 씻는 것을 죄를 씻는 의식이며 윤회의 굴레를 벗어나는 것으로 믿는다. 갠지스를 곧 인도인의 어머니라고 부른다. 인도를 제대로 볼 수 있는 곳이 갠지스라고 하더니 나는 비로소 실감나는 그 현장을 목격하였다. 하루가 저무니 다양한 사람들로 붐비기 시작했다. 어둠이 내리자 종교적 순례를 온 사람들과 현지의 수도승, 우리처럼 관광 온 여행객들이 뒤범벅이 되어 갔다. 정말 이상한 세계에 온 것을 실감하는 순간이었다.

갠지스에서는 매일 저녁 6시면 힌두의식인 아르띠 푸자가 진행된다. 어디서 모여들었는지 사방에서 모인 인파로 들끓기 시작한다. 의식이 끝나고 나면 사람들은 일제히 강으로 다가가 촛불을 물 위에 띄운다. 각자 품은 소망과 안녕을 빌며 갠지스에 흘려보낸다. 한쪽에서는 화장한 시체가 한 줌 재가 되어 강으로 돌아가는 장면이 그대로 노출된다. 그 화장의 불씨는 무려 3,500년간 한 번도 꺼지지 않았다고 하니, 조금은 과장된 오랜 전통이었다.

인도는 갠지스만큼이나 문명의 속도 또한 느리게 흐르는 것 같다. 시간의 최소단위인 찰나刹那, Ksana를 발견한 나라답지 않게 결코 서두르지 않는다. 기차도 그렇고 자동차도 그렇다. 거리를 메운 차와 짐승과 사람이 한데 섞여 자연스럽게 천천히 흘러간다. 사람보다 신성시하는 소와 코끼리의 행진이 그들에겐 조금도 불편하지 않은 기색이다. 소똥이 여기저기 그대로 방치되어 고약한 냄새가 나는데도 아랑곳하지 않는다. 원시와 현대가 한데 어우러져 자연스러운 듯하면서도 결코 자연스럽지 않게 공존하고 있다.

우리는 많은 시간을 기차와 버스로 이동했다. 얼마나 많은 시간을 달렸는지도 잘 모른다. 남들 따라 내리고 또 타고 다음 목적지를 향해 갔다. 지치고 피곤할 때는 창밖 풍경도 눈에 잘 들어오지 않는다. 딸은 열심히 다음 행선지와 시간을 체크하고, 나는 기후와 음식 등이 맞지 않은 데다 멀미까지 해서 여간 힘들지 않은 일정이었다. 그래도 꼭 보고 싶었던 타지마할은 봐야만 했다. 외형보다 내용이 더 아름답고 슬픈 이야기 때문이다.

오! 타지마할! 멀리 바라다 보이는 모습에서부터 가까이 보이는 모습, 그리고 내부에 이르기까지 우리는 감탄의 연속이었다. 누군들 감탄하지 않을 수 있으랴! 딸은 옆에서 "결국 타지마할을 보기 위해 인도에 왔네요!" 한마디 한 뒤 더 이상 말을 잇지 못했다. 정녕 그렇다! 감동 그 자체였다. 붉은 바위로 만든 아치형 징문을 통과하자 넓은 성원의 수로를 따라 눈부신 흰 대리석 건물이 공중에 떠 있는 듯 오히려 가볍게 보인다. 꿈인 듯 한참이고 물끄러미 바라보았다. 입구에 이르자 신발에 씌울 비닐을 준다. 대리석이 손상되지 않게 하기 위함이다.

인도가 세계에 자랑하는 유일무이한 아름다운 건축물이니 왜 그렇지 않겠는가! 건축예술에 문외한인 나 같은 여행객이 볼 때도 그러한데 어찌 애지중지 보호하지 않을 수 있겠는가 싶다. 위대한 건축의 내부는 최고의 예술품답게 더없이 화려하고 아름다웠다. 찬란한 궁전을 장식하기 위해 터키, 티베트, 미얀마, 이집트, 중국 등 세계 각지의 보석들을 수입했다니 나라가

거덜이 날 만도 하였겠다. 대리석을 어떻게 물샐 틈 없이 그토록 정교하게 맞붙여 쌓을 수 있었는지, 돌에 무늬를 박아 넣은 아름다운 모자이크 기법 또한 놀라웠다.

내부 1층에 뭄타즈 마할 왕비와 그의 남편 샤자 한 왕의 대리석 관이 놓여 있지만 실제 두 주인공의 유골은 지하묘에 나란히 안장되어 있다고 했다. 만고에 사랑의 힘은 인간을 위대하게 만드는 것 같다. 왕비이기 전에 사랑했던 아내를 위해 그토록 장대하고 아름다운 무덤을 만들다니… 생각만 해도 대담하고 놀라운 발상이 아닐 수 없다. 세계에서 가장 아름다운 건축물이자 '사랑의 금자탑'으로 불리는 타지마할을 보고 느낀 것은 무엇보다 변치 않는 것은 영원한 사랑의 힘이었다.

타지마할은 매일 2만 명이나 동원되어 무려 22년에 걸쳐 지었다고 한다. 결코 신을 위한 것도 산 사람을 위한 것도 아닌 죽은 단 한 사람의 여인을 위해서. 하지만 타지마할이 완공된 후 10년 만에 왕은 막내아들의 반란에 의해 왕위를 빼앗기고 아그라 요새의 무삼만 버즈, 포로의 탑에 갇혀 생을 마감했다고 하니 그의 운명은 더없이 기구했던 것이다. 그 탑에 가 보니 권력의 무상함은 동서고금을 막론하고 어디든 다를 바가 없구나 싶었다.

우리는 카주라호도 보고 암베르성도 구경했지만 타지마할을
본 것으로 인도여행은 이미 막을 내린 듯싶었다. 샤자 한 왕의
슬픈 사랑이 자꾸 뇌리에 떠올랐다. 버즈 탑에 갇혀서도 2km
떨어진 자신의 필생 기념비, 타지마할의 모습만은 바라볼 수
있었다니 그나마 다행이라고 해야 할지 모르겠다. 그리고 죽
어서(1666)는 그토록 사랑했던 부인 옆을 영원히 지킬 수 있게
되었으니, 그로서는 불행하기만 했던 것은 결코 아니었다고
평가할 수 있을 것 같다.

세 가지 맑음을 가진 싱가포르

추석 연휴를 맞아 싱가포르로 가족여행을 가기로 했다. 나는 비행기 타는 것을 그다지 좋아하지 않는 편이다. 고소공포증이 있어서가 아니라 뉴스에 대형 비행기사고가 날 때마다 왠지 불안하고 무섭다는 느낌이 들곤 한다. 남편이 해외에 나갈 때마다 '비행기 조심하라'고 말하면, '비행기를 어떻게 조심하느냐'며 웃고 만다. 듣고 보니 그렇기도 하다.

하지만 매번 나도 모르게 반복한다. 내 식으로 말한 것인데, 사실 비행기를 조심하는 것은 되도록 타지 않는 것뿐이다. 남편의 출장을 막을 수는 없겠지만 내 스스로는 되도록 타지 않으려고 한다. 장거리 여행은 더욱 그렇다. 미국에 사는 둘째 언니가 오라고 초대해도 안 갔고, 아들이 다년간 프랑스 유학을 하고 있을 때도 좋은 기회였으나 유럽여행을 가지 않았다.

나 때문에 가족이나 부부동행 해외여행의 일정이 취소된 적이
여러 번 있었다. 그러나 싱가포르만은 꼭 한번 가보고 싶었다.
5시간 비행은 내게 적당한 거리였다. 인천을 떠나 오래지 않아
우리는 창이국제공항에 착륙했다. 도심에서 동쪽으로 25km
떨어져 있는 공항을 나서자 고목처럼 우아한 자태의 가로수와
그 아래 아열대 화초들이 아름답게 잘 정돈되어 있었다. 듣던
대로 싱가포르답다.

비슷한 기후이지만 몇 년 전 딸과 태국에 갔을 때와는 모든 면
에서 많이 달랐다. 시가지로 접어들수록 도시 자체가 잘사는 선
진국같다는 인상이 들었다. 하긴 인구 500만도 안 되는 나라,
말레이반도 끝자락 갯벌에 이루어진 50년도 안 된 신흥 도시국
가이니, 수천 년 긴 왕조의 역사를 가진 우리나라와는 비교 자
체가 성립되지 않을지도 모르겠다.(싱가포르는 1965년 8월 말레이시아로
부터 정식 분리 독립했다.)

80년대 중반 남편이 처음 이곳을 여행하고 와서 '싱가포르의
삼청三淸'에 대해 소개해 주었던 기억이 새로웠다. 이 나라는

"물이 깨끗하고 거리가 깨끗하고 정치가 깨끗한 나라"라고 했다. 하루를 지나보니 '과연 그런 나라구나!' 싶었다. 특히 '정치가 깨끗한 나라'라는 말에 흥미로웠는데, 창업주 리콴유(이광요) 수상 이후도 여전히 청정淸政은 인정할 만했다. 특히 효도孝道에 대한 정부의 실질적인 시책이 매우 인상깊었다.

하나의 국가이자 수도인 이 작은 도시는 어디를 가나 숲과 꽃으로 가득한 아름다운 나라이다. 이곳을 방문하는 사람은 대부분 '여기서 살고 싶다'고 말한다고 한다. 나도 몇 년간은 살아보고 싶다는 생각이 들었지만 오래는 살 수 없을 것 같았다. 급작스런 계획도시로서 부자연스런 면과 현대문명의 이기에 너무도 의존하고 있는 인공도시 같은 느낌 때문이다. 삼면이 바다이나 산과 강이 없는 것도 또 하나의 이유이다.

다음 날 싱가포르 최고 화가이자 서예가이며 시인인 탄쉬에위안의 저녁 초대를 받아 예약된 식당으로 갔다. 그는 국가미술관에서 개인전을 하면 대통령(싱가포르에도 상징적인 대통령이 있다.)과 수상이 나와 입구에서 초대 손님을 맞을 정도로 존경받는 국가적 대표 예술가이다. 그 레스토랑에 그의 이름이 새겨진 전용룸陳瑞獻酒房이 있을 만큼 예술가를 우대하는 정도가 유난히 특

별하여 부러웠다. 룸 주인에게 주어지는 존경과 우대가 매우
우아해 보였다.

아담하지만 개성적 인테리어로 꾸며진 그 룸에는 큰 원탁이 하
나 놓여 있고 삼면의 벽은 세계적인 유명 포도주들로 장식되어
있었다. 그가 젊은 날 파리에서의 14년간 유학에 이어 주프랑
스 싱가포르대사관 문화참사로 근무할 당시 교류한 정치·문화
예술계 인사들과 쌓은 우정이 대단했다. 뿐만 아니라 그는 포
도주에 관한 한 세계적인 전문가이기도 하다. 피카소와 미로
등과 더불어 유명브랜드 포도주 라벨의 그림을 그리기도 했을
만큼 그 방면의 권위자이다.

그는 아이들 아빠와는 오랜 친구이다. 서울에서 가진 2002년
월드컵기념전(예술의전당)과 2004년 개인전(물파아트센터) 그리고
2005년 서울서예비엔날레(서울역사박물관) 참석과 금상 수상 등의
경력으로 우리 가족과는 유대가 매우 깊다. 이번에도 손수 운
전으로 호텔에 와서 자기 이름의 개인미술관 참관과 저녁식사
장소를 직접 안내했다. 그는 예술가이면서도 직업 외교관 출신
으로 매우 친절한 매너의 보기 드문 신사이다.

다음 날 국가에서 제공한 그의 스튜디오를 찾았을 때 우리를 백화점으로 데리고 가서 딸의 핸드백과 아들의 명품시계 그리고 나의 지갑까지 사 주었다. 남편에게는 매번 하던 대로 귀한 포도주 두 병을 선물했다. 나는 그 방면에 대해 잘 모르지만 20여 년간 그로부터 선물 받아 모아둔 와인 중에는 대단한 브랜드가 포함되어 있다고 들었다. 포도주처럼 묵을수록 깊은 맛이 나는 우정이 무엇보다 소중한 것이 남자들 세계인 듯하다.

셋째 날은 국립식물원을 구경하고 오후에는 케이블카를 타고 센토사섬을 찾았다. 도시 중심에서 멀지 않은 거리에 그런 멋진 공원이 있다는 것이 의외였다. '센토사'는 말레이어로 '평화와 고요함'이란 뜻이라고 한다. 아름다운 모래사장과 열대림이 우거진 그 사이로 모노레일을 타고 한 바퀴 돌았다. 그곳은 오랫동안 영국의 군사기지였다고 한다. 한편 2차 세계대전 때는 그 평화로운 작은 섬에까지 일본군이 침략했다는 내용의 기록물이 기념관에 전시되어 있었다.

우리는 또 다른 지인, 싱야그룹의 우쉬에광 회장의 초대를 받아 부자들만 산다는 동네의 언덕길을 지나 커다란 돌대문 앞에 닿았다. 작은 계곡의 숲과 풀장을 갖춘 어마어마한 저택이었다. 독립된 미술관을 겸한 전시장에는 지하층에서부터 3층까지 고서화와 도자기, 조각과 현대회화가 벽면을 가득 채우고 있었다. 거기도 탄쉬에위안의 대작들이 소장되어 있어 반가웠다. 대작들을 위해 특별 설계를 했다고 하니, 중국인(중국계 화교)들의 스케일에 또 한 번 놀랐다.

미술관 소개 화보기사를 보니, 세계적인 브랜드 조르지오 아르마니 회장이 이 집의 아름다움에 반한 나머지 거액에 빌려 아시아 명사들을 초대하는 고급 파티장으로 사용했을 정도라고 한다. 싱야그룹의 우쉬에썅 회장은 싱가포르의 성공한 상공인이자 실력 있는 미술품 컬렉터로 일찍이 상하이 등 대륙에 대형 아쿠아리움 사업을 시작하여 대박을 터트린 수완 있는 사업가이다. 파이프 담배를 피우며 작은 키에 단단한 힘을 가진 기업인이자 서화골동에 높은 안목의 감식가이기도 했다.

그는 모처럼 친구의 가족이 왔다며 싱가포르에서 가장 유명한 정통요리점으로 우리를 초대했다. 처음 먹어 보는 이름도 모르는 요리에 딸은 연신 폰 카메라에 담기가 바쁘다. 특히 하얀색 껍질의 게蟹는 듣도 보도 못한 희귀한 것으로 엄청 비싼 해산물이라고 했다. 인실이와 동갑에 해외 유학 중인 그의 딸도 동행

했다. 국제행사와 겹쳐 좋은 호텔을 잡아 주지 못해 미안하다
며, 다음에는 사전에 연락을 달라고도 했다. 이번에는 늦어서
어쩔 수 없지만 다음에는 마리나 베이 샌즈 호텔을 예약해주겠
으니 다시 오라고 했다. 결혼해서 남편과 함께 오면 더욱 환영
이라고 해서 고마웠다.

우리는 야경을 구경할 겸 마리나 베이로 가서 특이한 설계의
샌즈호텔 내부와 옥상 풀장 구경을 했다. 높은 곳에서의 야경
은 어느 도시와도 다른 것이어서 퍽 인상적이었다. 딸은 그곳
에서의 수영을 못한 것이 아쉬운 듯했지만 우리가 묵는 호텔에
도 멋진 풀장이 있어 매일같이 그곳으로 갔다. 나는 풀 밖에서
지켜보기만 했지만 해수욕장 못지않게 시원했다. 우리는 4박 5
일의 즐거운 일정을 마치고 귀국길에 홍콩에 들렀다. 20년 만
의 홍콩과 마카오는 많이도 변해 있었다. 1993년 7월 북경으
로 이사 갈 때 들르곤 처음이다. 중국으로 귀속된 홍콩은 100
년 만에 영국인들이 물러가고 다시 그들의 땅이 되어 있었다.

다시 찾은 일본열도

일본을 다시 찾은 것은 5년만이다. 먼저 때는 나의 환갑을 기념으로 남편과 함께 오사카, 고베, 교토, 나라 등 간사이 지방을 여행했다. 그땐 남편이 노벨상 수상(1968)작가 가와바타 야스나리의 고향에서 가진 전시행사에 초대받아 같이 간 것이기도 했다. 이번엔 딸도 함께 가기로 해서 셋이 도쿄지방을 여행하였다. 다른 곳은 딸 역시 친구와 배낭여행을 다녀온 터이라 일정을 그렇게 정했다. 남편은 80년대부터 많이 다녔으나 이번엔 우리 모녀를 위해 특별히 배려한 여행이었다.

지난번은 주로 우리나라와 직접적인 관련이 있는 고대 역사적 유적지를 구경하였는데, 이번은 일본의 수도이자 일찍이 서구 문명을 받아들여 일본인 스스로 선진문물을 이루어 낸 도쿄를 중심으로 그 주변을 관광하기로 했다. 도쿄는 계몽시대에 우리 나라 많은 선각자들이 유학하고 또 독립열사들이 활약한 곳이 기도 해서 특별히 기대되는 점도 없지 않았다. 여행의 맛은 낯선 현지의 문화를 살펴보고 되도록 심층적으로 체험하는 가운데 새로운 것을 느끼고 배우는 데 묘미가 있다.

도쿄는 듣던 대로 거대한 도시였다. 우리 서울에 비해 훨씬 복잡하고 정교하게 짜여 있다는 인상을 받았다. 거리의 사람들의 표정은 밝지 않고 침묵 속에 인파가 밀려가고 밀려왔다. 그 모습이 다른 대도시와는 달라 보였다. 5년 전의 간사이 지방 사람들은 그렇지 않았던 것 같은데, 확연히 차이가 나는 듯했다. 출퇴근 하는 남자들의 옷차림은 대부분 흰 와이셔츠에 검정이나 짙은 블루의 바지차림이 많아 똑같은 회사의 유니폼 같았지만 한편 검소하게 보이기도 했다.

활기를 잃은 무표정한 도쿄인들이 풍기는 분위기는 서울과 크게 달랐고 2000년 이전과도 많이 달라 보였다. 20년간의 경제적 불황에 설상가상으로 2011년 도호쿠 지방 앞바다의 대규모 지진과 쓰나미로 인해 그들의 어깨가 더욱 무거워진 것 같았다. 특히 후쿠시마 원자력발전소의 사고로 방사능이 유출되고 인근의 공기와 땅이 오염된 것은 물론 원전수가 바다로 흘러들어 해양오염이 심각한 수준으로 알려졌다. 우리나라도 일본산 해산물 수입을 전면 금지 조치한 상태이다.

우리 가족여행 계획도 2011년 쓰나미 사태로 인해 2년이나 미루어졌다. 듣던 대로 일본경제는 생각보다 암울하게 다운된 것이 분명해 보였다. 관광객도 전처럼 오지 않고 큰 호텔 객실은 공실이 많아 적자운영이라고 했다. 인근 도시 요코하마를 갔을 때도 차이나타운 거리에는 중국관광객이 그다지 보이지 않았고, 일본을 대표하는 하코네의 이즈 국립공원에 갔을 때도 외국인 관광객은 우리와 몇몇 외국인이 전부였다. 외국 관광객이 많기로 소문난 도쿄시내 롯본기 거리도 한산하기는 마찬가지였다.

세계적으로 유명한 하코네 야외조각공원은 마치 우리가 전세낸 것처럼 관객 그림자를 찾기 어려웠다. 피카소미술관에 들어갔을 때도 썰렁했다. 급경사를 오르내리는 등산철도와 소운 화산 케이블카 그리고 노천온천에도 국내 손님뿐 해외관광객은 그다지 눈에 띄지 않아 삭막한 느낌마저 들었다. 10년 전 북경에 사스가 유행했을 때 유학생과 주재원 외국인들이 모조리 출국하고 해외관광객은 발길이 모두 끊긴 당시를 방불케 했다. 과학문명시대에 자연의 거대한 힘을 다시금 실감하는 계기가 되었다.

일본 여행은 무엇보다 온천과 그들만의 독특한 음식문화의 체험이다. 물가가 비싸서 쇼핑은 엄두도 낼 수 없다. 백화점에 갔을 때 남편이 기념으로 내게 옷을 한 벌 선물하려 했지만 가격만 보고 사양했다. 옷감이나 바느질이 우리보다 나은 것도 아닌데 유명세에 비싸기만 했다. 다행히 딸의 추천으로 음식은 가는 곳마다 그 지역의 별미를 맛볼 수 있었다. 일본 하면 생선회(스시)가 대표적인데 가족에게는 미안하게도 내가 좋아하지 않는 탓에 찾지 않았다.

일본 사람들은 음식을 많이 먹지 않는 편이다. 섬나라여서 그런지 육식보다는 생선을 더 좋아한다. 그래서 평균적으로 우리보다 장수하는 것이 아닌가 싶다. 다른 이유가 또 있는지는 모르겠다. 또한 일본 어디서나 어떤 요리든 차림의 양이 적은 것이 사실이다. 식당에서도 반찬을 푸짐하게 주지 않는다. 우동을 먹을 때도 단무지를 주지 않는 곳도 있다. 반찬이 모자란다고 요구하면 돈을 더 내야 한다. 중국대륙과 한반도 그리고 섬

나라의 음식문화는 풍토만큼 확연히 다를 뿐만 아니라 그 양에
있어서도 여실히 그 차이가 비교된다.

일본을 여러 날 여행하다 보면 배고플 때를 경험하기 일쑤다.
우리나라 사람들은 배부르게 먹어야 잘 먹었다고 한다. 중국
인들은 넉넉하게 먹고도 남아야 대접하는 사람이나 받는 사람
도 만족해한다. 자연환경의 영향과 문화의 전통이 다른 까닭인
듯하다. 나에게는 일본인들의 말소리도 가볍게 들릴 때가 없지
않다. 왠지 점잖아 보이지 않는다. 우리 선대들이 그들에게 고
초를 겪은 역사적 피해의식 때문인지도 모르겠다. 5박 6일 여
정을 마치면서 이번 여행으로 인간의 교만함을 반성시키는 자
연의 섭리를 다시 한번 깨달을 수 있었다.

태국과 캄보디아의 시간여행

동남아 여행을 할 때면 우리 동북아와 문화적으로 서로 다른 점과 상통하는 점을 발견하게 된다. 딸과 함께 여행한 태국과 캄보디아 역시 아열대지방이지만 우리와의 공통점이 있었다. 비록 기후는 달라도 문화는 닮아 있다는 느낌을 받았다. 특히 불교문화에서 그랬다.

태국은 현대에 드물게 불교가 국교인 나라이다. 인구 95%가 불교를 신앙한다니 놀랍다. 신라와 고려가 불교국이었던 것과 같이 태국은 어딜 가나 불교사원이 즐비하다. 옛 서라벌처럼 방콕도 도시 중심가에 대형사찰이 많이 보인다. 남방 특유의 건축양식이 화려하게 장식되어 있다.

유명한 황금사원은 금산(골드 마운틴)에 위치하고 있었다. 본래 인공산이라고 하는데 오르는 길 곳곳에 금으로 만든 불상이 놓여 있다. 물론 도금한 것이겠지만 순금같이 빛난다. 360도 사방팔방을 내려다볼 수 있는 곳으로 방콕시의 전경이 한눈에 들어온다.

다음 날 간 곳은 방콕 북쪽의 역사도시 아유타야이다. 1350년에 건설된 타이족의 두 번째 왕조의 수도였다고 한다. 아유타야의 전형적인 예술품으로 크고 작은 성유물 탑이 있는 거대한 수도원들로 이루어신 유적에서 번성했던 과거의 모습을 엿볼 수 있다.

아유타야란 멋진 말은 '불멸(사라지지 않는다)'이라는 뜻이라고 한다. 그러나 부처님 말씀처럼 불사불멸은 영혼밖에 없다. 그 밖에 변하지 않고 사라지지 않는 것은 없다. 이곳도 18세기 미얀마의 침공으로 대부분 파괴되었다. 불법에 의지했던 우통 왕조는 400년을 유지했을 뿐이다.

크메르 양식의 거대한 붉은 벽돌 탑이 있는 와트 프라람은 폐허의 도시를 말해 주고 있었다. 세 개의 왕궁과 375곳의 사원

대부분이 미얀마에 의해 철저히 파괴되었다. 목이 잘린 부처상들이 끝없이 줄지어 앉아 있는 것을 보고 말법 선천시대 부처의 가르침도 때를 다해 어쩔 수 없구나 싶었다.

2차 대전 때의 영화 '콰이강의 다리'로도 유명한 국경지역에도 가보고 싶었지만 시간이 여의치 못해 아쉬웠다. 다시 방콕으로 돌아오는 길엔 수상마을을 구경하였다. 강 위에서 살아가는 수상족의 생활은 특이했다. 안내원의 말에 의하면 이웃끼리 싸우고 나면 배를 몰고 상류나 하류로 이사를 가면 그만이란다. 편리한 점도 있겠으나 우편물이 도착하면 어쩌나 싶었다.

우리는 2박 3일의 짧은 태국여행을 마치고 캄보디아로 갔다. 앙코르와트를 보기 위해서다. 몇 해 전 미리 다녀온 남편으로부터 이야기를 듣고 꼭 가보고 싶었던 아름다운 곳이다. 그러나 '킬링필드' 영화를 보았을 땐 캄보디아는 사람이 살 곳이 못되는 무서운 나라로만 알았다. 인간이 같은 종족의 인간을 그토록 무참히 집단적으로 죽이다니 나치를 방불케 한다.

실제로 가 보니 말로만 듣던 앙코르 석조 사원은 거대한 신비 그 자체였다. 감탄이 절로 나왔다. 2만 5천 명이 무려 37년에 걸쳐 완성했다니, 크메르 제국은 대단한 국력을 가지고 있었으리라 짐작된다. 아니, 국력보다 종교의 힘이 위대하다는 것을 실감하게 했다. 수많은 조각과 석상의 아름다운 건축물은 예술적으로 보나 규모로 보나 세계7대 불가사의에 속할 만하다.

그 대단한 제국은 어디로 갔을까? 하루아침에 멸망하여 역사 속으로, 밀림 속으로 사라지고 말았다니 더욱 궁금했다. 그리고 1861년 우연히 프랑스 고고학자에 의해 돌연 발견되었다니 미스터리가 아닐 수 없다. 일몰의 시간에 앙코르 와트는 형용할 수 없으리만치 아름다웠다. 나도 딸아이도 할 말을 잊고 말았다. 일출의 시간은 더욱 아름답다고 하니, 그 시간에 맞춰 다시 와 보고 싶다.

낮잠 자는 북경인들

중국은 서양처럼 9월에 학기가 시작된다. 우리 가족이 북경에 도착한 것은 1992년 7월이었다. 그해 여름은 유난히도 더웠다. 찜통더위 그대로였다. 모두들 그렇게 말하는 이유를 알 듯도 했다. 북경은 그 큰 도시에 강이 없는 데다 대륙적 기후에 분지처럼 무척 더운 곳으로 유명하다. 지명 그대로 서북쪽 야산을 제외하면 산 하나 보이지 않는 일망무제 하북河北(황하의 북쪽이라는 의미)의 평야지대 가운데에 위치해 있기 때문이다.

중국 사람들은 점심을 먹고 낮잠을 잔다. 대학도 마찬가지다. 교수와 학생, 직공들 할 것 없이 누가 시키는 것처럼 일제히 낮잠을 자는 습관이 처음에는 이상스럽게 느껴졌다. 경쟁할 필요가 없는 느긋한 사회주의가 부럽다가도 불결한 주위 환경을 볼 때면 게을러 보이기도 했던 것이 나의 중국에 대한 첫인상이었다.

점심시간도 2시간이지만 잘 지켜지지도 않는다. 학교 캠퍼스는 얼마나 큰지 자전거를 타고 돌아도 두 시간은 족히 걸린다. 학생들과 교수들도 자전거를 타고 교실로 향한다. 등교하기 위해 자전거를 타는 것이 아니다. 수만 명이 모두 한 울타리 안에서 집단 공동체의 생활을 하고 있기 때문이다.

교내에 식낭도 구역별로 따로 여러 개 있다. 점심이라야 학생들과 직공들은 커다란 만두 한두 개로 때우고 만다. 그만큼 오수를 즐기는 시간이 많아진다. 사택이나 숙소에 가서 자고 나오는 교수나 직원, 기숙사에서 쉬는 학생들이 대부분이다. 심지어 학교뿐만 아니고 직장간부급들은 아예 자기 사무실에 침대를 갖다 놓고 낮잠을 잔다.

나중에 알게 된 일이지만 그들이 낮잠을 자는 이유는 따로 있었다. 바로 기후 때문이었다. 습기가 부족한 건조한 공기에 무더위는 사람을 사정없이 졸리게 만든다는 것을 오래지 않아 깨닫게 되었다. 8월로 접어들자 노곤한 상태가 되면서 저절로 눈이 감기는 것을 어찌할 도리가 없었다.

일의 능률이 오르지 않는 한낮엔 차라리 잠이나 자고 쉬는 것이 낫다는 중국인들의 실용주의적 판단에 의한 관습인 듯했다. 한여름의 낮잠은 외국에서 유학 온 학생들에게도 마찬가지였다. 현지에 잘 적응하고 있기라도 하듯, 그들의 기숙사에서도 흔히 있는 자연스런 풍경이었다. 하지만 낮잠의 습관이 없는 한국인들은 잘 적응되지 않는다. 나도 마찬가지였다.

그래서 그 이듬해는 압록강 가까이 해양기후와 만나는 동북지방으로 주거를 옮기게 되었다. 남편도 논문 쓰는 기간이라 북경을 오가며 함께 지낼 수 있었다. 중국인들이 식수가 나빠 일상적으로 차를 마시는 이유와 마찬가지로 낮잠도 환경의 지배를 받는 것이 분명했다. 한반도와 가까이 갈수록 자연 낮잠 자는 풍습도 사라지고 없다. 인간은 자연에 순응하여 살게 마련이다. 생기발랄한 금수강산의 한국에 태어나고 살게 된 것에 감사하지 않을 수 없다.

현대중국의 세시풍

중국은 겉으로 보기엔 우리와 흡사한 삶을 살고 있는 듯해도 깊이 들여다보거나 자세히 살펴보면 근본적으로 매우 다르다는 것을 알 수 있다. 직접 그곳에서 몇 해 동안이라도 살아본 사람만이 그나마 그들을 조금은 알 수 있을 뿐이다. 나도 국교 직후 북경을 비롯해서 압록강 국경도시 단동과 요령의 성도인 심양 등에서 3년간 살아본 경험이 있기에 그들 생활의 단면을 직접 목격할 수 있었다. 다소 피상적일 수 있지만 그들의 민낯을 직접 보았던 것이다.

중국은 워낙 큰 나라인 데다가 언어와 생활풍습이 다른 56개 민족이 함께 살고 있는 사회주의 나라이다. 따라서 여러 차례 중국을 다녔다고 해도 잠시 여행을 통해서는 인류 4대문명의 하나인 황하문명 및 근현대 국공과 중공의 역사를 동시에 알기란 요원하다. 특히 근대와 현대의 중국을 이해하는 데는 몇 가지 키워드가 필요하다. 우리와 유사한 점보다는 완전히 다른 환경과 조건이 중국인들에게 주어져 있음을 알아야 한다. 내가 본 것 중에서 관심사였던 가정과 교육, 그리고 신앙의 문제에 대해서만 간단히 언급하려 한다.

중국여성들은 사회주의 국가체제에서 나고 자라서인지 남자들과 대등한 지위를 가진 듯 보인다. 당 고위층이 아닌 일반가정에서는 당연하다는 듯 남편에게 요리와 가사 일을 시키고, 여성은 할일 없이 같은 시간 춤추고 놀거나 TV를 본다. 물론 다 그렇다는 것은 아니다. 하지만 한국이나 일본과는 근본적으로 다른 요인과 분위기가 있는 것 같다. 여성들은 대체로 기질이 드세어 보인다. 부부싸움을 해도 여자가 이기기 마련이다. 남녀가 함께 직장에 다닌 탓만은 아닐 것이다.

좋게 보면 사회주의식 남녀평등으로 보일 수도 있으나 동양적 전통 윤리관에서 볼 때, 여성답지 못한 모습을 발견할 수 있어 눈살을 찌푸리게 하는 경우도 적지 않다. 사회주의 체제 속에서 노인세대와 젊은 세대의 관념적 차이는 민주사회보다 더욱 크다. 그리고 어떤 것이 진정한 남녀평등인가 다시 생각해보게 한다. 남녀 각자의 인권이 존중되고 조화의 협동이 될 때, 진정한 양성평등의 각유소장各有所長일 것이다. 편파적이고 치우친 남녀 불평등관계는 음양의 관점에서도 부자연스럽고 나에게는 매우 어색해 보였다.

핵가족시대라는 공통점에도 불구하고 자녀교육에 있어서 우리와는 많이 다른 환경이다. 부부가 모두 일터에 나가기에 아기는 탁아소에 맡겨 키우고 인구정책의 일환으로 하나만 낳아 기를 수 있는 환경에서 전통적 의미의 가정교육은 부재한 상태이다. 일찍부터 사회로 내몰린 육아정책은 대부분의 아이들을 버릇없게 만들었다. 울고불고 떼쓰면 무엇이나 가질 수 있다는 욕망심의 극대화로 안하무인격의 응석받이가 많은 것도 사실이다. 3대에 걸쳐 하나뿐인 손주는 더없이 귀한 존재이다. 그들을 소위 '샤오 황띠(작은 황제)'라 부른다.

지도자층이나 부유층 자녀들은 학비가 비싼 사립학교에 다니고 커서는 대부분 유학을 보낸다. 준비된 노후의 보험처럼 기대 또한 크기 마련이다. 저소득층 서민들의 자녀는 교육의 혜택도 받기 쉽지 않다. 농촌에서 도시로 나온 농공민 노동자들에게는 호구(주민증)를 주지 않는 제도 때문에 우리처럼 언제 어디서나 자유롭게 의무교육을 받을 수도 없다. 따라서 전반적인 문맹률도 매우 높다는 통계도 있다. 한자漢字가 어려워서만은 아닐 것이다. 교육은 제도뿐만 아니라 돈과도 직접적인 관련이 있다. 공산국가라고 말은 하지만 계급과 빈부의 차이는 사회주의가 자본주의 국가보다 심하면 심했지 결코 뒤지지 않는다. 가짜 사회주의 아니면 나쁜 자본주의인 셈이다.

문제는 제도의 문제만은 아닌 듯하다. 중국도 우리나라와 마찬가지로 19세기부터 서구열강의 외세 침략에 이어 같은 한자문명권인 이웃나라 일본의 침략을 겪었다. 이는 세계의 중심이라고 자부하던 중국인의 자존심에 심한 상처를 남겼다. 해방 이후에는 우리처럼 반세기 동안 국민당과 공산당 정치이념의 극단적인 대결로 분단의 아픔을 겪어야 했다. 그리고 냉전의 종식과 함께 개혁 개방의 시대를 맞아 중국도 자본주의 시장경제를 도입했다. 급작스런 자본주의 도입은 많은 혼란과 과도기적 문제점을 촉발시켰다.

인민공사를 통한 노동과 배급이라는 획일화된 공산사회에서는 함께 가난해도 별문제가 없었지만, 개혁 개방의 물결을 타고 밀려든 탐욕의 자본주의는 경쟁사회를 극단적으로 부추겼다. 개방사회로 나아가는 급작스런 교통과 통신의 발전은 기득권과 정보를 담보로 돈이면 무엇이든 다 된다는 배금주의를 팽배하게 했다. 마침내 황금만능의 시대로 전환된 것이다. 한 걸음 더 나아가 덩샤오핑의 실용주의라는 새로운 경제이론도 이러한 분위기를 뒷받침했다. 제도 개혁보다는 우선 경제개발로 13억의 먹는 것부터 해결하고 보자는 것이었다.

서구로부터 수입된 공산주의는 전통적 유교문화의 가치와 미풍양속을 사성없이 파괴하고 훼멸시켰다. 이미 5·4운동 때부터 공맹사상을 교육에서 제외시켰다. 60-70년대 문화혁명시대 때는 변증법적 유물론에 의해 또다시 전통문화는 철저히 파괴되어 복구마저 어렵게 되었다. 종교도 신앙도 미신화하여 마오주의 우상숭배로 바뀌었다. 북한의 김일성에 대한 우상숭배와 마찬가지로 그들은 마오쩌둥을 신처럼 숭배하였으며 그 영향이 지금도 여전하다. 비록 현재는 사회주의 시장경제를 표방하고 있지만, 시장경제는 자본주의의 핵심이듯 겉과 속이 다른 정책으로 일관하고 있다. 그것이 중국 특색 사회주의이다.

겉보기에는 우리와 닮은 자유경제 생활을 하고 있지만 일당 독

재의 공산주의 체제하에서 아이러니하게도 배금주의와 종교미
신에 급속도로 물들어 가고 있다. 교육이 이기적 탐욕에 물들
고 종교가 배금의 미신에서 못 벗어난다면 그 나라 그 민족의
정체성이 뭐라고 하든 희망은 없게 된다. 중국 고유의 아름다
운 전통은 다 사라지고 서구 유물론과 무신론에 물든 그 후유
증은 마침내 대국을 대국답지 못하게 만들고 있다. 21세기 중
국의 세시풍歲時風은 민주화를 외면한 채 점점 이해하기 어려운
복합적인 문제마저 대두되고 있다. 인성교육의 부재로 인한 미
신과 배금주의의 팽창은 또다시 사회적 분열을 일으킬 수밖에
없을 것으로 보인다.

자갈치와 부산팔대

나는 항구도시 부산에 10여 년을 살면서 새로운 체험이 적지 않았다. 부산은 여러 장점이 있는 도시지만 잘 알려지지 않은 점도 많다. 누가 나에게 부산에 대해 묻는다면 다음 세 가지를 말할 것이다. 아름다운 풍광을 가진 여름의 해수욕장, 사시사철 싱싱한 생선을 먹을 수 있는 자갈치시장, 그리고 국내외 물건들이 죄다 있는 국제시장이다.

부산에서는 어딜 가나 활기찬 삶을 사는 모습을 볼 수 있다. 자연 환경 탓인지 부산사람들은 대체로 쾌활하고 낙천적이다. 찡그린 얼굴을 한 심각한 모습을 보기가 쉽지 않다. 또한 일본과의 교류의 영향인지 모르겠으나 현실적이고 실용적인 편이다. 모이면 좀 시끄럽긴 하지만 인정이 넘치고 활달하다. 그 배경에는 그럴만한 여러 가지 이유가 있어 보인다.

개항과 함께 혹독한 시련의 일제 36년을 거쳐 광복 후 다시 6·25 동족상잔을 겪으면서 대한민국 정부는 물론 조선 8도의 피난민들은 최후의 귀착지인 부산으로 모여들었다. 대부분이 빈손으로 몰려든 부산은 거대 난민촌을 방불케 했으리라. 그리고 일찍이 왜관이 있었던 부산은 일본과 인접한 곳이다. 신문물이 일찍 들어온 곳으로 개방적인 분위기가 형성된 것 같다.

맑은 날 해운대 달맞이고개 언덕에서 남쪽을 바라보면 대마도가 선명하게 보이고, 흑백시대에도 마음만 먹으면 일본 컬러 TV도 시청할 수 있었다. 관부(시모노세키–부산) 연락선을 비롯해 신문물이 들어오고 다시 재개된 페리호로 현대 전자기기와 가전제품이 맨 먼저 들어온 곳이기도 하다. 우리를 부끄럽게 만든 그 유명한 '밥통사건'도 있었던 곳이다. 부산은 이렇게 우리나라 근현대의 관문 역할을 하며, 오늘의 제1항구도시로 성장하였다.

백문이 불여일견行이다. 그 지역을 알려면 10년쯤 직접 살아봐야 한다. 개방적이며 현실적인 부산의 성격은 하루아침에 이루어진 것은 아닐 것이다. 자갈치와 국제시장을 가 보면 생기발랄한 삶의 현장을 실감할 수 있다. 두 곳 명소는 이름 그대로 역사적인 배경 속에서 태어나 토착문화와 외래문화의 융화를 대변해 준다. 전자는 근대사와 함께하고 후자는 현대사와 궤를 같이한다.

100년 전 개항 직전의 낡은 흑백사진을 보면 부산포는 자그마한 어촌에 불과했다. 해운대와 광안리, 영도와 송도의 해변, 부산진과 남포동 등 모두 옹기종기 모인 초가집들이 한가하게 작은 어촌을 이루고 있다. 관청과 양반들의 기와집들 대부분은 내륙 깊숙한 곳, 온천이 있는 금정산 기슭 동래성 안에 있었다. 본시 지명 자체도 부산이 아니라 동래였다.

자갈치는 개항 때부터 오늘날까지 같은 자리를 그대로 지키고 있다. 영도다리부터 아미산 기슭 완월동에 이르기까지 초승달처럼 휘어진 해안도로를 따라 형성되었다. 지금은 남포동 길을 중간에 두고 시장이 나뉘어져 옛 모습의 지갈치는 아니다. 수산물과 싱싱한 회를 파는 공동어시장의 큰 건물이 들어서고 고깃배를 정박시키는 부두가 높다란 시멘트 방벽으로 되어 있어 옛 운치는 사라져도 그 자리만큼은 지키고 있다.

방파제를 따라 죽 늘어서 있는 해삼과 멍게를 파는 포장마차와 꼼장어구이를 파는 노천가게는 반세기 전의 풍경을 그대로 간직하고 있다. 나이든 토박이나 전쟁 때 피난 와 제2의 고향이 된 실향민이나 여행 온 사람들 할 것 없이 자갈치는 모두가 좋아하는 곳이다. 잠시 부산을 떠나 객지에 나가 사는 사람들에게는 향수와 추억의 장소들이다.

부산 하면 뭐니 뭐니 해도 싱싱한 횟감이다. 생선을 사지 않아도 시간이 날 때 자갈치시장을 둘러보는 재미도 쏠쏠하다. 말투는 거칠고 투박해도 인정스럽고 순박하다. 뭘 사도 넉넉히 주고 또 얹어 준다. 바다와 생선과 사람의 냄새가 하나로 녹아 있다. 활어시장에 가면 삶의 생기가 물 불어나듯 인심도 절로 불어나 시장 가득 물결처럼 크게 출렁인다. 살아 있다는 존재의 의미를 확인시켜주는 현장이니 왜 그렇지 않겠는가!

그곳에서 삶의 진실성에 절로 고개가 숙여지는 것도 그 때문이다. 나는 회를 그다지 좋아하지 않지만 남이 맛있게 먹는 것만 봐도 배부르다. 자갈치는 부산뿐만 아니라 우리나라 몇 개 안 남은 재래시장에 속한다. 오래되고 멋진 전통이 하나둘 사라지고 있다는 사실에 그저 안타깝기만 하다. 3면이 바다인 한반도 어딜 간들 항구와 포구가 없고, 특색 있는 어시장이 없을까마는 그곳은 색다르다. 자갈치는 자갈치만의 특별함이 있다. 우리의 생활방식이 켜켜이 스며져 있고 녹아 있다.

국제시장은 얼마 전 같은 명칭의 영화가 나와 대박이 났다. 6·25전쟁 이후 60~70년대 산업화세대의 생활상과 추억이 짙게 담긴 스토리이다. 국제시장은 흥남부두 철수 때 내려온 분들과 맨주먹으로 피난 와 장사를 시작한 입지적인 상인들이 모여 있는 곳이기도 하다. 또 60년대 파월병에 의한 베트남특수와 함께 다양한 군수불자를 팔기도 했다. 함경도와 평안도 사투리가 경상도 사투리와 섞여 있어 시장골목은 온통 왁자지껄하다.

길 하나 건너 부평동에는 그 유명한 깡통시장이 있다. 6·25전쟁을 계기로 미군부대의 물건이 그곳으로 흘러들어 오면서 통조림 등을 많이 팔았기 때문에 '깡통시장'이라는 이름을 얻게 되었다. 나도 선물용 수입품 캔 주스를 사러 그곳을 찾은 적이 여러 번 있다. 지금은 먹거리 야시장으로 더 유명하다. 더 오래전 깡통시장의 옛 이름은 부평시장이었다. 개항시대 일본인들이 거주하면서 형성된 것으로 우리나라 최초의 공설시장이었다고 한다.

깡통시장과 더불어 부산에는 또 하나의 명소가 있다. 부산에만 있는 '산복도로'라는 특이한 이름의 길이다. 바위에 다닥다닥 붙어 있는 굴이나 조개들처럼 작은 집들이 산자락에 높은 곳까지 달라붙어 있다. 그 산중턱으로 굽이굽이 난 도로가 산복도로이다. 지금은 야경의 관광코스로도 유명하지만 피난시절에는 대부분 임시건물인 판자촌이었다고 한다. 피난민들의 숱한 애환이 서려 있는 곳이기도 하다. 페리호를 타고 야간에 부산항을 들어오던 외국 관광객이 부산은 고층건물이 많은 도시인 줄 알았으나 다음날 아침에 보니 산등성이 판자촌이었더라는 유명한 이야기가 있을 정도이다.

아울러 부산은 예로부터 자연 풍광이 빼어난 곳으로도 유명하다. 산과 바다 그리고 강이 함께 있기 때문이다. 나도 10여 년을 살면서 직접 가 보고 알게 된 것이지만 '부산팔경'이라 불리는 '부산팔대釜山八臺'를 아는 사람은 그리 많지 않다. 팔대 중 더러는 겸재 정선의 실경산수화로도 남아 있다. 많은 시인 묵객들에 의해 그려지고 읊어진 절경들이 부산문화의 멋진 유산으로 남아 있다.

내가 가 보지 못한 곳이 있고 이미 사라지고 흔적만 남아 있는 곳도 있다. 세계 어느 비치와 비교해도 손색이 없는 해운대를 비롯해서 수영만이 내려다보이는 지금은 사라진 민락동 백산의 첨이대, 영도의 태종대, 범일동의 자성대와 용호동의 신선대, 두 기생의 무덤이 있었다는 너럭바위의 이기대, 회동 수원지의 호수를 끼고 있는 조용한 오륜대 그리고 수려한 다대포 해수욕장을 배경으로 낙동강 하구 일몰의 석양빛이 아름다운 몰운대 沒雲臺 등은 예로부터 부산을 빛내온 절경들이다. 주장하는 사람에 따라 다소 이름의 차이가 있으나 팔대가 부산을 대표하는 명승지임에는 틀림없다.

한강 유람선에서 본 서울야경

오래전부터 한강 유람선을 타 보고 싶었다. 서울에 살고 있으면서 마음뿐 좀처럼 기회가 오지 않았는데 함께 마음 맞는 친구들과 유람선을 타게 되어 즐거운 하루였다. 해가 뉘엿뉘엿지고 있었다. 배에 올라 여의도 선착장을 출발할 때는 63빌딩 뒤로 노을이 곱게 물들어 가기 시작했다. 배가 제일한강교 밑을 지날 무렵에는 주황색 하늘이 옅은 보라색으로 바뀌어 마치한 폭의 명화를 보듯 매우 아름다웠다.

머리 위로 쳐다보이는 육중한 아치형 철교가 서울의 근·현대사를 말해 주고 있는 듯했다. 일제 치하의 수난과 6·25사변을 겪고 많은 상처와 시대의 격동을 묵묵히 지켜보며 오늘에 이르렀음에 생각이 미쳤다. 이 철교는 내가 50년 전 고향을 출발해 처음 서울에 도착하던 때 밟았던 유일한 통로이기도 했다. 1900년 영국인의 기술에 의해 한강 위에 첫 다리로 놓이게 되었으나 지금은 다리가 30여 개나 되니 격세지감이 절로 든다. 유람선이 용산과 동작동 사이를 지나자 갑판에서 바라본 한강의 탁 트인 전경이 호수처럼 넓고 시원했다.

한강은 정도 600년의 역사를 간직한 서울의 축복이다. 세계 어느 수도를 가 봐도 한강처럼 넓고 크게 도시의 한복판을 가로질러 흐르는 강은 없다고 들었다. 다른 곳은 아테네와 도쿄처럼 비닷가이거나 북경과 예루살렘처럼 강이 없거나 파리처럼 있어도 자그마한 샛강 정도밖에 되지 않는데, 한강은 결코 그렇지 않다. 지리적 조건뿐만 아니라 도시환경에 미치는 미적 요건에 있어서 한강이 차지하는 비중은 여타 다른 도시들과 비교할 바가 못 된다는 것을 새롭게 알게 되었다.

예로부터 '백 번 듣는 것이 한 번 보는 것만 같지 못하다'는 말이 있지만, 보기만 하지 않고 직접 실행하는 것만 같지 못하다는 것을 실감하는 순간이 왔다. 내가 살고 있는 이촌동 쪽 아파트단지 불빛들은 어느 화가의 추상화인 듯 화폭 위에 점점이 박혀 빛나고 있다. 그 배경으로는 남산이 둘러섰고 멀리 북한산 봉우리들도 희미하게 어둠 속으로 뾰족한 머리를 내밀고 있다. 오른쪽으로 국립묘지가 있는 근경 너머 관악산 정상이 보인다. 9월의 청량한 강바람이 내 뺨을 스쳐가고 있는데 배는 서서히 상류로 거슬러 올라간다.

배가 움직일 때마다 한강물엔 주름이 잡히고 우리들에게 새로운 야경을 선물하였다. 승객들은 모두 즐거운 표정으로 야경을 배경으로 사진 찍기에 여념이 없다. 군중 속에는 외국인들도 적지 않았다. 그때 어디선가 흥에 겨운 합창이 들려왔다. "강물은 흘러갑니다. 제3한강교 밑을…" 귀에 익은 유행가였다. 생각해보면 강물만 흘러가는 것이 아니라 우리도 함께 흘러가고 있음을 절감한다. "흐르는 물엔 두 번 다시 발을 담글 수 없다"는 옛 철학자의 말도 떠오른다. 누구나 영원을 꿈꾸지만 강의 흐름은 삶의 일회성의 의미를 우리에게 깨우쳐 준다. 공자도 강둑에 서서 흐르는 물을 보며 인생도 저와 같다고 탄식했다 하지 않는가!

이윽고 유람선이 압구정 부근에 이르자 오른쪽으로 끝없이 이어지는 아파트단지와 그 배후에 솟은 강남 고층빌딩의 불빛이 시야를 가득 채운다. 남북으로 강변을 달리고 있는 차량들

의 불빛 또한 아름답게 강기슭을 줄지어 수놓고 있다. 압구정狎
鷗亭은 겸재 정선의 옛 그림에서 보면 강물이 유유히 흐르는 작
은 언덕에 멋진 정자와 이웃하여 정겨운 초가집들이 옹기종기
모여 있음을 볼 수 있었다. 그러나 70년대 강남권 개발에 의해
정자는 고사하고 언덕마저 흔적 없이 사라지고 말았다.

배는 잠실교 부근 뚝섬을 반환점으로 방향을 바꾸었다. 멀리
잠실벌 88올림픽의 메인스타디움에 타오르던 성화가 보이고
승리의 함성소리가 들리는 듯했다. 서울 토박이 친구의 얘기에
의하면 어릴 때 여기 뚝섬에서 여름이면 멱 감고 고기 잡고 겨
울엔 스케이트 타고 놀았다고 한다. 불과 반세기 만에 그야말
로 상전벽해가 되고 말았다. 올림픽대교를 비롯해서 겹겹이 놓
인 다리들은 네온 불빛으로 장식된 채 서울의 멋진 야경을 한
껏 빛내주고 있다. 저 멀리 남산 타워가 어둠 속의 등대처럼 우
뚝 솟아 뱃길의 방향을 알려 준다.

어느새 배가 다시 한강대교 아래쪽에 가까이 다가왔을 때 얼마
전 뉴스에서 본 어느 기업 사장의 투신자살 기사가 생각났다.
이렇게 아름다운 세상을 두고 작별을 생각하고 마지막 결단을
하기까지 얼마나 힘들었을까? 얼마나 많은 사람들이 저 다리

위에서 망설였을까? 누군가 옆에서 작은 힘과 위로가 될 수 있었다면 발길을 돌릴 수 있지 않았을까? 생각이 여기까지 미치자 갑자기 검은 바람이 내 볼을 스치고 지나간다. 언젠가 우리가 떠나도 아름다운 노을 속에 한강은 오늘처럼 변함없이 흐르리라!

어머니의 책 뒤에

엄마는 제가 학창시절 쓰다 남은 공책이나 연습장을 보시면 늘 버리지 말고 당신께 달라고 하셨습니다. 오래되고 쓰다 남은 노트들이라 버려도 될 만한 상태인데도 엄마께선 사용한 종이들만 뜯어 버리고 빛이 바랜 노트들에 추억과 생각들을 써내려 가셨습니다.

그 노트들에는 동글동글한 정겨운 글씨, 각기 다른 크기의 글씨들이 빼곡히 적혀 있었어요. 때론 노트를 묶는 실의 힘이 다해 낱장이 되기도 해서 그 모습이 마치 흩어져 있는 낙엽처럼 보이기도 했습니다.

엄마가 예전부터 책을 내고 싶다고 말씀은 하셨지만 오랜 시간이 흘러서 단지 엄마의 지나가는 꿈으로만 생각하기도 했습니다. 글들이 조금씩 쌓여 갔지만 이 글들이 과연 세상에 나가 빛을 발할 수 있을까 반신반의하기도 했었습니다.

그런데 어느 순간 수북이 쌓여 가는 글들을 보면서 엄마의 꿈이 현실이 되어 가고 있음을 느끼게 되었습니다. 가끔 단편적인 글들을 저에게 읽어 주시기도 하셨습니다.

그리고 보면 엄마는 참 꿈이 많으셨고 그 꿈들을 향해 꾸준히 나아가서서 하나씩 이루어 내셨어요. 저를 키우시면서 오랫동안 하시고 싶었던 바이올린을 저보다 더 열심히 연습하셨고 그림공부도 꾸준히 하셨습니다. 그리고 이제는 작가의 길을 가시고자 첫발을 내딛게 되셨어요.

몇 해 전부터 눈이 많이 나빠지셔서 그림을 그만두시게 되었는데 지금도 그림을 그리고 싶어 하십니다. 엄마는 눈 외에도 몸이 많이 약해지셨습니다. 저는 걱정스러운 마음에 엄마가 건강이 회복되시면 그때 글 쓰시길 바랐습니다.

그러나 틈만 나면 글쓰기를 계속 하셨어요. 엄마는 그 시간만큼은 모든 것을 잊을 수 있고 시간도 금방 가서 좋다고 하셨어요. 그래서 엄마가 얼마나 글쓰기를 즐겨하시는지 알게 되었습니다. 빛바랜 노트를 무릎에 두고 돋보기를 쓰시고 작은 손으로 글을 적어 내려가는 엄마의 모습은 참으로 행복해 보였습니다. 엄마는 작은 체구에 열정적이신 분이시고 소녀 같은 분이셔서 꿈을 이루게 되신 것 같아요. 포기하지 않고 꾸준히 글쓰기를 하셔서 이렇게 한 묶음의 책이 되어 출판된다니 감회가 새롭습니다. 그리고 혼신을 다해 쓴 글이라는 것을 알기에 더욱 더 감동스럽습니다.

출판사 계신 분이 따님께서 발문을 써보면 어떻겠냐고 제안하셨을 때 글쓰기가 자신도 없을 뿐더러 엄마의 맑은 글들 뒤에 제 글을 첨가하는 것이 맞나 싶어 한참을 고민했습니다. 항상 엄마께 투덜대는 못난 딸이라 창피하기도 했습니다.

그러다 문득 늦은 나이에 딸이 결혼해서 심한 입덧부터 지친 육아에 언제나 도움을 주시는 무한 사랑의 엄마께 감사의 말씀을 전하고자 펜을 들게 되었습니다. 문득 엄마를 생각하면 눈물이 먼저 흐르는 때도 있어 엄마의 고마운 마음을 뭐라 표현하기가 어렵네요.

엄마는 어릴 적부터 외조부께서 항상 남에게 베푸시는 모습을 보고 자라서인지 어려운 사람들을 늘 돕고 싶어 하셨어요. 외할아버지가 봉사하셨던 것처럼 어려운 형편의 사람들에게 머리를 잘라주고 싶다고 미용기술도 배우셨고, 한동안 머리만 있는 마네킹을 집에 가지고 오셔서 커트 연습도 하셨습니다.

엄마는 김장을 하실 때면 요즘도 많은 분께 김치를 나누어 주십니다. 김치에 관한 첫 기억은 7살 때쯤으로 집 근처 산동네에 사시는 번데기 파는 할머니께 김치를 갖다 주겠다고 밤에 저를 데리고 가셨던 기억입니다. 그때 갑자기 여러 마리의 개가 저에게 달려들어 저를 물었고 엄마는 두고두고 제게 미안해하셨습니다.

제가 입덧이 너무 심해 막달까지 거의 누워만 있었을 때 엄마가 저희 집에 오셔서 많이 도와주셨는데, 그때 저희 집에서 넘어지셔서 쇄골이 부러지셨습니다. 지금도 그때를 생각하면 눈물이 납니다. 몸도 약하신 분이 저로 인해 수술까지 한 것 같아 마음이 너무 아팠습니다.

출산 후에도 여전히 육아 때문에 힘들어하니 딸 집까지 오랜 시간 전철과 마을버스를 타고 오십니다. 오실 땐 늘 저와 외손자 사위 먹이려고 두 손 무겁게 가득 가지고 오실 때가 많습니다. 그럴 때마다 감사하게 받기보단 왜 가져오셨냐고 잔소리하는 못난 딸이었습니다.

어려운 형편에 왜 돈 많이 드는 음악을 시켜서 부모님도 힘드시고 저 또한 힘들게 하였냐며 원망도 했었습니다. 그리고 어리석게도 제가 부모님께 속상하고 힘들었다는 말도 했었습니다.

제가 어릴 적 피아노 학원을 운영하시면서 엄마도 많이 힘드셨을 텐데 그 심정을 부모가 되어 알게 되었습니다. 저희 엄마는 저에게 애착을 많이 가지고 계셨기에 저에게 요구했던 것들이 많으셨고 그게 저에겐 부담으로 느껴졌던 부분도 있었습니다. 하지만 제가 자식을 낳아 보니 엄마가 얼마나 고생하며 우리를 키우고자 고군분투하셨는지 조금은 알게 되었습니다.

중국에 살 때 엄마는 저와 늘 바이올린 레슨을 같이 가서 추운 날씨에도 밖에서 기다리시고 저를 데리고 집에 오셨습니다. 귀국 후 어려운 환경 속에서 식당을 하시면서 레슨을 보내주셨습니다. 물질적 어려움을 겪으면서 불평을 하기도 했지만 엄마도 저 이상으로 고생하신 것을 알기에 마음이 아픕니다.

엄마는 참 희생적인 분이십니다. 지금도 당신보단 자식을 먼저 생각하는 모습을 보면 한편으론 너무 죄송하기도 하고 감사합니다. 나이 드신 가냘픈 엄마를 보면 슬프지만 저희 집에 오셔서 손주와 너무도 해맑게 웃으며 놀아주시는 모습을 보면 한없이 행복해보여 기분이 좋습니다. 내리사랑이라는 말을 절실히 느끼게 됩니다.

엄마가 오시면 아이는 "할미" 하면서 쏜살같이 달려가서 할머니께 안기고 두 볼을 감싸는 모습을 볼 때마다 엄마께 정말 감사합니다. 저보다 더 아들을 사랑해주시고 예뻐해 주셔서 아이가 할머니와 있을 땐 어느 때보다 사랑 가득한 아이로 크고 있는 느낌을 받게 되기 때문입니다. 순수하고 맑은 엄마의 동심이 아이를 밝게 해주는 듯합니다. 아이는 자주 할머니를 뵈니 할머니가 안 보이면 할머니를 찾기도 합니다.

사랑이 담긴 따뜻함이 그리움으로 바뀌듯 엄마의 글에서도 그런 느낌을 받습니다. 엄마의 아름다운 글만큼이나 마음 따뜻한 엄마가 작가로 더 큰 성취를 하시기 바라면서 엄마의 첫 출판을 축하드립니다.

2018. 11. 3.
딸 손인실 씀

안정숙(安貞淑) 필명 우향(芋鄕)

1949년 경남 함양군 안의에서 출생. 어릴 때부터 독서와 글쓰기를 좋아하였으며, 음악을 공부하려 했으나 대학에서 불문학을 전공했다. 결혼해 부산에서 한때 피아노학원을 경영하였으며, 뒤늦게 취미로 익힌 그림으로 전시에 출품하기도 했다. 월간지에 수필을 발표하고, 우향수필집 『언젠가 떠나고 없을 이 자리에』(행복에너지)를 출간했다. 남편 라석 손병철 박사와의 사이에 1남 1녀를 두고 있다.

우향수필집

언젠가 떠나고 없을 이 자리에

초판 1쇄 발행 2018년 11월 30일

지 은 이 안정숙
발 행 인 권선복
디 자 인 김소영
편   집 권보송
전 자 책 서보미
발 행 처 도서출판 행복에너지
출판등록 제315-2011-000035호
주   소 (157-010) 서울특별시 강서구 화곡로 232
전   화 0505-613-6133
팩   스 0303-0799-1560
홈페이지 www.happybook.or.kr
이 메 일 ksbdata@daum.net

값 20,000원

ISBN 979-11-5602-665-5   (03810)